La Prophétie de Venise

À paraître en 2013 :
Le tome II des aventures de Maxime Dancourt et de son fils.

Avec la complicité de Catherine Bleuze, consultante en astrologie, retrouvez la carte du ciel de l'éventreur de Blagnac sur le site de Moka : www.moka-murail.com

Éditions Play Bac, 33, rue du Petit-Musc, 75004 Paris, France
www.playbac.fr

La Prophétie de Venise

moka

playBac
ÉDITIONS

À Loïc C.

« Lorsque tu regardes au fond de l'abysse,
l'abysse aussi regarde au fond de toi. »

Friedrich Nietzsche
(*Ainsi parlait Zarathoustra*)

1

Venise, dans la nuit du 24 au 25 décembre 1996

Sainte Nuit… Y a-t-il encore des gens pour croire que le Mal n'existe pas ?

Il s'arrêta. De là où il se tenait, il apercevait la silhouette de la Maison des Esprits. Certains prétendaient qu'on entendait parfois hurler entre ses murs. Elle était bien silencieuse à cette heure tardive.

Même les esprits restaient muets d'effroi.

Il se retourna brusquement. La sombre masse de l'île de San Michele apparaissait puis disparaissait sous un voile de brume pourpre.

Il leva les yeux vers la lune fluorescente, énorme dans la noirceur des cieux.

Il regarda ses mains. Le sang coulait encore entre ses doigts, glissait le long de ses paumes et de ses poignets. Et gouttait lentement jusqu'au sol. Ce n'était pas réel. Il ne pouvait avoir autant de sang sur les mains.

Il s'avança vers le bord du quai. Dans ces dernières secondes qui le séparaient de la mort, il revit le visage couronné d'éclairs de la petite Rosa. Tombée à genoux, elle appelait à l'aide dans une ultime prière. Les anges de pierre du cimetière avaient frémi en l'entendant.

– Que Dieu me pardonne… murmura-t-il en se jetant dans l'eau glacée.

Et que le Dragon de la Lagune m'emporte.

2

toulouse, le 4 janvier 2012, 21 heures

L'Alfa Romeo Giulietta gris métallisé se gara à quelques mètres de la maison rose aux volets clos. À son bord, Maxime Dancourt tourna la clé et coupa le contact. Il ne pouvait pas entrer chez lui. Pas tout de suite… Il venait de se farcir un aller-retour sur Narbonne. Trois cents bornes, merci… Il avait besoin de réfléchir. Chose difficile à faire avec l'ado particulièrement exaspérant qui l'attendait derrière la porte.

Maxime effleura de la main l'épais dossier posé sur le siège du passager. Il n'était pas près d'oublier sa rencontre avec Vianney de la Tour Audelange. Une heure de face-à-face avec ce vieil homme meurtri, brisé, agité de tremblements, avait de quoi vous filer des cauchemars pour le restant de votre vie.

M. de la Tour Audelange habitait un manoir près de Narbonne, une magnifique propriété au jardin soigné. Trop luxueuse au goût de Maxime, trop d'objets, trop de tapisseries, trop de meubles, trop de tout. La demeure était un mausolée à la gloire des générations passées, un caveau de famille en quelque sorte, une tombe où Vianney s'était enterré en souhaitant la mort qui le délivrerait enfin de ses souffrances.

Le majordome qui accueillit Maxime se permit un regard critique sur l'Alfa Romeo. Il ne devait connaître que les Rolls-Royce et les Mercedes.

– Monsieur est dans le salon bleu, annonça-t-il.

Il sous-entendait sans doute par là qu'il y avait des salons de plusieurs couleurs. Quand Maxime pénétra dans la pièce à la suite du majordome, il eut un choc. Au-dessus de la cheminée en marbre noir trônait le tableau d'une très jeune fille, si réaliste que Maxime crut une seconde qu'il s'agissait d'une photo gigantesque. Il émanait de ce portrait une telle sensualité que c'en était presque indécent.

Maxime sursauta quand une voix chevrotante s'éleva du gros fauteuil près de la cheminée.

– Ma petite-fille, Blandine.

Maxime se racla la gorge, impressionné malgré lui.

– Elle est très belle.

– Asseyez-vous près de moi. Jérôme, les rafraîchissements, je vous prie.

Le majordome s'inclina légèrement et disparut. Maxime s'approcha. Il remarqua d'abord d'épais dossiers empilés sur un guéridon. Puis il vit son hôte. Et il se sentit mal à l'aise devant ce vieillard recroquevillé dans son fauteuil dont le pauvre corps tremblotait de la tête aux pieds.

– Parkinson, dit M. de la Tour Audelange. Je n'ai plus beaucoup de temps à vivre. C'est pourquoi je vous ai demandé de venir, monsieur Dancourt. Vous êtes mon dernier espoir.

De l'index, il indiqua le guéridon.

– Sur le dessus de la pile. Le dossier. Ouvrez-le.

Maxime hésita puis prit le classeur vert. Il découvrit des coupures de presse : « Horrible carnage à Blagnac », « L'éventreur de Blagnac a encore frappé », « Terreur sur Blagnac : deux nouvelles victimes du monstre », « L'éventreur de Blagnac enfin arrêté ».

Maxime referma le classeur. Il n'était pas vraiment ravi.

– Cinq ans d'enquête, aucune piste, mais vous n'avez jamais abandonné. Et vous l'avez eu. C'est pour ça qu'aujourd'hui je fais appel à vos services. Parce que vous n'avez jamais abandonné.

– C'est de l'histoire ancienne, répondit Maxime. J'ai quitté la police depuis.

– Pourquoi ?

Maxime pensa à son fils. Voilà pourquoi…

– Je voulais monter ma propre entreprise, mentit Maxime. Et puis, j'ai toujours eu des problèmes avec la hiérarchie. D'ailleurs, si j'avais écouté mon chef, je n'aurais jamais arrêté l'éventreur. Fort heureusement, j'ai suivi mon instinct, pas les conseils d'un crétin.

– Et vos affaires tournent ?

Maxime fronça les sourcils. Allons donc ! Vianney de la Tour Audelange ne l'avait sûrement pas fait venir pour lui parler de ses affaires !

– Il y a de bons et de mauvais jours. C'est comme partout. Je n'ai pas à me plaindre.

L'arrivée du majordome avec les « rafraîchissements » interrompit brusquement la conversation. Jérôme posa son plateau sur la table basse, remplit un verre et le présenta à Maxime. De la citronnade maison.

– Merci, Jérôme. Vous pouvez disposer. Cela vous convient, j'espère ?

– La dernière fois que j'ai bu de la citronnade, je devais être en CM2.

Jérôme n'avait pas servi de boisson à son maître, probablement parce que celui-ci l'aurait renversée en raison de ses tremblements.

– Que voulez-vous que je fasse pour vous ? demanda Maxime.

– Je veux que vous retrouviez l'assassin, ou plutôt les assassins, de ma petite-fille.

Involontairement, le regard de Maxime monta vers le tableau.

– Je suis désolé. Que dit la police de Narbonne ?

– Ça ne s'est pas passé ici. Blandine a été tuée à Venise, dans la nuit du 24 au 25 décembre 1996.

– 96 ! s'exclama Maxime. Ça fait plus de quinze ans !

– Quinze ans sans réponse ni explication, c'est très long, répondit Vianney. Je ne blâme pas la police italienne, elle a mené une enquête sérieuse. Elle a envisagé toutes les hypothèses. La plus plausible serait un crime rituel perpétré par un groupe d'adorateurs de Satan, tendance néonazie… On a retrouvé des croix gammées sur les tombes du cimetière. Mais je crois que ce n'était qu'une mise en scène pour égarer les enquêteurs sur les vraies raisons de ces crimes.

– Ces crimes ? Il y en a eu plusieurs ?

– Douze.

Les rouages du cerveau de Maxime se mirent en branle :

douze meurtres… Venise… un cimetière… la nuit de Noël 1996…

– Le massacre de San Michele ! s'écria-t-il. Mon Dieu ! Votre petite-fille était l'une des victimes !

– Oui. Six garçons, six filles. Frappés de centaines de coups de couteau, égorgés, démembrés. Le médecin légiste a dit que, pour certains, le cœur avait été arraché alors qu'ils étaient encore vivants. Les assassins ont emporté les douze cœurs.

Le visage de Vianney restait impassible. Non pas qu'il ne ressentît aucune émotion, mais la maladie de Parkinson figeait le faciès des malades. La douleur, cependant, était parfaitement lisible dans ses yeux.

– C'est épouvantable… murmura Maxime.

– Blandine passait les vacances de Noël chez ses grands-parents maternels. Ma belle-fille était originaire de Venise. Le réveillon s'est déroulé en famille, tout à fait normalement. Blandine a quitté la maison en pleine nuit. On ne s'en est aperçu que le lendemain. D'après la police, les onze autres victimes ont disparu de la même manière, après une soirée en famille. On a évoqué la possibilité d'enlèvements, mais on n'a relevé aucune trace d'effraction ou de violence. Il semble que ces douze jeunes gens soient partis de leur plein gré.

– Je comprends que vous souhaitiez que les coupables soient punis, dit Maxime. Et je compatis… Cependant, je ne vois pas en quoi je peux vous être utile. Vous reconnaissez vous-même que les policiers italiens ont fait leur maximum. Pourquoi pensez-vous que je réussirais là où ils ont échoué ?

– Je suis persuadé que, derrière tout ça, il y a quelqu'un qui poursuit un but. Quelqu'un de diabolique, certes, mais de parfaitement organisé. Je vous fais confiance pour garder l'esprit ouvert.

Vianney de la Tour Audelange pointa de nouveau son index vers le guéridon.

– Je vous prie d'étudier tous ces documents afin de vous faire une opinion.

– Vous avez fait appel à d'autres enquêteurs privés que moi, je suppose.

– Oui et non. Dans le dossier, vous trouverez les coordonnées de Catherine Blaise sur la première page. Je vous conseille de contacter cette personne. Elle a des choses à vous apprendre.

Le vieil homme passa une main tremblante sur son front. Cette éprouvante conversation l'épuisait.

– Je suis riche, monsieur Dancourt. Très riche. Mon argent est à votre disposition. Il n'y a aucune limite. Je vous ai fait préparer un chèque par mon comptable. Ce n'est qu'une avance. De cent mille euros.

Maxime sursauta. La somme était énorme.

– J'aurais l'impression de vous voler si je ne découvre rien d'intéressant, remarqua-t-il.

– Je sais qu'au moins vous essaierez. Je ne doute pas de votre honnêteté et encore moins de votre ténacité.

– Ça demande réflexion, quand même. Je dois d'abord étudier votre dossier. Je vous donnerai ma réponse demain.

Vianney de la Tour Audelange agita la tête. Parkinson ou acquiescement ?

– Il n'y a pas eu que douze victimes, monsieur Dancourt.

Des familles entières ont été détruites, cette nuit du 24 décembre. Mon… mon fils…

La voix se brisa. Maxime n'osait plus regarder le malheureux vieillard. Mais celui-ci puisa dans ses maigres forces pour ajouter :

– Mon fils et ma belle-fille n'ont pas supporté la perte de leur chère Blandine.

Maxime aurait préféré être sourd plutôt que d'entendre les derniers mots de cet homme ravagé par des souffrances incommensurables.

– Ils se sont suicidés. Chacun d'une balle dans le cœur. Le cœur…

3

Toulouse, le 4 janvier 2012, 21 h 30

Maxime se décida à quitter sa voiture. Il ouvrit la porte de chez lui et, se forçant à prendre un ton enjoué, il lança :

– C'est moi !

Aucune réponse. Il découvrit Lubin devant l'ordinateur, casque sur les oreilles, plongé dans une intense partie de *Portal 2*. Un reste de pizza s'amollissait dans son carton. Lequel carton, bien gras, œuvrait à ajouter une nouvelle auréole sur la table en bois. Ça, ce fut la goutte d'eau qui fit déborder le vase. Pris d'une soudaine fureur, Maxime arracha le casque de la tête de son fils, qui poussa un cri de surprise.

– Hé ! Ça va pas, non ?

Maxime balança le carton de la pizza sur le clavier de l'ordinateur.

– Combien de fois je t'ai dit de ne pas laisser ces saletés sur la table de grand-mère ? Tu ne sais toujours pas où est la poubelle ?

– C'est toi qu'es dégueu ! J'ai de la sauce tomate sur mon pantalon, maintenant !

– Et qu'est-ce que tu fais devant l'ordi ? Tu n'avais pas des devoirs à faire ?

– C'est les vacances.

Maxime eut une violente envie de le gifler. Mais il n'avait jamais frappé son fils en dépit de (très) nombreuses tentations.

– On est le 4 janvier ! répondit Maxime. Les jeunes de ton âge étaient en cours aujourd'hui. Rappelle-moi pourquoi, toi, tu n'y étais pas ?

– Parce que les profs sont des cons.

– Parce que tu t'es fait virer de tous les collèges de la région ! cria Maxime.

Lubin essuyait son pantalon avec un mouchoir en papier, d'un air pénétré. La colère de Maxime retomba d'un coup.

– Tu es en train d'étaler au lieu d'enlever, remarqua-t-il. Il y a du détachant dans la cuisine.

– Oui, maman !

– Encore une réflexion de ce genre et tu pourrais bien la retrouver, ta mère.

– Oh bah, ça va ! protesta Lubin en se levant. Pas la peine de faire un drame pour une pizza !

Malgré tout, il prit le carton pour le jeter. Sur le seuil de la cuisine, il se retourna.

– Ah, à propos… J'ai fini les exercices de maths, j'ai écrit trois pages sur le poème de Paul Eluard et j'ai révisé le chapitre sur la Première Guerre mondiale.

Et toc. Il fallait toujours qu'il ait le dernier mot. Un petit sourire satisfait aux lèvres, Lubin chercha la bouteille de détachant dans le placard.

– Pas de quoi se vanter, rétorqua Maxime, tu serais au lycée si tu n'avais pas redoublé ta quatrième !

Lui aussi aimait avoir le dernier mot. Mais Lubin n'allait pas laisser passer ça.

– Pas la faute de bibi ! La prof de français était une vraie peau de vache ! Elle m'a eu dans le nez dès le premier jour !

– Rien n'est jamais de ta faute, répondit Maxime. Ne pas aller en cours, pas de ta faute. Se montrer insolent, pas de ta faute. Ne pas rendre les devoirs, pas de ta faute !

Lubin se rassit devant l'ordinateur pour frotter la tache avec application. Il n'avait pas du tout envie de poursuivre cette conversation.

– Et ta journée, c'était comment ? demanda-t-il. Tu as suivi le mari infidèle ou l'amant de la femme ?

– Le métier de détective privé ne se résume pas aux histoires de couple. Et puis, tu devrais les remercier, les époux jaloux. Sans leur argent, je n'aurais pas les moyens de te payer des professeurs particuliers. Sans parler des cours de tir à l'arc, comme si tu ne pouvais pas jouer au foot…

– Les joueurs de foot sont des abrutis. Et puis, c'est salissant. C'est quoi, ce gros dossier ?

Instinctivement, Maxime posa la main sur le dossier que lui avait remis Vianney de la Tour Audelange.

– Va te coucher.

– Il est même pas 10 heures ! J'ai pas sommeil !

– Eh bien, profites-en pour lire un livre.

Lubin haussa les épaules et fit mine de reprendre sa partie de *Portal 2*. Maxime renonça. Il n'avait pas l'énergie de continuer la lutte. Tous les soirs, c'était pareil.

S'occuper de Lubin, c'était comme gravir une montagne à la force du poignet. Un brin fatigant. D'ailleurs, sa mère avait abandonné le combat et l'avait refilé à son ex. Elle ne supportait plus Lubin et ses problèmes scolaires, son caractère entêté et son humeur de chien. Son effronterie, surtout, qu'elle prenait pour de l'hostilité et un manque de respect à son égard. Maxime, finalement, ne se débrouillait pas si mal avec son fils. Lubin ne rentrait pas dans les moules. Il valait mieux le retirer d'un système qu'il rejetait au lieu de le contraindre à y rester. Lubin avait accepté le marché : il travaillerait à la maison. Au bout de quatre mois d'essai, il tenait toujours sa promesse. Une victoire pour Maxime. Mais Lubin se vengeait quotidiennement en lui menant la vie dure.

Maxime se réfugia dans son bureau pour étudier le cas de Blandine. Il s'était engagé à donner une réponse le lendemain. Il fallait bien qu'il s'y mette… Il grommela en découvrant sur la première page : contacter Catherine Blaise, astrologue. Une astrologue ! Pourquoi pas une voyante pendant qu'ils y étaient ?

– Ridicule… marmonna-t-il.

Dans une pochette transparente, il trouva le chèque de cent mille euros. Pas le genre de choses qu'on a souvent l'occasion de voir ! Dans le dossier, il y avait beaucoup de documents en italien, accompagnés de leur traduction en français, des rapports de police et d'autopsie, des analyses diverses, des expertises psychiatriques, des profilages… Des documents absolument confidentiels. Mais quand on s'appelle Vianney de la Tour Audelange, on obtient tout ce qu'on veut. L'argent et les relations ouvrent bien des portes.

Et puis, il y avait les photos.

Maxime pouvait à peine les regarder. Heureusement, la plupart étaient en noir et blanc. Celles en couleurs représentaient les tombes souillées par les croix gammées et quelques clichés du cimetière de San Michele. Avec une bizarrerie : une vue aérienne de l'île, dont Maxime ne comprit pas l'intérêt sur le moment.

Il repoussa le tas de photos. Ce n'était pas supportable. Maxime entreprit la lecture des rapports de police. Le descriptif des cadavres lui fila rapidement la nausée. Pourtant, les horreurs, il connaissait, avec l'éventreur de Blagnac. Il se concentra sur les analyses médico-légales. Toutes les victimes avaient bu, sans doute de la bière puisqu'on avait retrouvé des bouteilles vides auprès d'elles. Il y avait aussi des traces de drogue dans leur sang. Mais pas en quantité suffisante pour être réellement significatives. En résumé, les victimes étaient probablement conscientes quand elles avaient été massacrées. Les corps étaient tous au même endroit. Personne n'avait pu s'échapper. Il y avait donc forcément plusieurs assassins.

S'échapper… Maxime reprit la vue aérienne de l'île. Oui, bien sûr. Pour accéder à San Michele, il fallait un bateau. Or il n'y en avait pas ! À part ceux de la police italienne, évidemment. Les victimes et leurs meurtriers étaient arrivés ensemble. Ces derniers étaient repartis avec les bateaux.

Pourquoi ces douze jeunes gens avaient-ils quitté leur maison après le réveillon de Noël ? Ils avaient bu de la bière et fumé de l'herbe dans le cimetière. Cela ressemblait à une virée entre copains. Ils ne se doutaient pas qu'ils allaient mourir cette nuit-là. Ils avaient confiance dans leurs assassins.

Qui étaient-ils, ces gamins de seize ans ? Maxime parcourut la victimologie établie par les experts. Les victimes étaient des enfants de « bonnes familles », pas forcément fortunées mais respectables. À part Blandine de la Tour Audelange, tous habitaient Venise. Blandine s'était-elle trouvée par hasard au mauvais endroit, au mauvais moment ? Plusieurs de ces jeunes gens fréquentaient le même établissement scolaire. Ils se connaissaient probablement mais n'entretenaient apparemment pas de relations amicales. Au bout du compte, il y avait assez peu de points communs entre les victimes.

Maxime rangea les documents. Il était très indécis. Certes, une énorme somme d'argent était en jeu. Mais reprendre une enquête, seize ans après les faits, était un pari risqué. Par ailleurs, refuser l'offre de Vianney équivalait à achever le pauvre vieillard en le privant de ses derniers espoirs.

Maxime soupira. Il éteignit la lampe du bureau. Quelques secondes dans le noir… puis il se leva et sortit de la pièce.

« Tiens, Lubin est allé se coucher », pensa-t-il.

Maxime était trop fatigué pour trouver ça bizarre.

***

Lubin attendait, étendu sur son lit. Il sourit en entendant le craquement caractéristique des marches de l'escalier. Il ne bougea pas. « Allez, allez, va prendre ta douche… » Lubin pouvait être incroyablement patient quand il avait une idée derrière la tête. « Ça y est, la porte de la chambre se referme… Encore dix minutes, le temps que le vieux s'endorme. »

La main de son père sur le gros dossier, ça, Lubin l'avait remarqué. Maxime ne voulait pas que son fils voie ce qu'il y avait dedans. Il n'aurait pas réagi comme ça s'il ne s'agissait que d'une enquête ordinaire. Et puis le dossier était beaucoup trop épais. Six mois auparavant, Maxime avait été engagé pour surveiller un entrepôt. Le propriétaire était persuadé qu'un de ses employés lui volait du matériel. Maxime avait « planqué » pendant plusieurs nuits devant le bâtiment. Et il avait coincé le mec en flagrant délit. Il l'avait photographié en pleine action. Ses anciens collègues de la police, une fois prévenus, avaient procédé à l'arrestation. Le voleur était en taule maintenant. Ça, c'était un peu plus excitant que les mémères qui trompaient leur mari !

Lubin ne pouvait pas résister à la tentation. Il fallait qu'il sache ! Il se faufila hors de sa chambre. Il devait se méfier de ce foutu escalier en bois qui craquait dès qu'on y posait un doigt de pied. Crac ! Lubin s'immobilisa, le cœur battant. Non, pas de mouvement du côté de la chambre de Maxime. Au pire, s'il se faisait prendre, il pourrait toujours dire qu'il avait soif. Mais il aurait un peu de mal à expliquer pourquoi il n'avait pas allumé la lumière.

Ouf… Lubin calma sa respiration. Dans la rue, l'ampoule du réverbère clignotait. Elle n'allait pas tarder à claquer, celle-là. À pas lents, Lubin se dirigea vers le bureau de son père. Et voilà, pas plus dur que ça !

Lubin eut un petit rire en s'asseyant devant la table. Le

gros dossier y était toujours. Le coin d'une photo en noir et blanc dépassait. Lubin tira dessus. Il ne comprit pas ce que ça représentait. Le détail de quelque chose. Alors, il ouvrit le dossier. Il s'intéressa d'abord aux photos parce que c'était le plus facile.

C'était comme dans ces émissions à la télé où on jette en pâture aux spectateurs des images de crimes atroces. On est à la fois horrifié et hypnotisé. On n'y croit pas, mais on sait que c'est vrai. Et on ne change pas de chaîne. Lubin regardait les photos, une par une, dans un état second. Il était partagé entre l'effroi et la fascination.

Lubin avala sa salive, au bord de la nausée. Il fit un tas très propre avec les photos, comme s'il suffisait de les ranger soigneusement pour en effacer l'horreur.

Un chèque de cent mille euros ! Purée… Pourquoi y avait-il l'adresse d'une astrologue ? Lubin commença à lire les dépositions des parents des victimes. Et il remarqua tout de suite que quelque chose clochait.

4

toulouse, le 5 janvier 2012

Maxime avait pris une décision : il refuserait l'offre de Vianney de la Tour Audelange. Il ne pouvait pas, en toute honnêteté, se lancer dans une enquête dont il était facile de prévoir le résultat. Par acquit de conscience, il jetterait un dernier coup d'œil au dossier. Il était fatigué la veille au soir et il avait plus parcouru que lu la plupart des documents.

Lubin tartinait son pain grillé avec un mélange de sa composition : du fromage de chèvre avec de la confiture de prunes. Un mets des plus délicats, d'après lui.

– B'jour ! Tu veux une tartine ?

Maxime secoua la tête et se prépara un café instantané. Lubin attendit que son père s'asseye à la table de la cuisine.

– Tu vas au bureau ce matin, ou tu vas à la banque ? demanda-t-il.

– Pourquoi j'irais à la banque ?

– Ben, pour… pour tirer de l'argent.

Maxime regarda son fils avec étonnement. De quoi parlait-il, celui-là ?

– Tu devais augmenter mon argent de poche, ajouta précipitamment Lubin. Début de l'année.

– Je n'ai jamais dit ça, répondit Maxime. Début de l'année ou pas. Tu crois que les euros poussent sur l'arbre du jardin ?

– Mais t'as plein de fric !

– D'où tu sors une idée pareille ?

– De… du… heu… Tes affaires marchent bien, non ?

Maxime tournait sa cuillère dans la tasse de café avec application. Rester muet en fixant Lubin de ses yeux bleus était un truc très efficace pour mettre son fils mal à l'aise. Lubin mordit dans la tartine chèvre-prunes pour cacher son embarras. Long silence…

– D'accord… dit lentement Maxime. Quelle bêtise astu encore faite ?

– Qui, moi ? s'offusqua Lubin. Je suis un vrai petit ange depuis des mois !

– Les anges fauchent dans les magasins, maintenant ?

– J'ai pas fauché, j'ai oublié de payer avant de sortir. Et puis, c'est arrivé qu'une fois.

– Parce que les autres fois, tu ne t'es pas fait prendre.

– C'est de la diffamation, bougonna Lubin.

Maxime lui rit au nez. Lubin ramassa le journal et se plongea dans les pages régionales. À côté de la carte météo, il y avait l'horoscope.

– « Lion : remettez en cause vos habitudes », lut-il. Ouais, pourquoi pas… Toi, c'est quoi déjà ? Ah oui… « Scorpion : rien ne vous résiste. » Si tu as l'intention d'arrêter quelqu'un, aujourd'hui, c'est le bon jour. Tu te souviens de la copine de maman, comment déjà… ah oui,

Marion, elle avait prédit votre divorce. C'était écrit dans la carte du ciel de maman.

– Cette espèce de folle avait aussi annoncé à la radio que l'homme retournerait sur la Lune avant 2011.

– En tout cas, pour le divorce, elle ne s'était pas trompée. J'aimerais bien qu'un astrologue fasse ma carte du ciel, moi.

Les petits rouages dans la tête de Maxime se mirent en route. Voyons, voyons, voyons… Banque… plein de fric… astrologue…

– Tu es allé fouiller dans mon bureau ! s'écria-t-il.

– Je n'ai pas eu besoin, t'as tout laissé bien en évidence sur ta table.

Maxime faillit lui lancer sa tasse à la figure. Il se leva et jeta violemment le reste du café dans l'évier. Cela lui permit de contrôler sa colère.

– Est-ce que je regarde dans tes tiroirs, moi ?

Lubin prit un air innocent, mais il n'en menait pas large.

– Je ne trouvais pas les ciseaux pour ouvrir le sachet de gruyère râpé. Je voulais préparer une omelette. C'est pour ça que je suis allé dans ton bureau.

Maxime avisa le gros pot de grès où étaient rangés différents accessoires de cuisine. Avec deux doigts, il en tira la paire de ciseaux.

– Ah ! fit Lubin. Pas vu… De toute façon, j'ai changé d'avis pour l'omelette.

– Tu te fous de moi ?

Lubin haussa vaguement les épaules. D'une voix légèrement chevrotante, il dit :

– Tu ne vas pas tout de même pas me reprocher de

m'intéresser à ton boulot quand même ?

– Si je ne t'en parle pas, c'est parce que ce n'est pas le genre de choses qu'on raconte aux enfants.

– J'ai quinze ans, répondit Lubin, vexé.

– Tu sais ce que signifie Lubin ? « Petit loup ». Maxime, ça veut dire « le plus grand ». Moi, grand. Toi, petit. Pigé ?

– C'est malin… grommela Lubin. Quand est-ce qu'on part pour Venise ?

La question était tellement inattendue que Maxime en resta bouche bée. Il fut encore plus surpris quand Lubin poursuivit, sur un ton très professionnel :

– J'ai bien étudié le dossier, c'est évident qu'il faut enquêter sur place. D'abord, j'ai des doutes au sujet de la déposition des grands-parents de Blandine de la Tour Truc-Machin. C'est pas clair, leur histoire d'homme en noir qui rôdait autour de la maison. Parce que, franchement, c'est trop bizarre que les parents de l'autre, là, Giovanni, ils disent aussi qu'ils ont aperçu un homme en noir. Ça sonne faux, tout ça. Et puis, il y a le témoignage de la tante de, heu, comment déjà… Rosa, qui affirme que sa nièce connaissait Blandine, alors que les grands-parents de Blandine, eux, prétendent le contraire. Quant à cette histoire de bateau volé, alors là, non ! Moi, je ne marche pas !

Maxime ne comprenait rien à ce que son fils lui disait. Mais il lui était assez difficile d'avouer qu'il n'avait pas lu les dépositions des témoins ! Il essaya de s'en sortir par une pirouette.

– Tu peux oublier. Je n'ai pas l'intention d'accepter cette affaire.

Ce fut au tour de Lubin d'être surpris.

– Quoi ? Tu ne vas pas refuser cent mille euros ?

– Il y a peu de chance de résoudre ce cas, après tout ce temps. Et quand bien même je tenterais le coup, je ne t'emmènerais certainement pas à Venise ! Autrement dit, je te renverrais chez ta mère. Tu souhaites toujours que j'accepte ?

– Ouais ! J'ai envie d'avoir un père riche ! Je pourrais enfin avoir mon scooter !

– Pour ça, il faudra d'abord me passer sur le corps, répondit Maxime. Le scooter, c'est non !

– Je serai super, super prudent, plaida Lubin. J'irai même jusqu'à porter un gilet jaune fluo.

– Tu veux que je te montre les statistiques de la Sécurité routière sur les accidents de moto ?

– Tu me l'as déjà fait, ce coup-là. Remarque, avec cent mille euros tu pourrais me payer une limousine avec chauffeur ! Sérieux, tu vas vraiment laisser tomber l'enquête ? C'est pourtant pas ton genre d'abandonner.

– Je n'abandonne rien puisque je n'ai rien commencé. Juste par curiosité… Pourquoi tu penses qu'il y a un problème à propos du bateau volé ?

– Ben, c'est évident, non ?

– Possible, dit Maxime. Mais je voudrais tester tes capacités de déduction.

Lubin se sentit très fier. Son père lui demandait une démonstration de son talent de détective ! En vérité, Maxime souhaitait seulement savoir de quoi il s'agissait !

– Enfin, le mec dit qu'on lui a volé son canot à moteur le 23 décembre. Et il n'a pas fait de déclaration à la police ? Ça ne tient pas debout, ça !

– Il ne s'en est peut-être pas aperçu.

– Ben, dans ce cas, comment il peut affirmer que le vol a eu lieu le 23 décembre ?

– Parce qu'il s'en est servi le 22 et qu'il ne l'a pas retrouvé le 24. Et comme c'est Noël et que c'est une période sacrée pour les Italiens, il a décidé d'attendre le 26 pour déclarer le vol.

Lubin fronça les sourcils. Il devait reconnaître que son père était vachement fort. Maxime, quant à lui, n'était pas beaucoup plus avancé, car il ignorait toujours de quoi il retournait. Il fit une nouvelle tentative.

– Et… hum, c'est si important que ça ?

Lubin ouvrit grands les bras et s'exclama :

– Ah bah, quand même ! S'il a menti, c'est qu'il est coupable ! Ou, au moins, qu'il est complice ! Y avait plein de sang dans sa barque !

Maxime sourit. « Merci… »

– Si la police ne l'a pas arrêté, c'est qu'il est innocent.

– Plutôt qu'il n'y avait pas assez de preuves contre lui, répondit Lubin. Les flics avaient une bonne raison de l'interroger pendant deux jours, tu sais bien.

« Allons bon ! Que voulait-il dire par là ? »

– Tu crois ? fit Maxime.

– Bah, attends ! Le mec avait une croix gammée tatouée sur le bras !

– Ça n'en fait pas un assassin pour autant.

– Tu plaisantes ? protesta Lubin. Y avait des croix gammées partout sur les tombes !

Maxime posa les deux mains à plat sur la table, signe d'une intense concentration. En silence, Lubin observa son père en pleine réflexion. Au bout de quelques minutes, Maxime déclara :

– Hypothèse numéro un : le type est coupable, doublé d'un véritable crétin puisqu'il a laissé des indices accablants dans son bateau. Faut pas être une lumière pour penser à nettoyer des traces de sang.

– C'est un nazi, évidemment que c'est un crétin ! rétorqua Lubin.

– Hypothèse numéro deux, poursuivit Maxime. Comme tu viens de le dire, c'est un fasciste. Chose probablement notoire puisqu'il porte un tatouage que tout le monde a pu voir. Les assassins lui volent son bateau puis l'abandonnent dans un endroit où ils sont sûrs qu'il sera retrouvé. Intelligemment, les assassins ont, préalablement, barbouillé les tombes avec des croix gammées. Et voilà un parfait suspect, servi sur un plateau à la police italienne.

– Pas mal pour un vieux con, admit Lubin. Alors, à ton avis, les vrais coupables ont voulu tromper les flics ?

– Et ils ont réussi. La piste retenue a bien été celle de crimes sataniques dont on sait qu'ils sont souvent perpétrés par des sympathisants de l'extrême droite. Ces criminels sont en général très jeunes, des adolescents en état de détresse affective. La victimologie dressée par les experts revêt, ici, une importance toute particulière, car elle répond clairement par la négative à la question : les douze victimes montraient-elles des signes d'appartenance à un groupe satanique ? Ce qui nous ramène à la question essentielle : pourquoi étaient-elles sur l'île de San Michele la nuit de Noël ?

– Et alors ? demanda Lubin, les yeux brillants.

– Alors, il faut que je téléphone à mon client, répondit Maxime. À cause de toi, j'ai envie de continuer l'enquête, maintenant. Petit con !

Lubin éclata de rire puis eut un hoquet en se souvenant que si son père partait pour Venise, il serait obligé de vivre chez sa mère quelque temps. Et ça, ce n'était pas drôle du tout.

5

toulouse, toujours le 5 janvier 2012

Lubin aurait bien voulu continuer la conversation avec son père. Malheureusement, à 9 heures pile, son professeur de maths sonna à la porte. Maxime se réfugia dans son bureau pour étudier le dossier en détail. Il était surtout intrigué par ce que lui avait dit Lubin sur un certain homme en noir.

Il chercha la déposition du grand-père de Blandine, Ugolino Drazzi, comte de son état et propriétaire d'un palais à Venise (encore un pauvre…), et celle du père de Giovanni Rosso, une autre victime. M. Rosso tenait une boutique de souvenirs. Maxime lut attentivement les deux documents. Lubin avait raison : il y avait quelque chose d'étrange dans cette histoire de mystérieux rôdeur. Maxime se demanda si son sentiment de malaise était dû à un défaut de la traduction. Alors il reprit les textes originaux en italien.

Ugolino Drazzi s'exprimait avec élégance et aisance et son vocabulaire n'était pas celui de n'importe qui. M. Rosso, lui, parlait avec des mots simples, se montrait parfois vulgaire. Clairement, les deux hommes n'appartenaient pas au même monde. L'un et l'autre racontaient avoir aperçu un homme en noir qui semblait espionner leur maison. Et c'était bien là où se situait le problème : cette partie de leurs dépositions respectives était identique. *Exactement* identique : même récit, mêmes remarques, mêmes termes.

Troublé, Maxime entreprit la lecture des rapports de police. Il n'était pas au bout de ses surprises. Le père d'une jeune fille expliquait qu'il avait eu l'impression d'être surveillé sur son lieu de travail, un restaurant, trois jours avant le drame. Une mère se rappelait parfaitement que son fils lui avait dit qu'un homme l'avait suivi dans la rue. Tous les parents racontaient une histoire plus ou moins similaire. Maxime s'étonnait surtout du peu d'émotion qui se dégageait de ces dépositions. D'autant plus troublant que les Italiens étaient réputés manifester bruyamment leur douleur !

Il y avait une note dissonante dans ce bel ensemble, le témoignage de Ninetta Cordoni. Celle-ci affirmait avoir aperçu sa nièce Rosa discuter avec Blandine à proximité des Gallerie dell'Accademia. Le comte Drazzi avait répondu à cela que Blandine aimait particulièrement ce musée et qu'il était possible qu'elle se soit trouvée là. Si Rosa y était également, ce ne pouvait être qu'un simple hasard. De leur côté, les Cordoni juraient haut et fort que leur fille Rosa n'allait jamais se promener dans ce quartier de Venise. Mais Ninetta Cordoni était du genre têtu. Elle s'était rendue à quatre reprises dans les locaux de la police. Elle savait que les deux jeunes filles se connaissaient bien. Comment expliquer autrement leur comportement ?

Ninetta les avait vues s'éloigner vers le pont, bras dessus bras dessous. Dans sa dernière déposition, Ninetta avouait ne pas comprendre pourquoi son propre frère refusait dc la croire. Il ne lui ouvrait même plus sa porte et la traitait de folle. Pire encore, il lui avait interdit d'assister à l'enterrement de Rosa. Ninetta Cordoni était la seule, vraiment la seule, qui semblait ravagée par le chagrin.

Maxime décrocha son téléphone pour appeler une autre âme en souffrance, Vianney de la Tour Audelange. « Oui, il reprenait l'enquête, sans garantie de résultat… » Vianney lui demanda s'il avait pris contact avec Mme Blaise. Maxime hésita un instant car il ne se souvenait pas de qui il s'agissait. « Ah oui, l'astrologue… Non, il n'avait pas eu le temps. » Vianney insistait. Il fallait absolument que Maxime la rencontre. Parce qu'il avait hâte de raccrocher, Maxime promit de le faire sur-le-champ. Ce que, évidemment, il ne fit pas.

En rangeant les documents, il eut un geste malheureux et toutes les photos tombèrent par terre. Il les ramassa en maugréant. L'une d'elles avait glissé sur le parquet jusqu'au pied de la bibliothèque. Maxime dut se lever pour la récupérer. Il s'immobilisa, le dos courbé, en découvrant ce qu'il y avait dessus.

Vianney avait joint une photo de Blandine au dossier.

Maxime restait comme hypnotisé devant l'image. Les yeux de Blandine. Des yeux vairons, l'un brun étoilé d'or et l'autre partagé en trois triangles : vert, marron et mordoré. Ils ressortaient d'autant plus que le visage de la jeune fille était encadré de longs cheveux noirs et que sa peau était très blanche. Avec ses pommettes saillantes et ses lèvres pulpeuses, Blandine avait tout pour devenir une icône de la mode. D'ailleurs, elle prenait la pose sur la photo, le menton à peine soutenu par une main fine et le regard rêveur. Une posture bien peu naturelle, d'une sensualité dérangeante, comme sur le portrait dans le salon de son grand-père. Une fille comme ça, ça n'existe pas.

Maxime se redressa. Il avait l'impression que la photo lui brûlait les doigts. Il la jeta presque sur le bureau. Il ne pouvait pas la remettre dans le dossier au milieu de toutes ces horreurs. Il ne savait pas quoi en faire, alors il la laissa là, sur sa table.

Il sursauta en entendant frapper à la porte. Lubin avait l'habitude d'entrer sans autorisation, de préférence en beuglant ou en râlant. Une telle délicatesse ne présageait rien de bon. Comme il était debout, Maxime lui ouvrit.

– Quelle bêtise tu as faite, cette fois ?

Lubin prit un air outragé avant de lui répondre.

– C'était juste pour te demander si tu voulais des pâtes, des nouilles ou des spaghettis pour le déjeuner !

– Quoi ? Mais il est quelle heure ?

– Midi et demi. Et j'ai les crocs.

Maxime n'avait pas l'intention de cuisiner et se décida en faveur d'un sandwich jambon-beurre-cornichons. Sauf que son fils avait mangé le pain, le jambon et le contenu d'un bocal entier de cornichons en jouant à *Portal 2*.

– Et t'as encore faim ?

– Je suis en pleine croissance, moi, rétorqua Lubin.

– Et ça ne t'est pas venu à l'idée de faire des courses au lieu de t'abrutir devant un jeu vidéo ?

– Hé ! Après deux heures de maths, j'avais bien le droit

de m'amuser un peu ! Bon alors, nouilles sauce tomate ?

– J'en ai marre des pâtes, dit Maxime. Va chez le charcutier acheter un plat tout préparé. Et passe à la boulangerie !

– C'est loin, à pied ! Si j'avais un scooter…

Maxime lui donna vingt euros et lui ordonna de dégager vite fait. Pour la forme, Lubin le traita d'esclavagiste mais obtempéra. Il appréciait les petits plats du charcutier.

Maxime retourna dans son bureau et alluma son ordinateur. Il commença par chercher dans les archives de la télévision italienne. Il passa rapidement sur les reportages qui montraient la police et le cimetière de San Michele. Il s'intéressait surtout aux images des onze enterrements vénitiens. Il voulait voir les familles des victimes. Les commentateurs s'extasiaient devant le comportement si digne des parents éplorés. Maxime avait une tout autre lecture de la scène. Oh, bien sûr, les mères sanglotaient. Ou plutôt, elles secouaient les épaules en se tamponnant les joues avec leurs mouchoirs. Du spectacle destiné aux caméras. Les pères se tenaient raides, le visage fermé. De la dignité, ça ? Non. De l'indifférence. Maxime visionna plusieurs fois de suite les reportages. Dans l'un d'eux, il remarqua que certaines personnes semblaient s'ennuyer. Elles avaient clairement hâte de partir. Un gros plan opportun sur une des mères révéla une chose fort dérangeante : elle se frottait frénétiquement les yeux et, pourtant, ne versait pas une larme.

Maxime posa les deux mains sur la table et réfléchit. Les images produisaient sur lui le même effet que les dépositions, un malaise indéfinissable. Ces gens cachaient quelque chose. Maxime pouvait admettre qu'ils aient peur. Mais feindre la douleur quand on vient de perdre son enfant d'une manière aussi atroce était inconcevable. C'était pourtant le cas. Dans l'esprit de Maxime, il n'y avait aucun doute. Il essaya d'imaginer comment lui réagirait si son fils était assassiné. Il deviendrait fou ! Il repensa à Ninetta Cordoni. La tante de Rosa manifestait une réelle souffrance, alors que le propre père de la jeune fille regardait discrètement sa montre à l'enterrement de celle-ci !

Tout ça soulevait une autre question également troublante : les policiers italiens étaient-ils aveugles ou stupides ? N'avaient-ils rien trouvé de bizarre chez ces parents ? Mais Maxime savait par expérience qu'il était très difficile, quand on est dans le feu de l'action, d'avoir une vision totalement objective. Il l'avait expérimenté pendant l'enquête sur l'éventreur de Blagnac. Il avait été confronté au drame et à la douleur des familles. Ce genre de violence, incompréhensible et insoutenable, laisse des traces et altère votre jugement. Les policiers sont humains et, à moins d'être eux-mêmes des psychopathes, ils ressentent de la compassion et de la tristesse. Les *carabinieri* italiens n'échappaient pas à cette règle. Face à une telle horreur, ils n'avaient peut-être pas voulu harceler les parents par des interrogatoires à répétition. Et donc, certaines étrangetés dans les récits ou les comportements avaient tout simplement pu leur échapper.

Maxime, lui, réexaminait tous les documents disponibles, seize ans après les faits. Il n'était pas sous le coup de l'émotion du moment. Il était capable de porter un regard critique sur les événements et de déchiffrer les images, une par une. Il avait, d'ailleurs, pris soin de visionner aussi les reportages sans le son, les commentaires étant un sujet de distraction. Personne ou presque ne peut contrôler ce qu'on appelle les micro-expressions. Ces expressions du visage, désormais répertoriées, peuvent fournir des informations importantes. Notamment, elles trahissent les menteurs. Les attitudes, positions du corps ou « tics » sont autant de signes qu'il est possible de décrypter. Pour un intuitif comme Maxime, l'exercice était facile. Et la sentence sans appel : ces gens-là ne pleuraient pas leurs enfants assassinés. Pour être perturbant, c'était perturbant…

Lubin ouvrit la porte en grand en hurlant.

– À table ! T'es sourd ? Ça fait dix minutes que je m'égosille !

Maxime s'excusa en éteignant son ordinateur.

– Ça y est ? T'as découvert le coupable ? demanda Lubin.

– Le colonel Moutarde.

Maxime fit une drôle de tête en entrant dans la cuisine.

– Des lasagnes ? Je t'envoie chez le charcutier parce que j'en ai marre de manger des pâtes et tu achètes des lasagnes ?

– Ben quoi ? C'est pas pareil ! Et puis, elles sont sacrément bonnes. Je t'ai pris un éclair au chocolat, alors râle pas.

Maxime avait un faible pour les éclairs au chocolat. Ça lui rappelait son enfance, quand sa grand-mère venait le chercher le mercredi. Ils passaient à la boulangerie et sa grand-mère lui offrait un gâteau. Maxime restait planté devant la vitrine pendant un temps fou. Et, à la fin, il choisissait toujours l'éclair au chocolat.

– Et la monnaie ?

Lubin, qui avait la bouche pleine, crachouilla quelques mots qui devaient être : « Quoi, quelle monnaie ? »

– Celle des courses, dit Maxime. Je t'ai donné un billet de vingt.

Lubin avala sa grosse bouchée de lasagnes.

– Tu sais, de nos jours, on n'a vraiment plus rien pour vingt euros, répondit-il.

Maxime tendit sa main.

– Mon pognon, je te prie.

– Y en a plus. Juré.

– Qu'est-ce que t'en as fait ?

Lubin se pencha pour saisir un objet qu'il avait posé sur la chaise à côté de la sienne. Il montra un magazine spécialisé dans les jeux vidéo. Maxime aperçut le prix sur la couverture.

– Je prends note. Six euros trente à déduire de ton argent de poche du mois prochain.

– Hé ! protesta Lubin. T'as plein de fric, t'exagères !

– Mon fric. Pas le tien. C'est à moi de décider comment je veux le dépenser.

Lubin le traita d'égoïste radin. Le déjeuner se poursuivit dans une ambiance morose. Maxime sortit dans la rue pour déguster son éclair. Pour lui, c'était ainsi qu'il devait le manger, en marchant, comme il le faisait enfant sur le chemin de la maison de sa grand-mère. Il ne s'éternisa pas dehors car il faisait plutôt frisquet.

De retour dans son bureau, Maxime s'installa de nouveau devant son ordinateur. Troisième étape du travail préparatoire, après l'examen des pièces du dossier et le visionnage des reportages télévisés : la lecture des journaux. Dire qu'il y avait de quoi faire était un doux euphémisme. Les journalistes s'étaient déchaînés. Bien évidemment, on décrivait l'horreur, les Vénitiens sous le choc, les parents accablés, les Italiens indignés, les minutes de silence dans les établissements scolaires, les membres du gouvernement qui promettaient de « punir les lâches assassins de nos enfants »... et puis on arrivait au traditionnel « mais que fait donc la police ? ». Des journalistes particulièrement virulents vilipendaient les pauvres enquêteurs incapables de trouver le moindre indice. Et chacun y allait de son petit commentaire sur Internet. Dans tout ce fatras, il n'y avait, en vérité, que peu d'informations intéressantes.

Un journal en ligne avait, cependant, effectué une assez bonne analyse des faits. Il n'y avait aucun pathos dans ces articles, ce qui tranchait avec ce qu'on pouvait lire par ailleurs. L'auteur, un certain Di Stefano, émettait des doutes quant à la piste du crime satanique. Il ne croyait pas non plus que les victimes se soient rendues sur l'île de San Michele juste pour faire la fête. Parce qu'on fait ce genre de bêtises le 31 décembre, pas la nuit de Noël après le réveillon. Di Stefano posait une question importante : comment se faisait-il que ces jeunes gens se soient retrouvés ensemble ? Soit, en dépit des déclarations de leurs familles, ils se connaissaient, soit ils avaient une connaissance en commun. Pour Di Stefano, quelqu'un avait persuadé les victimes de le suivre à San Michele.

Sous le prétexte de fumer un joint et d'avaler de la bière dans un cimetière ? Assez peu crédible. On pouvait, à la rigueur, convaincre deux ou trois personnes, mais douze ? Voire plus, puisqu'il fallait aussi compter les assassins. Alors, pourquoi ? Pourquoi étaient-ils là ?

Maxime prit note du nom de Di Stefano. Son intuition lui disait que ce gars-là en savait plus qu'il n'en avait écrit. Il ne serait peut-être pas inutile de le contacter.

Par acquit de conscience, Maxime décida de consulter les archives sur plusieurs semaines. Au bout de quinze jours, les articles sur les meurtres étaient déjà relégués aux pages intérieures. Comme toujours, un événement en chassait un autre…

« Un cadavre mutilé repêché au large de Murano. »

Maxime leva son doigt de la souris.

« Le cadavre d'un homme a été découvert, par des pêcheurs, flottant dans les eaux de la lagune, à proximité de l'île de Murano. L'individu, en état de décomposition avancée, n'est pas identifié pour l'instant. Son corps portait de profondes blessures, une de ses jambes a même été arrachée. La police n'écarte pas la piste du suicide, les blessures pouvant avoir été causées *post mortem* par l'hélice d'un bateau. »

Daté du 8 janvier 1997.

6

De Toulouse à Carcassonne, le 6 janvier 2012

Maxime se réveilla avec ce genre de céphalée qu'il qualifiait de psychosomatique. C'était la migraine du « j'ai des trucs à faire et je n'en ai pas du tout envie ». Il se traîna jusqu'à la salle de bains pour prendre une douche qui ne le soulagea pas. Lubin n'étant pas levé, il frappa à sa porte en passant. Puis il descendit.

Première corvée, appeler l'astrologue. Laquelle lui répondit sèchement qu'il était 7 heures du matin et que ce n'était pas une heure pour téléphoner aux gens. Bon… Gracieuse, la dame ! Elle lui donna néanmoins rendez-vous pour la fin de la matinée. Elle habitait à Carcassonne. Maxime allait encore devoir avaler des kilomètres.

Le nez dans son bol de café instantané, Maxime profitait pleinement de son mal de tête. Il n'était pas à proprement parler masochiste, mais il aimait se plaindre pour être consolé. Quand il était enfant, ça marchait très bien avec sa mère et sa grand-mère. Maintenant, Maxime se réconfortait tout seul en s'apitoyant sur son triste sort.

Lubin apparut dans la cuisine, les cheveux en bataille

et la marque de l'oreiller sur la joue.

– T'as une sale gueule, dit-il en guise de bonjour.

– Oui, merci, répondit Maxime. Est-ce que tu as l'intention d'aller chez le coiffeur, un de ces quatre ? Ce n'est plus une chevelure que tu as, c'est une tignasse.

– Une crinière, corrigea Lubin. J'adore mon look. Mais peut-être que j'irai chez le coiffeur pour un balayage… Je trouve que je ne suis pas assez blond.

– Une petite manucure, aussi ? Un gommage ? Un masque à l'argile ?

– Ah, ah, ah, fit Lubin en ouvrant le frigo. Ce que c'est drôle. Surtout venant de quelqu'un qui se tartine d'huile d'amande douce.

– C'est médical. J'ai la peau fragile.

Lubin posa le fromage et la confiture sur la table.

– Tu prendras le bus pour te rendre à ton cours de tir à l'arc, l'avertit Maxime. Je ne serai pas là pour te conduire.

– Si j'avais un scooter… commença Lubin.

– Encore un mot à ce sujet et je te supprime ton argent de poche jusqu'en mai.

C'était la menace préférée de Maxime et il fallait admettre qu'elle était fort efficace. Lubin haussa les épaules pour faire celui qui s'en moquait.

– Et tu vas où ? demanda-t-il.

– Rencontrer une foldingue à Carcassonne.

– Ah ! L'astrologue ! devina Lubin. Super ! Je peux venir ? Je serai sage !

– Bien sûr, on emmènera ton prof de français avec nous et aussi ton arc et tes flèches pour que tu puisses t'exercer en chemin.

– Je vais poster un message sur vie-de-merde.com, grommela Lubin.

Maxime rangea son bol dans le lave-vaisselle. Il regarda la pendule et soupira légèrement. La deuxième corvée de la journée l'attendait. Il s'enferma dans son bureau car il ne souhaitait pas que son fils l'entende.

– Allô ?

– Bonjour, Salomé. C'est moi, c'est Maxime.

– Oui, je t'avais reconnu. Qu'est-ce qui se passe ? Il y a un problème avec Lubin, comme d'hab ?

– Non, enfin oui, mais il n'est pas responsable. Il faudrait que tu le gardes pendant quelques jours parce que…

– Ah, certainement pas ! l'interrompit Salomé. Nous avons un accord. Je prends Lubin pendant les vacances, et je te rappelle que je viens de l'avoir à Noël. Alors non, c'est non !

Maxime sentit les poils de ses bras se hérisser. Parler avec son ex produisait cet effet sur lui. Malgré ses efforts pour rester calme, sa voix monta d'un ton.

– Tu ne l'as pris qu'une semaine et le reste du temps tu l'as collé chez tes parents !

– Mes parents ont le droit de le voir, il me semble ! D'ailleurs, Lubin était très content !

– Ce n'est pas la question ! J'ai des obligations professionnelles et je…

– Ah ! Parce que, moi, je n'en ai pas peut-être ? Décoratrice, ce n'est pas un métier, c'est un hobby, c'est ça ?

– Je n'ai jamais dit ça ! protesta Maxime.

– Oh, ce n'était pas la peine ! Tu me l'as toujours bien fait comprendre ! Je suis très occupée, moi, en ce moment !

Je ne suis pas disponible.

Les petits rouages dans la tête de Maxime se mirent en branle. Hum… Refus immédiat… pas disponible… une seule semaine à Noël avec Lubin…

– T'as un nouveau mec, c'est ça, hein ? dit Maxime.

Blanc sur la ligne, puis :

– Ça ne te regarde pas.

– Donc, j'ai raison. Écoute, je garderai Lubin pendant les vacances d'hiver en échange.

– Ce n'est pas POSSIBLE ! hurla Salomé.

Aïe ! Maxime éloigna le combiné de son oreille. Son ex-femme se lança dans des explications plus ou moins oiseuses. Elle avait rencontré un homme très bien, mais ils ne se fréquentaient que depuis peu et elle n'avait pas envie de le faire fuir…

– Quoi ? fit Maxime. Tu es en train de me dire que Lubin va le faire fuir ? Sympa pour ton fils !

– Je n'ai pas encore eu l'occasion de lui parler de Lubin.

Ce fut au tour de Maxime de rester muet.

– Tu ne comprends pas, continua Salomé. Il y a des hommes qui n'ont pas envie de se retrouver avec une famille du jour au lendemain. Il faut y aller en douceur.

Maxime se mit à ricaner. C'était nerveux.

– Il n'y a pas de quoi rire, dit Salomé.

– Je n'arrive pas à croire que tu puisses te montrer d'un tel égoïsme. C'est de ton fils qu'il s'agit.

– En l'occurrence, c'est de toi qu'il s'agit, rétorqua Salomé. Tu n'as jamais supporté l'idée que j'aime quelqu'un d'autre que toi.

– Qui d'autre ? L'architecte que tu as largué en novembre

dernier ? Ou le précédent qui, pas de chance, était marié ? Dois-je passer toute la liste en revue ? Tu n'aimes personne, tu aimes te sentir amoureuse, c'est très différent.

– Enfoiré, dit Salomé avant de raccrocher.

Bien… Voilà… Bravo. Encore une engueulade.

Lubin somnolait à moitié sur sa chaise quand Maxime regagna la cuisine.

– Vie-de-merde.com, c'est ça ? dit Maxime. Je vais m'inscrire.

– Maman, supposa Lubin. Z'êtes toujours pas foutus de vous parler…

Lubin se redressa d'un coup, les yeux soudain beaucoup plus vifs.

– Eh, une seconde ! Maman ne veut pas me prendre pendant que tu seras à Venise ! Génial, on part tous les deux !

– Même pas en rêve. Un séjour chez père-grand et mère-grand à Béziers, ça te branche ?

– Plutôt crever. Y z'ont pas Internet. Remarque, j'irais bien chez les tiens, de parents.

– Je suis d'accord, répondit Maxime. Juste un petit problème à régler. Je n'ai aucun moyen de les joindre en Inde ou au Bhoutan… peut-être en Thaïlande. Va savoir !

– Oh, c'est pas vrai, grommela Lubin. Y sont déjà repartis ?

– Les vieux, ce n'est plus ce que c'était, mon pauvre ami. Les retraités, maintenant, ils préfèrent faire du trekking au Népal plutôt que des mots croisés devant la cheminée. Va t'habiller, ton prof ne va pas tarder à arriver. Et moi, faut que je me dépêche.

Maxime fit un détour par la salle de bains pour se laver

les dents. Une pluie fine tombait quand il sortit de la maison. Ç'aurait été trop demander d'avoir du soleil pour conduire ? Heureusement, l'autoroute A61 le menait directement à Carcassonne. Il arriva plus tôt que prévu au pied de la cité fortifiée. Il en profita pour prendre un excellent café à l'ombre de la haute tour de l'église Saint-Vincent. Il devrait s'acheter une machine à expresso. Pour quelqu'un de raffiné comme lui, le café instantané, ce n'était pas très classe… Combien de machines à expresso pouvait-on s'offrir avec cent mille euros ? Il aurait dû dire à Salomé qu'il était riche, rien que pour l'emmerder. Maxime se secoua et quitta à regret son sympathique bistrot.

Il entra dans la grande forteresse par la porte Narbonnaise. Il y avait peu de touristes en cette saison, ce qui n'était pas dommage. Au moins, il n'avait pas à jouer des coudes pour se frayer un chemin au travers des petites rues étroites. Dans d'autres circonstances, Maxime aurait pris plaisir à se promener dans cette étonnante cité médiévale.

Mme Blaise faisait partie des rares privilégiés qui habitaient à l'intérieur de la double enceinte. Quoique, à la réflexion, son sort n'était peut-être pas si enviable que ça quand, en période estivale, la ville était envahie par des hordes de vacanciers en espadrilles.

Maxime sonna au numéro trois de la ruelle. La porte en bois s'ouvrit presque aussitôt. Maxime s'attendait à trouver une espèce de « Mme Irma » avec un hibou sur l'épaule. Catherine Blaise était une jeune femme rousse qui portait des lunettes cerclées de rouge et tenait un pinceau dégoulinant de peinture jaune.

– Faites attention, je suis en train de repeindre les

fenêtres, dit-elle en déposant le pinceau dans un bocal en verre. Le salon est droit devant vous.

Maxime avança avec précaution sur les feuilles de journal étalées sur le carrelage. Catherine Blaise le suivit en s'essuyant les mains sur un chiffon. Une fois dans le salon, Maxime se retourna vers elle. Catherine Blaise le scrutait de la tête aux pieds.

– Ouais, fit-elle d'un air entendu. Scorpion ascendant Balance.

Maxime garda le silence. Si elle croyait l'impressionner avec ça !

– J'ai lu votre date de naissance dans votre dossier, dit Catherine.

Là, Maxime réagit.

– Comment ça, mon dossier ?

– Vous ne pensiez tout de même pas que Vianney de la Tour Audelange vous avait engagé sans prendre des informations sur vous d'abord ? Il m'a demandé de dresser votre portrait astrologique. Ça vous intéresse ?

– Non, répondit Maxime. Je ne suis là que parce que M. de la Tour Audelange m'a certifié que vous avez des choses à m'apprendre sur le massacre de San Michele. Si ce n'est pas le cas, je ferais aussi bien de repartir.

– J'ai, effectivement, des choses à vous dire. Asseyez-vous. Vous voulez un café ?

Maxime ne refusait jamais un café. Il profita de l'absence momentanée de son hôtesse pour examiner les lieux. Intérieur assez dépouillé, une statue de Bouddha et des bâtons d'encens, des livres, beaucoup de livres.

Catherine réapparut avec un plateau qu'elle posa sur

la table basse. Elle s'installa face à Maxime.

– Que savez-vous sur l'année 1996 ? demanda-t-elle.

– Je ne comprends pas…

– C'est une année à treize lunes, expliqua Catherine. Elle est aussi bissextile.

– Ce qui n'a rien d'exceptionnel, rétorqua Maxime. Les années à treize lunes reviennent tous les deux ou trois ans.

– Pas faux, acquiesça Catherine. Et que savez-vous de 1980 ?

– Laissez-moi deviner : treize lunes, bissextile ? Et alors ?

– Les victimes de Venise sont toutes nées en 1980 et sont mortes en 1996.

– Ça s'appelle une coïncidence, dit Maxime, que toutes ces idioties commençaient à énerver.

Catherine Blaise eut un petit sourire.

– Blandine de la Tour Audelange est née le 17 janvier, sous le signe du Capricorne.

– Mais je m'en fous ! s'écria Maxime.

Il en fallait plus pour démonter l'astrologue. Elle continua, toujours avec un petit sourire en coin.

– Ennio, né en février, était Verseau. Rosa, mars : Poissons. Carlotta, avril : Bélier. Laura, mai : Taureau. Saverio, juin : Gémeaux. Giovanni, juillet : Cancer. Tullio, août : Lion. Amelia, septembre : Vierge. Isabella, octobre : Balance. Vincenzo, novembre : Scorpion. Urbano, décembre : Sagittaire. Douze victimes, douze mois, douze signes. Vous croyez toujours que c'est une coïncidence ?

– Ce n'est pas impossible, répondit Maxime.

– Je n'ai pas encore fini. Ils étaient tous, je répète TOUS, nés à la nouvelle lune. Ils avaient tous, je répète

TOUS, un ascendant identique à leur signe. Blandine était Capricorne ascendant Capricorne, Ennio, Verseau ascendant Verseau, et ainsi de suite… Et ils ont tous été assassinés le 24 décembre, la nuit de la treizième lune de 1996. Sacré hasard…

Maxime cligna les yeux. Une pensée très dérangeante venait de lui traverser l'esprit. Lubin était né en 1996 et il était Lion ascendant Lion. Allons ! Ça n'avait aucun rapport !

– Et vous en déduisez quoi ? demanda Maxime.

– Moi ? Rien. C'est vous, l'enquêteur !

Maxime prit le temps de déguster son café avant de reprendre la parole.

– Vous devez avoir une opinion.

– La police italienne est persuadée que les crimes sont de type rituel. Ils ont raison, cependant ils se trompent sur le genre de coupables. Ce ne sont pas des jeunes néonazis nourris à la musique black metal. Ces criminels sont des impulsifs et ils tuent sous l'emprise de la drogue et de l'alcool. Même s'il est avéré que certains d'entre eux ont prémédité leurs crimes… Il est évident que le massacre de San Michele a été planifié longtemps à l'avance, voire très longtemps à l'avance. Vous avez lu les rapports, n'est-ce pas ? Il semblerait que les douze adolescents aient quitté leur domicile de leur plein gré. Non seulement les victimes ont été choisies avec le plus grand soin, mais tout porte à croire qu'elles étaient consentantes !

– Vous allez un peu loin. On a pu leur mentir, les induire en erreur pour les convaincre de se rendre à San Michele.

– Je suis plutôt d'accord. À mon humble avis, ces enfants ont été manipulés. On leur a lavé le cerveau, comme dans les sectes. Un suicide collectif n'est pas à écarter. C'est arrivé dans le passé.

– Ils ne se sont pas éventrés et démembrés eux-mêmes, remarqua Maxime.

– Non, bien sûr. Je voulais simplement dire qu'ils ont pu être attirés sous ce prétexte. Les ados qui souffrent de mal-être ont des pensées à la fois morbides et romantiques. L'idée de mourir ensemble a très bien pu les séduire.

– Peut-être, concéda Maxime, mais ça n'explique pas pourquoi on a commis ces crimes.

Catherine Blaise inclina le buste comme pour saluer.

– C'est là où je m'efface pour laisser la place à l'enquêteur. Je reste néanmoins à votre disposition si vous avez besoin de quoi que ce soit.

Maxime se leva. Il n'avait pas envie de l'admettre, pourtant sa conversation avec l'astrologue avait été instructive. Malheureusement, il avait encore plus de questions sans réponses.

Catherine le raccompagna jusqu'à la porte.

– Je ne vous serre pas la main, dit-elle. La peinture…

Maxime se fendit d'un sourire.

– Oui, la peinture… Eh bien, merci. Au revoir.

Il avait déjà fait quelques pas dans la ruelle quand Catherine le rappela.

– Eh ! monsieur Dancourt ! Juste pour le fun, vous savez quelle est la particularité de 2012 ?

– À part la fin du monde, d'après le calendrier maya ? plaisanta Maxime.

Il reprit son sérieux et hocha légèrement la tête.

– Oui, je vois… Bissextile, treize lunes.

7

toulouse, le 6 janvier 2012

– Allez, raconte ! Allez, raconte à bibi ! Allez !

Lubin ne lâchait pas son père depuis qu'il était revenu de Carcassonne. Maxime le laissait mariner un peu, pour le plaisir. Mais, en réalité, il était assez content que son fiston s'intéresse autant à son travail. Il finit par craquer et lui rapporta tout ce que lui avait dit Catherine Blaise.

– C'est dément… murmura Lubin. Et qu'est-ce que tu penses, toi ?

– Bien obligé d'admettre qu'il n'y a pas de coïncidences. J'ai vérifié les dates de naissance des victimes. Là-dessus, elle a raison. Pour ce qui est de cette histoire d'ascendants, je ne sais pas. Je n'y connais rien en astrologie. 1980 et 1996 sont effectivement des années bissextiles à treize lunes. C'est peut-être un hasard.

– Moi, je ne crois pas ! Si quelqu'un s'est donné la peine de trouver douze jeunes de signes différents, il a sûrement planifié tout le reste !

– C'est vrai. Qui et pourquoi, là est la question…

– C'est dingue. Et la police italienne n'a pas remarqué toutes ces bizarreries ?

– Ou ne l'a pas voulu. J'avoue que j'ai de sérieux doutes. Je ne peux pas exclure la possibilité que les enquêteurs vénitiens aient fermé les yeux sur certaines choses. À moins que quelqu'un de très haut placé n'ait usé de son influence. Ce qui nous amène au complot. Le seul point absolument sûr, c'est qu'il y avait plusieurs assassins. Il y a donc bien association de malfaiteurs. On peut éliminer le crime passionnel ou opportuniste. Trop d'éléments démontrent la préméditation. Alors quoi ? Le suicide collectif ? Peu probable, mais quand même à envisager.

– Je ne comprends pas, avoua Lubin. Ce sont des meurtres, non ?

– Oui. Ça n'empêche pas que les douze plus *x* assassins se soient retrouvés à San Michele pour se suicider ensemble. L'alcool et la drogue aidant, ça a pu dégénérer en massacre des uns par les autres. Cette hypothèse est soutenue par le fait que les victimes se sont apparemment rendues volontairement au cimetière.

– Hypothèse numéro deux ? demanda Lubin.

– On les a persuadés de venir. En leur mentant ou en les manipulant. Une secte ? Pour moi, c'est la meilleure piste. Et je crains que les parents ne soient pas innocents dans cette histoire. Ça me file des sueurs froides, pourtant je suis prêt à parier qu'ils savaient ce qui allait se passer.

– Mais c'est horrible ! s'exclama Lubin. Les parents auraient sacrifié leurs propres enfants ?

Maxime sursauta. Lubin avait prononcé un mot qui lui ouvrait soudain une nouvelle voie.

– Une seconde, dit Maxime en levant le doigt. Je reviens.

Quand il réapparut dans le salon, il tenait le fameux gros

dossier. Il le posa sur la table de grand-mère et chercha les études de victimologie des experts. Au bout de quelques minutes de lecture, il ferma les paupières, les deux mains à plat sur la table. Lubin n'osait pas lui parler. Quand son père réfléchissait comme ça, on pouvait s'attendre à un grand moment. Lubin ne serait même pas surpris s'il lui donnait le nom et l'adresse d'un des assassins !

Maxime ouvrit les yeux.

– Faut que j'appelle tes parents-grands à Béziers.

Lubin fut tellement déçu qu'il en oublia de protester.

– Je dois partir pour Venise, ajouta Maxime.

Maxime éclata de rire en voyant la tête de son fils. Pour une fois que c'était lui qui faisait tourner Lubin en bourrique !

– Hé ! Tu te fous de moi, là ? Qu'est-ce que tu as trouvé ?

Maxime s'arrêta de rire.

– Les douze victimes étaient tous des enfants uniques.

– Et ça veut dire quoi ?

– Le sacrifice du premier-né… En l'occurrence, du seul né, mais c'est pareil.

– Tu plaisantes ? Ils auraient offert leurs enfants en sacrifice ? À qui ?

– Dieu ou diable. La bonne question, c'est : qu'espéraient-ils avoir en échange ?

– Il faut être complètement frappé pour faire un truc comme ça !

– « La démence, chez l'individu, est quelque chose de rare. Chez les groupes, les partis, les peuples, les époques, c'est la règle. » C'est de Nietzsche. Un esprit malin est capable de manipuler des personnes. En exerçant une pression psychologique très simple. Il suffit de convaincre ses proies qu'elles sont des élus, des privilégiés, « ceux qui savent » dans un monde d'ignorants. C'est ce que font les sectes. Elles ciblent les faibles, des gens mal dans leur peau, en manque d'affection. Et tout d'un coup, ces gens-là se sentent importants et protégés.

– Je veux bien qu'il y ait des crétins qui adorent les extraterrestres, répondit Lubin, mais de là à égorger ses mômes, quand même…

– Ça s'est pourtant déjà produit. Des civilisations entières se sont construites sur le sacrifice humain. Certes, en général, on tuait ses ennemis, mais pas seulement. On enterrait, parfois encore vivants, les épouses et les serviteurs avec leur seigneur et maître décédé. En Égypte, en Chine, au Mexique ou en Europe ! Partout.

– M'enfin, c'était dans le temps, non ? Ça n'existe plus, ça !

– Si. Dans les sectes, justement. On en revient au suicide collectif… Il est avéré que beaucoup de membres de sectes qui se prétendent suicidaires ont, en réalité, été tués. C'est quasiment toujours le cas pour les enfants.

– C'est monstrueux ! se révolta Lubin.

– Ne jamais sous-estimer le pouvoir du groupe sur l'individu.

– Ah ! Alors, j'avais raison de ne plus vouloir aller à l'école ! C'est plein de psychopathes !

– Ne confonds pas tout, je te prie. Bon, où est le numéro des parents-grands ?

– Ooooh… gémit Lubin. Pas eux, pitié… Et si je restais ici ? Je n'ai pas besoin de baby-sitter à mon âge !

– Non, tu as besoin d'un gendarme ! Je ne m'absenterai que quelques jours, tu…

– Eh, c'est pas possible ! l'interrompit Lubin, l'air ravi. Me souviens, maintenant ! Mamie s'est fait opérer de la hanche au début de l'année ! Papy devait habiter chez sa sœur en attendant son retour de la clinique. Pas foutu de mettre de l'eau pour cuire les pâtes, papy… Il est perdu sans mamie ! Ah, ah ! Peux pas y aller ! Y sont pas chez eux !

– C'est la vérité, ça ? demanda Maxime, soupçonneux. Ne me mens pas parce que je vais vérifier !

– Juré, craché ! Ah, ah ! T'as plus le choix ! T'es obligé de m'emmener !

– Que non, rétorqua Maxime. Tu ne sembles pas comprendre. Je ne pars pas en vacances. Je vais aller remuer la boue de la lagune de Venise. J'ignore quels genres de crabes en sortiront. Il est hors de question que tu m'accompagnes parce que le danger existe, même seize ans après les faits. T'as pigé, maintenant ?

Lubin grimaça et marmonna indistinctement.

– Et ton copain Manu ? proposa Maxime. Ce serait sympa de passer une petite semaine chez lui, non ?

– T'es marrant, toi ! Il sera au lycée toute la journée, je vais m'ennuyer comme un rat mort !

– Oh, ça, je ne pense pas. Tes professeurs iront chez Manu, ce n'est pas très loin d'ici. Tu auras assez de travail pour t'occuper, fais-moi confiance.

– Sa mère n'a pas encore dit oui, espéra Lubin. Si ça se trouve, elle ne voudra pas de moi.

– Alors, je lui rappellerai aimablement que je lui ai

rendu un fier service quand elle a eu un problème avec le plombier qui a bousillé sa salle de bains.

– Ah ouais, ça, c'était drôle ! ricana Lubin. Tu lui as foutu une de ces trouilles au mec quand tu t'es pointé dans sa boutique avec ton pote des impôts !

Maxime sourit. Un bon souvenir, effectivement. Terrorisé à l'idée qu'un agent des impôts mette le nez dans ses comptes, le plombier indélicat s'était empressé de réparer les dégâts qu'il avait causés. Sans supplément.

Le gros dossier sous le bras, Maxime regagna son bureau pour téléphoner à la mère de Manu. Celle-ci accepta aussitôt d'accueillir Lubin qu'elle aimait bien. Rien d'étonnant, Lubin était un grand séducteur quand il y voyait son intérêt.

Le regard de Maxime tomba sur la photo de Blandine. Les sourcils froncés, il ouvrit de nouveau le dossier et se plongea dans les dépositions.

Blandine était à Venise pour Noël, soit. Mais sans ses parents. Encore une bizarrerie.

Maxime prit un bloc et traça une ligne verticale.

Colonne 1 : *Blandine est française. Elle ne vit pas à Venise. Elle est Capricorne ascendant Capricorne. Au moment du drame, seuls sont présents ses grands-parents maternels.*

Colonne 2 : *Les autres ados sont italiens. Ils vivent tous à Venise. Ils sont chacun d'un signe astrologique différent. Au moment du drame, les parents sont présents.*

Maxime hésita un instant puis ajouta :

Ils sont enterrés à Venise. Le corps de Blandine est rapatrié en France.

Puis il écrivit : *Le lien le plus apparent entre les victimes, c'est la ville où elles sont mortes. Le second lien, moins apparent, c'est le Zodiaque. De ça, on peut en déduire que Blandine n'est pas une victime collatérale, du type « au mauvais endroit au mauvais moment ». On l'a fait venir à Venise sous le prétexte d'y fêter Noël. Conclusion ? Le comte Ugolino Drazzi fait partie du complot. C'est un coupable, un assassin.*

Cher grand-père.

8

Carcassonne, le 19 avril 1996

Le médecin en blouse blanche adressa un signe de tête à l'homme qui observait les nouveau-nés derrière la vitre de la nursery. L'homme, grand et mince, quitta son poste et rejoignit le médecin.

– Ça se confirme, dit celui-ci. Le bébé souffre de phénylcétonurie. Ça peut se soigner avec un régime alimentaire très strict.

– Ce qui m'est bien égal, répondit l'homme. Le bébé n'est pas parfait.

Il se retourna vers la nursery. Une des infirmières mettait un nourrisson dans les bras de son heureux jeune papa.

– Celui-là. Fille ou garçon ?

– C'est une fille. Elle… oh. Elle est aussi née le 17. Pas de césarienne. Je suis quasiment sûr qu'elle est née dans la même tranche horaire que l'autre.

– Elle est en bonne santé ?

– Excellente. Je vais vérifier l'heure de naissance.

L'homme acquiesça d'un lent mouvement de tête. Le médecin s'éloigna dans le couloir puis disparut dans l'ascenseur. La femme qui attendait, appuyée contre le mur, s'approcha de l'homme. Celui-ci observait l'heureux jeune papa qui donnait le bain à son enfant, guidé par les conseils de la puéricultrice.

– Que voulez-vous que je fasse ? demanda la femme à voix basse.

– L'échec n'est pas acceptable, répondit l'homme.

– Compris.

Le téléphone portable vibra dans la poche de l'homme. Il s'en saisit et écouta son interlocuteur sans mot dire. Il se contenta d'un « bien » avant de raccrocher. Il contempla l'heureux jeune papa et le bébé qui s'agitait dans l'eau. Vive et énergique, la petite, surtout qu'elle était âgée d'à peine deux jours. L'homme se détourna et regarda la femme droit dans les yeux. Elle cligna les paupières avant de les baisser. Personne ne pouvait soutenir ce regard noir et glaçant. La sentence tomba.

– Débarrassez-moi de celui-là.

* * *

Gros titre des journaux français, en date du 23 avril 1996 :

« Drame à Limoux : un père tue sa femme et son bébé avant de se suicider. »

Entrefilet dans le journal *La Dépêche*, pages régionales de l'Ariège, en date du 26 avril 1996 :

« Accident mortel, près de Foix. Un jeune père de famille perd le contrôle de sa voiture au col de Charcany. Conduit par hélicoptère au CHU de Toulouse, il n'a malheureusement pas pu être réanimé. »

9

Au pont du Diable, le 8 janvier 2012

Bragance négocia les trois lacets en épingle à cheveux de la petite route, debout sur les pédales de son VTT. Elle adorait descendre jusqu'au fond de la gorge à toute vitesse. Elle s'était déjà vautrée une bonne douzaine de fois au cours des années passées, mais elle ne renonçait pas pour autant. D'ailleurs, Bragance ne reculait JAMAIS devant rien. Question d'honneur.

Pourtant, cette fois, elle avait pris la fuite. Et elle était fâchée contre elle-même. Elle ralentit. Le VTT dérapa sur le sol verglacé. Elle posa un pied à terre pour garder l'équilibre puis s'arrêta. Une buée blanche sortit de sa bouche. Car il faisait sacrément froid. Devant elle, les flots verts de l'Ariège coulaient en silence. Une rivière dont il fallait se méfier.

Bragance abandonna son vélo sur le bas-côté et s'approcha du vieux pont. Dans le temps, les gens étaient terrorisés par le pont du Diable. La légende racontait qu'un habitant de Montoulieu avait conclu un marché avec Satan. Celui-ci avait construit le pont en échange de la première âme qui le traverserait. Le jour venu, on fit passer un chat noir sur le pont… On prétendit que le diable, furieux d'avoir été trompé, en serait tombé dans l'Ariège et ne serait plus réapparu. Hélas, plus personne n'avait peur. Quoique… On évitait quand même de traîner dans le coin, la nuit. Bragance était contente que l'hiver décourage les touristes de venir admirer le pont fortifié.

Elle ramassa un caillou et le lança avec force dans les eaux de l'Ariège. Elle poussa un cri, « han ! », comme les joueurs de tennis. Bon, c'est débile mais ça défoule.

– Espèce d'enfoiré… marmonna-t-elle.

Elle n'en revenait pas que sa mère se laisse embobiner par ce bellâtre qui trouvait classe de rouler en 4x4. Pollueur. Sale type. Prétentieux. En plus, il s'appelait Ernest. Franchement ! Un mec de quarante balais qui s'appelle Ernest ! Y a de quoi se marrer ! Sauf que Bragance n'avait pas envie de rire. Le sale type plaisait à Aliénor.

Comment il s'y était pris, celui-là, pour séduire sa mère ? Tous les autres avaient échoué. Et il y en avait eu, des prétendants ! Des jeunes, des croulants, des riches, des gentils, des demeurés, des intelligents, des artistes, des commerçants, des nobles ! Aliénor n'avait pas cédé. Elle disait toujours : « Quand on a été mariée avec un homme comme le mien, on ne peut pas le remplacer. » Bragance n'avait pas connu son père. Il avait eu un accident de voiture, neuf jours après la naissance de sa fille.

Bragance forma une boule avec de la neige durcie. Tiens, prends ça, Ernest ! Pan ! La boule s'écrasa contre le tronc d'un arbre. Si seulement, ça pouvait être aussi facile dans la vraie vie de dégommer quelqu'un. Bragance détestait se sentir impuissante. Mais là, elle ne savait plus quoi faire.

Elle avança jusqu'au milieu du pont et se pencha par-dessus le parapet en pierre. Si elle sautait, sa mère serait bien emmerdée. Elle haussa les épaules comme pour chasser cette pensée idiote. Elle rumina d'autres pensées, tout aussi sombres, en contemplant les remous de l'eau.

Retour en arrière. L'horloge de la tour de guet de Montoulieu sonnait douze coups. Aliénor, à la bourre comme d'habitude, pointa le nez hors de la cuisine pour demander à Bragance de mettre le couvert. À plat ventre devant la cheminée, les deux pieds en l'air, Bragance lisait un livre de Boris Vian. Elle ne bougea pas d'un centimètre. Dix minutes plus tard, deuxième tentative d'Aliénor :

– Chérie, s'il te plaît.

Cause toujours. 12 h 20, troisième essai, troisième échec. À 12 h 30, Aliénor posa les assiettes et les verres, les fourchettes et les couteaux sur la grande table du salon. On ne mangeait là que lorsqu'il y avait des invités.

– Lève-toi, dit Aliénor. Ernest sera bientôt là. Et merci beaucoup pour ton aide.

Bragance tourna la page de son livre. Elle ne se lèverait que quand elle l'aurait décidé. Un 4x4 noir se gara dans la cour de la maison typiquement ariégeoise. Aliénor eut un moment de panique. Elle se débarrassa précipitamment de l'affreux tablier plein de taches, se passa la main dans les cheveux y ajoutant un peu plus de désordre, rajusta sa jupe – « Mon Dieu, pourquoi j'ai mis celle-là, elle me grossit ! » –, tira bêtement sur son pull pour cacher un ventre qu'elle s'imaginait rebondi, courut vers la porte pour l'ouvrir et… sourit.

Du coin de l'œil, Bragance aperçut Ernest embrasser

sa mère sur les joues, trois fois. Il ferait mieux de ne pas essayer avec elle. Aliénor jeta un regard catastrophé à l'amoncellement de vaisselle.

– C'est presque prêt, annonça-t-elle en disparaissant dans la cuisine.

Ernest, d'un mouvement totalement naturel, entreprit de mettre la table.

– Qu'est-ce que vous lisez ? demanda-t-il.

Bragance ne réagit pas. Elle faisait mine d'être très, très absorbée par sa lecture.

– Visiblement, c'est passionnant, dit Ernest sur un ton ironique.

Aliénor réapparut avec un saladier.

– J'ai préparé une salade composée. Ça ira ?

– C'est parfait, l'assura Ernest. Hum ! Elle m'a l'air délicieuse !

Bragance jugea bon de se lever avant que sa mère ait l'occasion de lui en donner l'ordre. De cette façon, elle n'avait pas à obéir. Elle s'assit à sa place, celle qui faisait face à la fenêtre. Elle fit la moue devant le saladier.

– Y a quoi, après ?

– Du fromage, répondit Aliénor.

– C'est tout ? J'ai faim !

– C'est bien suffisant pour le déjeuner, rétorqua Aliénor.

– Je ne suis pas végétarienne, moi, remarqua Bragance. Je voudrais un gros steak. Saignant.

Elle savait pertinemment qu'Ernest ne mangeait pas de viande.

– Les légumes sont excellents pour la santé, dit Ernest.

Aliénor proposa le saladier à son invité en faisant les

gros yeux à sa fille. Un silence dura le temps que chacun remplisse son assiette.

– Et la rentrée s'est bien passée ? demanda Ernest. Vous êtes en troisième, c'est ça ?

– En seconde. Je vous l'ai déjà dit la dernière fois.

– Ah oui. J'avais oublié.

Ernest n'avait rien oublié du tout. En feignant de croire que Bragance était encore au collège, il pointait du doigt son comportement immature. C'était une façon de la rabaisser. D'ailleurs, vouvoyer la jeune fille procédait du même principe. Il la contraignait à en faire autant. Ne jamais jouer les adultes copains quand on veut garder la position du dominant. Il poursuivit sa stratégie en se désintéressant totalement de Bragance. Non seulement il ne lui adressait plus la parole, mais il ne regardait que sa mère. Bragance n'existait plus qu'en tant qu'enfant, indigne de participer à la conversation des grandes personnes.

La stratégie d'Ernest visait désormais la mère. Tous ses gestes répondaient à ceux d'Aliénor. Elle souriait, il souriait. Elle racontait quelque chose, il hochait la tête en signe d'assentiment. Il lui donnait du « vous avez raison » ou du « je suis de votre avis » dès que l'occasion se présentait. Et surtout, il la faisait parler. D'elle, exclusivement. Il lui posait des questions sur son travail qu'il jugeait « captivant » ou « enthousiasmant ». Le métier d'Aliénor lui facilitait les choses, car il y avait effectivement beaucoup à dire. Aliénor était en charge de la section consacrée à la préhistoire du musée départemental de l'Ariège. La région était riche de quelque trois cents grottes dont celle de Niaux, célèbre pour ses peintures paléolithiques.

Bragance connaissait tout ça par cœur et commençait à s'ennuyer ferme. Elle fut heureuse quand sa mère lui demanda d'aller chercher la galette qu'elle avait mise à réchauffer au four.

– C'est l'Épiphanie, aujourd'hui, dit Aliénor. J'ai acheté une galette des Rois !

Ernest contrôla un petit rictus d'agacement qui, bizarrement, n'échappa pas à Aliénor.

– Vous n'aimez pas ? s'inquiéta-t-elle.

– Si, si, s'empressa-t-il de répondre. C'est que je ne suis pas très attaché à ce genre de traditions.

– Je parie que vous ne fêtez pas Noël, ricana Bragance.

– Les fêtes chrétiennes ne sont que des récupérations par l'Église d'anciennes célébrations païennes. Et, en ce qui concerne Noël, ce n'est plus qu'un prétexte pour faire marcher le commerce !

– Nous allons toujours à la messe de minuit, répondit Aliénor. Pour moi, ça signifie quelque chose.

Ernest réalisa qu'il avait commis une erreur et tenta de se rattraper.

– À chacun ses convictions. Pour ma part, je suis plus sensible au bouddhisme. La pratique du yoga m'apporte une grande sérénité. C'est pour ça que je suis végétarien.

– Ah oui, acquiesça Aliénor. Je trouve les religions orientales extrêmement intéressantes, d'un point de vue philosophique.

– Et, en fin de compte, il n'y a pas tant de différences que ça entre Jésus et Bouddha. Tous les deux ont professé l'amour du prochain.

– C'est vrai, approuva Aliénor en découpant la galette.

La main de Bragance serra sa serviette sous la table. Des yeux elle suivait le mouvement du couteau.

– Maman.

– Oui, chérie ?

– Tu t'es trompée.

Aliénor fronça les sourcils, ne comprenant pas ce que sa fille voulait dire.

– Tu as fait trois parts.

Aliénor devint blême et se mit à bégayer.

– Par… pardon, je… l'habitude…

Ernest regardait l'une et l'autre, cherchant à comprendre. Il fut encore plus surpris quand Aliénor recoupa une des parts en deux. Elle se leva pour prendre une assiette supplémentaire. Ernest resta prudemment silencieux. Il ne doutait pas que l'explication allait venir.

– Je suis désolée, chérie, s'excusa Aliénor. Je n'ai pas fait attention. Ça va vous paraître étrange, Ernest, mais nous avons une coutume dans cette maison concernant la galette des Rois, la bûche de Noël et les gâteaux d'anniversaire. Nous laissons une part sur la table de la cuisine pour le père de Bragance.

– C'est très touchant, dit Ernest.

Et ce n'était pas bon du tout, ça. Mère et fille continuaient de s'accrocher au passé, elles célébraient même le souvenir d'un père et époux depuis longtemps décédé. Non, vraiment pas bon. Dans l'espoir de chasser l'ombre de ce mort particulièrement encombrant, Ernest prit un ton enjoué pour dire :

Ah, je parie que Bragance va être notre reine d'un jour !

Bragance saisit l'assiette pour son père.

– Ça ne risque pas. Je vois la fève dans la part de papa.

Elle mit la couronne dans l'assiette et partit vers la cuisine. Profitant de sa brève absence, Ernest glissa quelques mots à Aliénor. Quand Bragance réapparut, elle s'aperçut aussitôt que le visage de sa mère s'était soudain fermé.

– Qu'est-ce qu'il y a ? demanda-t-elle en se rasseyant.

– Rien, répondit Aliénor.

– Qu'est-ce que vous lui avez dit ? cria Bragance.

– Voyons, ma petite, ce n'est pas une façon de s'adresser à quelqu'un, répondit Ernest.

– Ma « petite » ? hurla Bragance. Vous vous prenez pour qui ?

Aliénor voulut poser sa main sur celle de sa fille. Bragance eut un violent mouvement de recul. La chaise ripa sur le carrelage et se renversa.

– Bragance ! s'exclama Aliénor. Que… Reviens ici !

Peine perdue. Bragance s'échappa vers l'escalier qu'elle grimpa quatre à quatre. Elle se réfugia dans sa chambre. Elle avait tenu presque tout le déjeuner mais trop, c'est trop. Elle enfila ses chaussures, prit sa doudoune et ouvrit la fenêtre. Elle enjamba le rebord, empoigna la gouttière et descendit par là avec une étonnante facilité. L'entraînement ! Elle se faufila dans le hangar, prit son VTT et fila par le sentier qui partait derrière la maison.

Et voilà comment Bragance s'était retrouvée au pont du Diable, furieuse d'avoir fui devant cet imbécile prétentieux qui roulait en 4x4.

10

Montoulieu, le 8 janvier 2012

Aliénor voulut rattraper sa fille. Ernest la retint par le bras. Il était plutôt content de l'occasion qui se présentait.

– Il vaut mieux la laisser se calmer, conseilla-t-il. Sans doute se rendra-t-elle compte de l'absurdité de son comportement…

Là, c'était le moment idéal pour enfoncer le clou. Il reprit donc l'argument qu'il avait précédemment avancé et qui avait été la cause de la fuite de Bragance.

– C'est ce que je vous disais juste avant ce… petit incident. Vivre dans le souvenir d'un père disparu, ce n'est vraiment pas bon pour une adolescente.

– Qu'est-ce que vous en savez ? demanda Aliénor d'un ton agressif.

Ernest prit un air désolé.

– Ce n'est pas à votre fille de porter le poids de votre propre chagrin.

Il avait touché un point sensible. Aliénor baissa la tête, signe indéniable de son sentiment de culpabilité.

– Je comprends que cela soit dur à entendre, continua Ernest. Mais vous devez reconnaître que vous vous êtes enfermées toutes les deux dans un monde dont sont exclus les autres. Vous me l'avez avoué vous-même. Vous avez volontairement coupé les ponts avec les parents de votre mari.

– Oui, enfin, c'est plutôt eux qui ne voulaient plus nous voir, protesta Aliénor. Ils n'étaient pas d'accord pour que Frédéric m'épouse. Ils m'ont toujours tenue pour responsable de ce qui est arrivé.

– Ils avaient perdu leur fils, remarqua Ernest. Il leur était certainement très difficile d'accepter qu'un accident ne soit qu'un accident et que personne n'en était responsable. C'est une réaction normale. Vos beaux-parents avaient besoin de temps et vous avez refusé de le leur accorder. On ne peut pas défaire ce qui a été fait. En revanche, on peut aller de l'avant. Il faut absolument que vous vous détachiez de ce passé douloureux. Vous avez droit au bonheur.

– Quand on a eu un mari comme le mien, on ne peut pas le remplacer.

– Qui vous parle de ça ? s'exclama Ernest. On ne remplace pas un être aimé par un autre ! Mais rien n'empêche d'aimer de nouveau. Ce sera un amour différent, c'est tout.

– Frédéric, c'était... une évidence, dit Aliénor. Il s'est imposé, en quelque sorte. En réalité, je n'éprouve pas le besoin d'avoir un homme dans ma vie.

– Bien sûr, répondit Ernest, vous avez une relation fusionnelle avec votre fille. Ça vous suffit. Bragance est beaucoup trop attachée à vous. Elle est à un âge délicat, celui du passage à l'état d'adulte. Le problème, c'est qu'elle se conduit comme une enfant, fait des caprices et pique des colères. Elle s'habille comme un garçon parce qu'elle ne veut pas devenir une jeune fille. Ce côté androgyne est caractéristique du refus de grandir. La prochaine étape pourrait bien être l'anorexie, prenez garde !

– Elle mange comme quatre. Je ne crois pas qu'il y ait un risque !

– Ah ? Je la trouve plutôt maigre. Vous êtes certaine qu'elle ne se fait pas vomir ?

Aliénor eut un haut-le-corps. Ernest craignit un instant d'être allé un peu trop loin.

– Elle n'est pas boulimique ! s'écria Aliénor. Bragance est très sportive, elle brûle les calories !

– Oui, vous avez raison. Excusez-moi de me mêler de ce qui ne me regarde pas, mais c'est parce que… je tiens énormément à vous. À vous deux.

Et zou, la main d'Ernest glissa sur celle d'Aliénor. Légère, la main, surtout ne pas exercer de pression. Une caresse, pas une prise de possession. Aliénor le laissa faire.

– Je vous remercie, dit-elle. Personne ne me parle jamais aussi franchement et je vous assure que j'apprécie.

Ernest s'abstint de sourire. Il était tout près de la victoire et il ne pouvait pas se permettre de se planter maintenant. Il n'aurait peut-être jamais plus une aussi belle occasion d'atteindre son but.

– Je pense sincèrement qu'il faut aider Bragance. Je ne suis pas le genre qui adore les psys pour être tout à fait honnête, mais je connais des gens très bien à Foix. Ils ont créé une association de soutien aux jeunes comme Bragance. Vous voyez… des gamins qui ont perdu un parent ou qui rencontrent des difficultés d'ordre affectif et relationnel. Il ne s'agit pas du tout de séances classiques avec un psychologue. Les jeunes discutent entre eux, partagent leurs expériences, leurs doutes et leurs douleurs. C'est un grand soulagement pour eux de savoir qu'ils ne sont pas seuls à affronter ces problèmes. Ils se sentent compris et soutenus. Ils obtiennent des résultats vraiment spectaculaires dans ce centre. Et si je suis aussi catégorique, c'est parce qu'ils ont sauvé mon neveu.

– Votre neveu ?

– Oui. Ma sœur a divorcé, il y a trois ans. C'est à ce moment-là que mon neveu a commencé à déraper. Il a vécu le divorce comme un abandon de son père. Il a cessé d'aller à l'école, s'est habillé en noir, s'est mis à écouter ces épouvantables musiques de hard rock et à sortir la nuit pour boire jusqu'à tomber par terre. C'était terrible pour ma pauvre sœur, elle était totalement impuissante. Elle a alors découvert la Sphère Fébus. Mon neveu refusait d'y aller au début et puis, il a accepté d'essayer. Il a changé du tout au tout grâce aux séances de groupe. Ce n'était pas un mauvais garçon, juste un garçon dans une mauvaise passe. Cette année, il a eu son bac avec mention ! Il veut devenir architecte.

Ernest n'avait jamais eu de sœur et encore moins de neveu. Mais il y avait peu de chance qu'Aliénor l'apprenne un jour.

– Je vais y réfléchir, promit Aliénor.

– Il vaut peut-être mieux que je parte.

– Ça vaut mieux, en effet, répondit-elle promptement.

Ah, bon. Elle voulait donc se débarrasser de lui au plus vite ! Ernest s'interrogeait sur l'attitude à adopter. Devait-il avoir l'air déçu ? Devait-il s'incruster et continuer de parler de la Sphère Fébus ? Insister ne risquait-il pas d'éveiller des soupçons ? Ernest se leva.

– Je serai toujours là pour vous, soyez-en sûre, dit-il.

Voilà. Sobre, élégant et qui n'engage à rien, ni pour elle, ni pour lui. D'ailleurs, le soulagement était visible sur le visage d'Aliénor. Elle n'avait aucune envie de poursuivre la conversation. Cette histoire avec la galette des Rois avait cassé l'ambiance. Aliénor accompagna Ernest jusqu'à sa voiture, par politesse. Elle lui adressa même un signe amical de la main quand le 4x4 recula dans la cour pour rejoindre la petite route. Et à ce moment-là, elle pensa que Bragance avait tort. Rouler en 4x4, ça se justifiait tout à fait dans une région où il neigeait en abondance.

Aliénor constata, sans surprise, que sa fille avait filé par la fenêtre. Bragance s'était certainement réfugiée au pont du Diable. L'horloge de la tour de guet sonna 14 heures. Aliénor décida de laisser encore une heure à sa fille avant d'aller la chercher.

Elle regarda les assiettes et la tristesse s'abattit sur elle. Personne n'avait touché à la galette. Elle secoua la tête et débarrassa la table. Faire la vaisselle lui éclaircit les idées. Dès qu'elle eut fini, elle s'installa devant l'ordinateur de son bureau. Elle tapa « Sphère Fébus, Foix ». Présentation, bla-bla-bla, témoignages de jeunes (avec photos floutées, c'étaient des mineurs), bla-bla-bla psycho-truc. Mouais. Ah et ça ? Des séjours dans une résidence idéalement située (d'après eux) dans la forêt de Rialsesse. But avoué : renforcer la cohésion du groupe, travailler sur la confiance en soi, le lâcher-prise, la relation à autrui… Au programme :

séances de relaxation, randonnées, promenades à cheval… Ça semblait assez sympa, mais Aliénor n'était pas convaincue. Puis elle se posa des questions dérangeantes. Ses réticences n'étaient-elles pas dues à son désir de contrôle ? À un besoin maladif, voire malsain, de garder sa fille rien que pour elle ? N'était-ce pas elle qui refusait de voir que Bragance devenait une jeune fille par peur qu'elle ne la quitte ? Son bébé… son bébé… Mais non, Bragance n'était plus un bébé. C'était une ado très indépendante, bien dans sa peau, parfaitement heureuse. Mouais. Et si ce n'était qu'une façade ? Et si Bragance cachait sous son apparence coriace, brute de décoffrage, une fragilité émotionnelle réelle ? Et si elle craquait ?

Aliénor sursauta en entendant la porte d'entrée claquer. Elle éteignit l'ordinateur et regagna le salon. Bragance frottait frénétiquement ses boots sur le paillasson.

– Je n'ai pas l'intention de m'excuser, dit-elle d'emblée.

– Je ne te le demande pas. En revanche, j'aimerais bien que nous discutions toutes les deux.

– De quoi ? Pas d'Ernest, j'espère ?

– Je m'en fous d'Ernest, répondit Aliénor.

Alors, ça, pour une nouvelle ! Bragance resta muette, ce qui ne lui arrivait pas souvent.

– Tu passeras toujours avant tout et tout le monde, ajouta Aliénor.

– Je le sais… murmura Bragance, les yeux embués.

Sa mère l'invita à s'asseoir. Elle lui proposa une tasse de thé. Et elle rapporta leurs deux parts de galette de la cuisine. Bragance sourit.

– Je travaille bien à l'école, alors de quoi tu veux me parler ?

Aliénor servit le thé pour se donner le temps de trouver comment aborder le sujet.

– C'est vrai que tu as de bonnes notes et c'est un coup de bol parce que, si ce n'était pas le cas, tu aurais de sérieux problèmes avec tes profs.

Bragance grimaça en fronçant les sourcils.

– Ben qu'est-ce que j'ai fait ?

– Tu es indisciplinée, tu es insolente et globalement pénible en cours.

– D'accord, alors moi je te réponds que le lycée, c'est pas l'armée, que si les profs font des fautes en écrivant au tableau, ça me paraît normal de le leur dire et que je participe activement en cours, ce qui, figure-toi, est « globalement » apprécié par mes profs.

Aliénor se mit à rire.

– Bon, ce n'était pas de ça que je voulais qu'on parle !

Elle reprit un semblant de sérieux.

– Je voudrais juste savoir : est-ce que, parfois, tu ne te sens pas seule ?

– J'espère que tu n'as pas l'intention de me faire un petit frère.

– Ce n'est pas dans mes projets. Mais depuis qu'on a déménagé à Montoulieu, tu ne vois plus grand monde. À ton âge, on a envie de sortir avec ses amis, d'aller au cinoche…

– De se saouler le samedi soir, de draguer des imbéciles dans les boîtes, de fumer des joints sur le parking, de piquer des voitures… compléta Bragance. Non, je ne suis pas très tentée.

– N'exagère pas, je te prie. J'ai l'impression que tu te replies sur toi-même depuis qu'on est ici. Tu ne téléphones pas pendant des heures à tes copains, tu ne les invites jamais à la maison, tu ne me demandes pas non plus si tu peux dormir chez une copine. Tu pars à vélo comme ça, dans la montagne. Tu bricoles dans le hangar où, soit dit en passant, on se gèle en hiver… Tu t'enfermes dans ta chambre pour jouer avec tes jeux vidéo ou tu lis des bouquins devant le feu de bois. Ce n'est pas sain de vivre de cette façon quand on est une ado. Et, si je puis me permettre, ça ne t'arrange pas le caractère.

Bragance avala un morceau de galette, d'ailleurs délicieuse, et attendit la suite.

– Je m'inquiète pour toi, c'est tout. Est-ce qu'il n'y a pas quelque chose que tu as envie de faire ? Tu étais plutôt douée pour le basket, c'est peut-être dommage que tu aies arrêté. Dis-moi ce que tu penses.

– Ma meilleure amie est partie à Avignon, répondit Bragance. Mes deux meilleurs potes sont en internat à Toulouse, rapport à leurs résultats scolaires désastreux, le troisième est en pension chez son oncle à Albi parce que ses parents divorcent. Dans ma classe, les garçons, ce sont ou des gros nuls ou des forcenés du boulot, et les filles des lectrices de magazines people qui ne s'intéressent qu'aux mecs dans les bons jours et des *fashion victims,* obsédées par leur balance, dans les mauvais. Chouette. J'ai vachement envie de les fréquenter, tiens.

– Tu n'y es pas obligée, remarqua Aliénor. Il y a des jeunes en dehors de ton école, non ? C'est ça que je te propose. De trouver un autre cercle d'amis. La manière la plus simple, c'est de s'inscrire à un club, sportif par exemple. Ou… ça te plairait de faire du cheval ?

Bragance sursauta sur sa chaise.

– Non mais tu plaisantes ? s'écria-t-elle. Je te casse les pieds avec ça depuis mes quatre ans et c'est maintenant que tu dis oui ?

– Je n'avais pas les moyens, répondit Aliénor. C'est différent, maintenant.

Un silence. Bragance savait pourquoi c'était différent. L'année passée, sa grand-mère Louise était morte d'une insuffisance respiratoire – elle fumait trois paquets de cigarettes par jour – et sa mère avait hérité de la maison de Montoulieu et d'une assurance-vie par la même occasion. Son grand-père était décédé depuis longtemps. Il y avait comme une malédiction dans la famille. Les maris avaient la fâcheuse habitude de mourir jeunes.

Aliénor se frotta le front, geste qu'elle faisait souvent quand elle voulait chasser de sombres pensées.

– Merci, mamie… dit Bragance. Si elle pouvait m'entendre, elle serait furieuse que je l'aie appelée mamie !

– Ça, c'est vrai ! s'exclama Aliénor. Je crois qu'elle avait un caractère encore pire que le tien !

Elles éclatèrent de rire. Puis se sentirent tristes. Et puis sourirent. Grand-mère Louise était quelqu'un de formidablement gaie. Même malade, avec un tuyau dans le nez et une bouteille d'oxygène à traîner, elle rigolait tout le temps, racontait des histoires drôles, de préférence cochonnes, et rendait folle son infirmière en partant au marché sans prévenir. Louise débranchait son oxygène pour fumer. Elle disait toujours : « Je suis en train de crever, pourquoi voulez-vous que je supprime un des rares plaisirs qui me restent ? »

– Sérieusement, je peux m'inscrire à un centre équestre ? demanda Bragance.

Aliénor prit son courage à deux mains. Autant en finir vite.

– Pas tout à fait. Un… une collègue m'a parlé d'un endroit pour les jeunes qui s'appelle la Sphère Fébus. Elle dit que c'est formidable. C'est un lieu où les ados peuvent discuter librement de leur vie, de leurs problèmes, personne ne les juge, tu comprends… Ils font des retraites dans la forêt de Rialsesse. Ça devrait te plaire, c'est axé sur le sport, l'équitation, les longues randonnées… J'ai trouvé leur site sur Internet, ça m'a paru sympa. Tu veux voir ?

Bragance haussa les épaules. Elle ne savait pas trop quoi penser, alors elle accepta de regarder le site. Elle lut attentivement les témoignages enthousiastes des jeunes. La franchise, le ton direct, la sincérité de ces récits touchèrent une corde sensible chez elle. Elle avait l'impression de les connaître, ces inconnus. En réalité, c'était elle qu'elle reconnaissait dans ces paroles. À la grande surprise de sa mère, elle dit qu'elle voulait bien essayer.

Aucune d'elles ne se posa de questions sur le nom de ce centre. La Sphère Fébus. Pourquoi la « sphère » ? Pas d'explication. En revanche, le nom de Fébus était célèbre puisque c'était ainsi que se faisait appeler Gaston III, un des comtes de Foix, qui avait vécu au XIVe siècle. Un homme brillant et intelligent, poète à ses heures, fin politicien, protecteur des troubadours et des écrivains, chasseur émérite… Oui, Fébus avait tout pour être un grand homme. À un détail près…

Il avait tué son fils unique de ses propres mains.

11

Foix, le 13 janvier 2012

Un vent glacial balayait les quais de l'Ariège. Dans une heure, il ferait nuit. Bragance pressa le pas. Elle n'avait pas envie d'arriver en retard à sa première réunion. La Sphère Fébus était logée au rez-de-chaussée d'un immeuble situé près de la rivière. Bragance poussa la porte vitrée. Derrière un comptoir, une femme d'un certain âge parlait au téléphone. Elle adressa un signe amical à Bragance.

– Oui, c'est ça, disait-elle à son interlocuteur. Du 11 au 26 février. Oh… une douzaine d'inscrits, j'imagine… D'accord. Je vous rappelle la semaine prochaine. Au revoir.

Elle raccrocha en souriant.

– Bonjour ! Je suis Diane. Tu dois être Bragance Valonne. J'ai vu ta maman, lundi dernier. Elle est vraiment charmante. Tu es dans le groupe de Sylvestre. Tu prends le couloir derrière toi. C'est la pièce du fond.

Bragance remercia et se dirigea vers la salle. La porte était ouverte et, quand elle entra, elle fut accueillie par un homme… d'un certain âge, comme Diane, et tout aussi souriant. Il se présenta et invita Bragance à s'asseoir où elle voulait.

Les chaises étaient disposées en cercle. Il y avait quatre jeunes assis, l'un à côté de l'autre. Trois garçons et une fille. Un des garçons se leva aussitôt.

– Salut ! Je m'appelle Josselin. Je suis Verseau et toi ?

Bragance trouva la question plutôt étrange. Josselin s'en aperçut et se mit à rire.

– Désolé ! L'astrologie, c'est mon truc ! Est-ce que tu crois en ton destin ?

Deuxième question étrange. Bragance décida de s'en amuser.

– Je suis Bélier et je crois en moi.

– Bonne réponse, remarqua l'autre garçon. Salut, moi, c'est Géraud.

– Il est Lion, dit Josselin. Vous deux, ça va faire des étincelles !

– Tu nous embêtes avec tes histoires, déclara le dernier garçon. B'jour, je suis Bastien. Et la bizarre, c'est Agnès.

Il pointa le doigt vers la fille. Bragance regarda celle-ci. Agnès restait impassible, les yeux dans le vague. Et quels yeux ! D'une couleur délavée, vert céladon, des yeux de chat. Elle avait la peau très blanche et de longs cheveux blonds, épais et raides, flottaient dans son dos.

– Bastien ! protesta Sylvestre. S'il te plaît ! Bon, installons-nous.

Bastien fit un clin d'œil à Bragance. C'était un incorrigible séducteur. Bragance choisit une chaise isolée, choix qui n'échappa pas à Sylvestre. D'emblée, la nouvelle cherchait à marquer son territoire. Personne à sa droite, personne à sa gauche, ça signifiait clairement « ne vous y frottez pas ». Le contraste avec les autres jeunes était saisissant. Ceux-ci s'étaient collés dans le même coin, au coude-à-coude, comme pour se protéger. Le résultat de six mois d'une psychothérapie d'un genre particulier, la première étape d'un long processus : former une communauté unie où l'individu n'existait plus que par rapport au groupe.

– Nous allons commencer par... reprit Sylvestre.

– Vendredi 13, dit soudain Agnès, d'une voix totalement monocorde.

– Il est impoli de couper la parole, répondit Sylvestre.

– Vendredi 13 ! cria Agnès. On est vendredi 13 !

Bastien grimaça d'une manière assez comique pour le seul bénéfice de Bragance.

– Oui, c'est vrai, acquiesça Josselin. Et ça n'a aucun intérêt ! En revanche, 2012 est une année à treize lunes, ça, c'est vachement plus important !

– Superstition, connerie et compagnie ! se moqua Géraud.

– Ah, parce que c'est faux qu'il y ait treize lunes en 2012 ? rétorqua Josselin. La bêtise, c'est de jouer au Loto un vendredi 13. Ça, c'est de la superstition !

– Tu ne sais pas, dit Agnès, tu ne sais rien.

– Et toi, si ? demanda Géraud.

Agnès haussa les épaules et retomba dans son état semi-catatonique. Josselin, quant à lui, continuait de suivre sa pensée.

– En plus, 2012 est bissextile. C'est pas une année ordinaire. Il peut se passer des trucs dingues.

– Ah ouais ! rigola Bastien. J'ai vu le film ! C'est la fin du monde en décembre !

– Ouais, bah, peut-être bien ! répliqua Josselin.

Bragance observait Sylvestre. N'était-il pas supposé diriger la discussion ? Pourquoi les laissait-il ainsi partir en vrille ? Elle décida de mettre les pieds dans le plat.

– Votre discussion est débile. Je me tire.

Elle ramassa son sac à dos. La réaction fut immédiate.

– Chacun peut s'exprimer librement, dit Sylvestre. Toi aussi.

Il accompagna ses paroles d'un mouvement rotatif de la main, geste d'encouragement à participer. Sans en être consciente, Bragance répondit à cette sollicitation muette. Elle reposa son sac.

– D'accord. Alors, expliquez-moi. Vous n'êtes quand même pas ici pour débiter les mêmes bêtises que celles qu'on se raconte entre copains de classe ? Parce que si c'est le cas, je ne vois pas ce que ça vous apporte. Et moi, je perds mon temps.

Sylvestre sourit et pencha le buste en avant.

– Dis-nous par quoi ton temps serait mieux employé.

– À faire du vélo, jouer à la console, bosser…

– J'entends bien, dit Sylvestre en hochant la tête. Mais ça, tu peux le faire quand tu le souhaites. Je suppose que personne ne t'a obligée à venir à la Sphère Fébus. Qu'est-ce que tu espères trouver ici que tu n'as pas ailleurs ?

Bragance hésita. Il ne lui était pas facile de se confier à des étrangers.

– J'ai lu les témoignages sur votre site Internet. J'ai eu l'impression que les jeunes étaient vraiment écoutés.

Sylvestre invita Géraud à réagir d'une simple rotation de la main.

– Tu ne te trompes pas. On nous écoute. Enfin, il serait plus juste de dire qu'on s'écoute les uns les autres. Alors, oui, parfois, ça dérape un peu… ça défoule.

Sylvestre acquiesçait pendant que Géraud parlait.

– Moi, je suis plutôt du genre à ruer dans les brancards. J'ai du mal à obéir aux ordres. Du coup, j'ai des tas de problèmes avec mon paternel. À la maison, c'est pire que chez les marines. « *Sir, yes, Sir !* »

– Te plains pas, Géraud ! répondit Bastien. Le mien, il s'est tiré. J'sais même pas où il habite !

– Moi, ce sont les deux ! ricana Josselin. Et je m'en fous ! Je suis très bien chez mémé. Elle m'apprend à lire dans les feuilles de thé, c'est plus marrant que de lire Zola !

– Je suis morte pour mes parents, dit brutalement Agnès.

Sylvestre accentua sa position, buste penché. Il montrait ainsi à Agnès qu'elle avait toute son attention.

– Agnès, tes parents t'aiment toujours, remarqua-t-il avec douceur et assurance.

La jeune fille écarquilla les yeux. Elle avait l'air d'une folle.

– Vous ne comprenez pas. Mes parents aiment un corps abandonné, ils ne voient pas que j'ai disparu dans le néant… C'est pire que la mort parce que je sens que mon âme n'est plus là. Et je ne sais pas ce qu'il y a à la place…

Bragance la regardait, désemparée par un discours d'une telle violence. Agnès avait plus sa place dans un hôpital psychiatrique qu'à la Sphère Fébus !

– Ça y est, Agnès nous a encore grillé un ou deux millions de neurones ! rigola Bastien.

Agnès secoua sa chevelure blonde et se mit à rire. Elle en était encore plus effrayante.

– La différence entre vous et moi, dit-elle à la cantonade, c'est que je me rends compte de ce qui m'arrive et que, vous, vous ne vous rendez compte de rien.

Sylvestre possédait l'art du self-control. Il était habitué à ne jamais laisser paraître le moindre signe d'étonnement ou d'énervement. Il lui fallut, malgré tout, faire preuve d'une exceptionnelle maîtrise de lui-même pour garder un visage impavide. Agnès approchait-elle réellement d'une vérité qu'elle n'était pas supposée connaître ou était-elle simplement en proie à ses délires personnels ? Dans les deux cas, il y avait un problème. Il était urgent de faire taire Agnès. Sylvestre se tourna vers Bragance, main droite tendue vers elle.

– Parle-nous de toi.

– J'ai perdu ma grand-mère, l'année dernière. Elle me manque, dit simplement Bragance.

Sylvestre hocha la tête, sourit et fronça les sourcils.

– Explique-nous ce que tu ressens.

– Ben, ça… elle me manque. Elle était toujours gaie. C'est rare, les gens comme ça.

Rotation de la main, sourire, buste penché, approbation verbale, hochement de tête, froncement de sourcils. Sylvestre déployait toute la panoplie gestuelle du parfait manipulateur. Et ça marchait. Bragance commença à raconter sa vie. Au début, elle se contentait de relater des faits, sans émotion. Son père était mort à sa naissance. Ses grands-parents paternels, elle ne les avait jamais vus. Bof, pas grave. Grand-père maternel ? Ben oui, mort aussi, il y a longtemps. Bof, pas grave. Et puis Bragance évoqua la part de gâteau d'anniversaire que l'on gardait pour le père absent.

– Alors, vous la jetez à la poubelle ? demanda Bastien.

– Oui, le lendemain. Quand j'étais petite, j'étais sûre que mon père allait venir pendant la nuit pour la manger. Le matin, j'étais déçue en retrouvant le gâteau dans l'assiette. Je me consolais en pensant que c'était parce qu'il n'aimait pas le chocolat. Mais il n'aimait pas la bûche de Noël non plus. Ni la galette des Rois. Enfin, c'est ce que je voulais croire.

– Il y a une vieille tradition comme ça, dit Josselin. Les gens mettaient une part de galette de côté pour le mendiant ou l'étranger qui viendrait peut-être frapper à leur porte. La part de Dieu, ça s'appelle.

– Chez moi, ajouta Géraud, quand on boit du champagne, on en renverse un peu par terre. C'est pour montrer aux ancêtres qu'on ne les oublie pas et qu'on les associe à la fête.

– C'est une idée sympa, approuva Bastien. Je vais faire ça, maintenant, avec mon Coca. À la santé de mon débile de père !

– Mais ton père n'est pas mort, remarqua Géraud.

– Qu'est-ce que j'en sais ? répondit Bastien. En ce qui me concerne, il peut crever !

Sylvestre n'intervenait plus dans la conversation. Discrètement, il surveillait les réactions et les attitudes de Bragance. Elle avait décroisé les bras, son front s'était détendu, le rose lui colorait les joues, elle parlait sur un ton plus aigu, sa respiration était plus profonde et calme.

Cela prouvait qu'elle se sentait davantage à son aise, positivement excitée et mieux disposée à l'égard des autres. Il y avait encore du chemin à parcourir avant qu'elle soit tout à fait confiante. Mais c'était un bon début.

Sylvestre consulta sa montre et se leva. Aussitôt, les quatre jeunes à sa gauche l'imitèrent, y compris Agnès.

– C'est déjà l'heure de partir ? demanda Bragance.

– Viens près de nous, l'invita Sylvestre. À la fin de chaque séance, nous formons la Chaîne d'unité en nous tenant les mains. Approche !

Bragance hésita puis rejoignit le petit groupe. Josselin lui prit une main et Bastien, l'autre.

– Ici, personne ne part fâché, expliqua Sylvestre. Nous laissons derrière nous la colère qu'on a peut-être éprouvée pendant la discussion et l'hostilité qu'on a peut-être ressentie. Fermons les yeux et imaginons que ces mauvaises pensées montent vers le ciel et s'éloignent loin de nous.

Bragance entrouvrit un œil pour observer les autres pendant la minute de silence qui suivit. Ils avaient l'air de prendre ça au sérieux…

– Seuls, nous sommes impuissants, perdus et vulnérables, reprit Sylvestre. Ensemble, nous sommes forts.

Jusque-là, Bragance n'avait pas été vraiment surprise par le discours, même si elle appréciait modérément ce genre de rituel qu'elle jugeait un peu bêtasse.

– À l'intérieur de la Sphère, nous sommes protégés. En formant la Chaîne d'unité, nos émotions et nos désirs deviennent une force vivante. Cette énergie pure guide nos pas, écarte les obstacles et nous conduit vers la lumière. Nous croyons à sa puissance.

Bragance sursauta en entendant ses quatre compagnons répondre avec conviction :

– Nous y croyons !

Josselin et Bastien lâchèrent les mains de Bragance. Comme si de rien n'était, chacun se souhaita bonsoir, ramassa ses affaires et quitta la salle. Bragance resta à la traîne. Quand elle arriva dans le hall d'accueil, Sylvestre et Diane devisaient tranquillement. Bragance était obligée d'attendre sa mère. Elle s'assit sur une chaise. Elle ignorait que Diane avait, intentionnellement, dit à Aliénor que la séance se terminerait à 19 h 30.

Sylvestre se retourna vers Bragance. Souriant, bien sûr.

– Alors, quelles sont tes impressions après cette première rencontre ? lui demanda-t-il.

– J'sais pas trop.

Diane décida de s'immiscer dans la conversation. Souriante, bien sûr.

– C'est toujours un peu intimidant au départ quand on ne connaît personne. Tu t'habitueras vite.

– Ce n'est pas ça, répliqua abruptement Bragance. J'ai pas aimé ce truc bizarre de Chaîne d'unité.

Sylvestre éclata de rire.

– Oui, ça a dû te paraître étrange ! Mais, ça ne l'est pas, je t'assure. C'est comme la méthode Coué. Si tous les jours, tu te répètes que tu es heureuse, tu l'es pour de bon. Dans un groupe comme le nôtre, où on s'écoute et se comprend, on se fait confiance. Tu n'es pas seule et tu peux compter sur nous. La prochaine fois ou celle d'après, quand tu formeras la Chaîne d'unité avec nous, tu sentiras l'énergie positive qui s'en dégage. C'est très simple, en réalité. Il suffit de croire qu'ensemble tout devient possible. Tu seras forte, tous les jours davantage.

– Je ne suis pas faible, répondit Bragance.

– Tu as de la ressource, c'est certain. Mais personne ne peut affronter les drames que tu as vécus sans en porter de lourdes séquelles. Tu t'es fabriqué une carapace pour te protéger. Tu n'en aurais pas besoin si tu allais parfaitement bien. Il est temps que tu te débarrasses de cette carapace. Tu dois apprendre à faire confiance aux autres. Tu verras, ça va te changer la vie !

– Je n'ai peut-être pas envie d'en changer, dit Bragance en haussant les épaules.

– Au fond de toi, tu sais que tu ne peux pas continuer comme ça. Il faut beaucoup de courage pour se remettre en question. Ce courage-là, tu l'as. Tu l'as prouvé en venant ici. Je te promets qu'on ne te laissera jamais tomber si tu nous accordes une chance.

Diane acquiesçait derrière son comptoir. Bragance n'était pas convaincue et pourtant, elle n'attendait qu'une chose, un petit signe, un mot, qui la persuaderait de revenir. Et Sylvestre le devina.

– Tu as remarqué qu'Agnès se comportait d'une manière plutôt singulière. Elle est même flippante par moments ! Eh bien, figure-toi, quand elle est arrivée à la Sphère, elle ne parlait pas. Pas du tout ! Pendant des semaines, elle est restée prostrée dans son coin. On avait l'impression qu'elle était sourde et muette. Et puis, un jour, elle s'est comme réveillée d'un long sommeil. Évidemment, il y a encore du chemin à faire, mais elle a franchi une étape. Elle nous a fait confiance. C'était une victoire pour tout le monde.

À cet instant, Aliénor passa la porte. Bragance se leva aussitôt.

– C'est pas trop tôt, grommela-t-elle. Je poireaute depuis vingt minutes !

– Je pensais être en avance, s'étonna Aliénor en regardant sa montre. Ben oui, je le suis !

– Oh, c'est ma faute ! s'excusa Diane. Je vous ai dit une bêtise. J'ai confondu avec les horaires du samedi. Le vendredi, ça finit à 19 heures !

– Ah, bon. Ce n'est pas bien grave. On y va, chérie ?

Bragance fit un vague oui de la tête. Sylvestre sourit.

– Au revoir, Bragance.

Elle se retourna sur le seuil et répondit :

– À la semaine prochaine.

12

Albi, le 15 janvier 2012

Ernest contemplait le lustre de Venise suspendu au plafond du hall. On lui avait ordonné d'attendre, alors il attendait… Un serviteur se présenta enfin et l'invita à le suivre.

Le Magister Asdrubal était assis à son bureau. Il lisait le journal. Sans relever la tête, il dit :

– Profanation d'un cimetière musulman avec croix gammées et slogans racistes sur les tombes.

– Oui, répondit Ernest. J'ai vu les infos.

– Bande de crétins.

Le serviteur entra après avoir frappé trois coups à la porte.

– Magister, Patrocle est arrivé. Souhaitez-vous le recevoir maintenant ?

– Quand on parle de crétins… Oui. Je veux le voir.

Le serviteur s'inclina et disparut pour réapparaître quelques secondes plus tard accompagné du dénommé Patrocle. Ernest toisa le nouveau venu. Il supportait mal de se trouver dans la même pièce que cette espèce de rat d'égout au crâne dégarni et à la bedaine gonflée par l'abus de bière.

Le Magister se redressa et s'appuya contre le dossier du fauteuil en cuir. Il replia le journal et montra la page de titres.

– C'est quoi, ça ?

Des gouttes de sueur perlèrent sur le front gras de Patrocle.

– Heu, oui… désolé. Enfin, ce n'est qu'un incident isolé.

– Dois-je comprendre que vous n'êtes pas capable de tenir vos chiens ?

La sueur coulait désormais sur les joues écarlates et bouffies. Ernest se détourna, vaguement écœuré.

– Vous savez bien qu'il est difficile de contrôler ce genre d'éléments, expliqua Patrocle. C'est l'inaction qui leur pèse, ils avaient besoin de se défouler. Ça n'aura pas de conséquence.

Le Magister frappa la table du plat de la main.

– Pas de conséquence ? hurla-t-il. Vous croyez que la police ne va pas enquêter ? Des noms, je veux des noms !

– Mais… bégaya Patrocle, pour… pourquoi… que…

Les yeux noirs du Magister posés sur lui l'obligèrent à courber l'échine, un mouvement instinctif de soumission et de peur.

– C'est très simple, dit Asdrubal d'une voix toute douce. Soit vous réglez le problème, soit je règle celui que vous me posez…

Patrocle avala sa salive bruyamment.

– Je m'en occupe, Ma… Magister.

– Et le plus vite possible, ajouta Asdrubal. Avant que la police ne mette la main sur un de vos chiens. Disposez !

Patrocle partit à reculons vers la porte en faisant de multiples courbettes. Ernest s'autorisa à pousser un léger soupir d'exaspération.

– Asseyez-vous, commanda Asdrubal.

Ernest obtempéra. Les chaises qui faisaient face au bureau étaient assez basses, ce qui n'était en rien un hasard. De cette façon, le Magister dominait ses interlocuteurs.

– Que va-t-il faire ? demanda Ernest. Expédier les coupables dans un autre département ?

– Dans un lieu dont on ne revient jamais.

– Oh... je vois. Puis-je parler franchement ?

– Comme tout initié du Deuxième Cercle.

– Merci. Est-ce que nous devons vraiment continuer de supporter ces abrutis ?

– Pour le moment, ils nous sont utiles. Il faut bien que quelqu'un se salisse les mains.

– Certes, mais je n'ai aucune confiance dans Patrocle et ses néonazis à la petite semaine.

– Moi non plus. Passons... Où en êtes-vous avec la mère du Bélier ?

– Le contact n'est pas rompu. Je n'ai pas cherché à la revoir, et elle non plus d'ailleurs. La gamine est entrée dans la Sphère. J'ai accompli ma mission.

– Oui, je le reconnais... Vous avez réussi là où les autres initiés ont échoué. Pourtant, nous n'avions pas ménagé nos efforts ! Cette femme ne s'est jamais laissé séduire par aucun d'eux. Je suis curieux. Comment vous, vous y êtes parvenu ?

– Mes frères initiés ont négligé un important paramètre. Cette femme est, avant tout, une mère. Alors lui présenter des hommes riches, beaux, influents, artistes ou ce que vous voulez, ça ne pouvait pas suffire. La faille, c'est sa fille. J'avoue que j'ai parfois été découragé. C'est qu'elle ne m'a pas facilité la tâche, la gamine ! J'ai saisi ma chance au bon moment.

Asdrubal hocha la tête.

– Je suis satisfait de votre travail. Je ne regrette pas d'avoir appuyé votre candidature au Deuxième Cercle. En dépit de quelques oppositions… rapport à votre jeune âge, essentiellement.

– Je ne vous décevrai pas, Magister. Que souhaitez-vous que je fasse maintenant ?

Asdrubal s'accorda une minute de réflexion.

– Croyez-vous possible d'intégrer la mère du Bélier dans la Sphère inférieure ?

– Je crois que ce serait une erreur d'essayer. Aliénor n'est pas tentée par l'argent ou la notoriété. Nous n'avons pas de moyen de pression sur elle. Et je doute fortement qu'elle se laisse enrôler dans un mouvement de quelque genre que ce soit. Il faut éviter à tout prix de susciter le moindre soupçon chez elle à notre égard. Elle défendra sa fille bec et ongles. Et ce, jusqu'à la mort.

– Alors, la mort est peut-être la solution, dit Asdrubal avec un sourire. Éliminer les parents encombrants a toujours été une méthode très efficace…

– Bragance se retrouverait orpheline, répondit Ernest. Les seuls membres restants de sa famille sont ses grands-parents paternels qu'elle n'a jamais rencontrés. Rien ne prouve qu'ils l'accepteraient chez eux. Ce serait prendre le risque que le système la prenne en charge : foyer, famille d'accueil… Dans les deux cas, elle pourrait nous échapper complètement. Tout serait à refaire !

– Et si la mère se rendait compte que sa fille change au contact du groupe ?

– Pour Aliénor, c'est précisément le but à atteindre ! Il revient à Sylvestre de s'assurer que Bragance ne dévoile rien à sa mère. Il est doué pour ça, non ?

– C'est certain, acquiesça Asdrubal. Nous n'en sommes qu'au début d'un long travail sur le Bélier. Une période particulièrement délicate.

– Je n'envie pas Sylvestre. Bragance est très indépendante. Ne confondons pas les béliers avec les moutons.

– Très amusant, dit le Magister sans un sourire. Mais la fille serait peut-être plus malléable sans la mère.

– Ou plus révoltée ! Si je puis me permettre de suggérer d'attendre simplement de voir ce qui va se passer… Il sera toujours temps de se débarrasser d'Aliénor.

– Gardez un œil sur elle. Bien… Nous avons un autre petit problème. Sylvestre m'informe que le Capricorne dérape sérieusement. Il ne sait pas si Agnès a conscience du pouvoir de la Chaîne d'unité ou si elle devient folle. Ses propos sont en général incohérents, toutefois ils contiennent une part de vérité. Il y a deux solutions : soit nous remplaçons le Capricorne par un autre, soit on fait avec ce qu'on a, même si ça représente un danger.

– N'est-il pas trop tard pour trouver un autre Capricorne ? demanda Ernest.

– Non, c'est juste très compliqué. À mon avis, le mieux serait d'impliquer les parents. C'est à eux d'encadrer Agnès. Au minimum, de la surveiller. C'est là que vous intervenez.

Ernest comprit alors que le Magister ne l'avait pas convoqué pour parler de Bragance. Asdrubal le chargeait d'une tâche des plus délicates.

– Dans quel Cercle sont les parents ?

Le Magister écarta les bras et poussa un soupir accablé.

– Mon pauvre ami ! Ils ne sont nulle part !

Malgré lui, Ernest écarquilla les yeux. Il était à la fois sidéré et inquiet.

– Quoi ? Après tant d'années d'apprentissage, ils ne sont pas encore intégrés dans un Cercle ?

– Pff… souffla Asdrubal. On leur a donné le titre d'initiés pour leur faire plaisir ! Ils ne le méritent pas, mais c'était la seule façon de les contrôler. C'est le côté positif de la situation. Ils sont totalement soumis. On les paie grassement, aussi…

L'expression sur le visage d'Ernest en disait long sur ce qu'il pensait. Il tenait en bien peu d'estime les parents du Zodiaque. Il désapprouvait les choix qui avaient été faits. Sa position sur ce sujet était un point de désaccord entre lui et la plupart des membres de la Sphère supérieure. Cela avait, d'ailleurs, failli lui coûter sa nomination au Deuxième Cercle.

Asdrubal le fixait de son regard noir. Après un interminable moment de silence, il dit soudain :

– C'est vrai, nous n'avons pas sélectionné les plus brillants. Je ne vais pas m'étendre sur nos raisons, car vous les connaissez déjà. Je vous rappelle simplement à votre devoir d'obéissance.

– Ai-je désobéi auparavant ? s'insurgea Ernest.

– Non. Mais vous oubliez parfois où est votre place.

Vous parlez trop au Cénacle et beaucoup d'entre nous ne l'acceptent guère. Taisez-vous et écoutez, la prochaine fois. Ne prenez la parole que si on vous pose une question. Je ne pourrai pas toujours vous défendre.

– J'en suis conscient, répondit Ernest. J'ai du mal à me contenir quand j'entends certaines remarques que je trouve injustes…

Asdrubal savait très bien à quoi il faisait référence. On avait reproché au Magister d'avoir commis une erreur en choisissant les parents du Bélier. Ceux-ci avaient eu un bébé porteur d'une maladie grave, la phénylcétonurie. Ils avaient dû être éliminés. Tous les trois. Asdrubal avait corrigé son erreur en remplaçant l'enfant manquant par Bragance. Il avait été nécessaire de tuer le père pour approcher la mère plus facilement. Et ça n'avait pas été facile ! Aliénor ne s'était laissé séduire par aucun des initiés envoyés par Asdrubal. Ernest avait réussi, dans une moindre mesure. Il n'avait, en fin de compte, obtenu que l'intégration de Bragance à la Sphère Fébus. Un bon résultat, sans doute, mais la mère, quant à elle, échappait toujours à leur emprise.

À l'époque des faits, quelques initiés du Premier Cercle s'étaient violemment opposés à Asdrubal. Ils avaient argué que le Magister n'avait pas rempli sa mission de façon satisfaisante. Au terme d'un intense combat verbal, ils étaient parvenus à convaincre l'ensemble du Cénacle. Asdrubal fut remplacé par l'un de ses adversaires. Il avait assez mal vécu d'être ainsi évincé. Il en gardait une rancune tenace envers ceux qui avaient osé s'attaquer à lui.

Asdrubal avait eu sa revanche, huit ans plus tard. Une

revanche au goût amer, cependant, puisqu'elle fut la conséquence d'un terrible malheur pour la Sphère. Le groupe qui entourait le nouveau Magister portait en son sein un serpent venimeux. Un homme qui avait cherché à posséder le pouvoir pour lui-même au détriment de tous. Le résultat avait été désastreux. Tant d'efforts, tant de sacrifices pour en arriver aux portes de la destruction totale par la faute d'un seul homme ! C'était à se demander ce que cet imbécile avait fait pendant tout le temps de son initiation. Clairement, il n'avait rien compris.

Asdrubal avait repris la direction du Cénacle, après ça. D'une main de fer. Il avait réintroduit les anciennes règles qu'on avait abandonnées. Plus de passe-droit, plus de favoritisme, plus de privilèges… Ni l'hérédité, ni la position sociale, ni la fortune ne permettraient plus à certains de sauter allègrement les étapes jusqu'à la Sphère supérieure. Chaque membre devait suivre le chemin ancestral de l'initiation, un dur et long chemin, garant de l'investissement personnel de chacun. Peu d'appelés et encore moins d'élus, tel était le mot d'ordre actuel.

– Je ne peux pas me permettre un autre échec, déclara Asdrubal.

Ernest fut surpris par sa franchise. Que le Magister s'avoue vulnérable était inattendu.

– Même si le choix des parents est ratifié par le Cénacle, la responsabilité en incombe toujours au Magister. J'ai payé cher mon erreur avec le Bélier. S'il y a un problème avec le Capricorne, mes ennemis feront en sorte que je sois définitivement écarté.

Asdrubal posa les deux poings sur la table et croisa les

doigts. Il se pencha légèrement en avant pour regarder Ernest droit dans les yeux.

– Si Agnès est vraiment folle, je dois le savoir. Tout ce que nous avons construit pourrait s'effondrer. Je ne m'inquiète pas pour moi, ma vie n'a pas d'importance. Je crains que beaucoup d'initiés n'aient pas conscience du danger qui nous menace. Par moments, j'ai l'impression que le sens profond de nos actions leur échappe. Le sentiment de puissance qui se dégage de la Chaîne d'unité les rend arrogants et téméraires. Ah, ça leur plaît, les costumes d'apparat et les cérémonies interminables ! Mais on n'est pas là pour le folklore.

Asdrubal devait avoir une confiance totale en Ernest pour oser se confier à lui de cette manière. Ernest s'en trouva flatté. Il ne voyait pas qu'en réalité Asdrubal n'avait guère d'amis dans la Sphère supérieure. Ernest était son meilleur allié.

– Ça ne signifie pas que les membres du Cénacle soient incompétents, dit Asdrubal. Pourtant, je suis convaincu d'être le seul capable de tenir le poste de Magister. Pour une raison simple : tous ceux qui ont été formés par le Grand Initiateur sont morts.

Asdrubal baissa la tête et ferma les paupières.

– Il ne reste que moi.

13

Venise, le 16 janvier 2012

Maxime s'appuya à la rambarde de la fenêtre. Le soleil était blafard dans le ciel gris. Charme d'un lundi de janvier… Il faisait froid, très froid même, à cause du vent maritime qui s'engouffrait dans les ruelles étroites et les petits canaux. De sa fenêtre, Maxime apercevait les bateaux amarrés qui s'entrechoquaient à chaque rafale qui balayait le Grand Canal. Ce n'était pas un bon jour pour faire une promenade romantique en gondole.

Maxime était gelé mais ne bougeait pas, fasciné par le mouvement des vagues toujours changeantes dont l'irisation laissait présumer un certain niveau de pollution des eaux. Il était arrivé à Venise le jeudi précédent et ce qu'il avait déjà découvert ne cessait de le troubler. Il avait commencé ses investigations par le plus élémentaire : retrouver les parents des victimes. Enfin, façon de parler… puisque, en réalité, il n'y avait plus personne. Et ce n'était que le début des bizarreries. Maxime poussa plus avant ses recherches avec l'aide du dossier de Vianney de la Tour Audelange. Les rapports donnaient des indications quant au lieu de travail des témoins.

Maxime se mit donc en quête de ces différents endroits.

Le père de Giovanni Rosso tenait une boutique de souvenirs en 1996. La boutique existait bel et bien. Mais le propriétaire était désormais une grosse dame originaire de Trieste. Par expérience, Maxime savait qu'il fallait éviter de se présenter comme détective privé. Les gens devenaient aussitôt méfiants. Il avait pris l'habitude de se faire passer pour un auteur de romans policiers. La grosse dame se sentit flattée d'être interrogée par un écrivain français. Elle fut ravie de raconter à Maxime l'incroyable histoire de la famille Rosso. Après les tragiques événements qui coûtèrent la vie à Giovanni, M. Rosso avait... racheté plusieurs boutiques de souvenirs dans la ville. Apparemment, la perte de son fils n'avait pas affecté son sens des affaires. D'où venait l'argent ? Mystère. Rien n'est gratuit dans Venise et surtout pas le mètre carré. Mais bon, M. Rosso était peut-être du genre économe ou il avait un ami banquier. M. Rosso et son épouse ne tardèrent guère à être honteusement riches. La mesure n'était pas de mise dans la famille. Monsieur et madame dépensaient leur fortune nouvellement acquise en achetant n'importe quoi. Du diamant de la taille d'un bouchon de carafe à la voiture de sport (peu pratique à Venise et donc au garage...), rien n'était assez cher. Madame voulait un manteau de vison ? Elle en avait deux ! Monsieur avait envie d'un canot à moteur ? Il s'en payait un en bois précieux. Les Rosso semblaient être toujours plus riches... Et puis, du jour au lendemain, tout s'était effondré. Madame était décédée d'un cancer fulgurant du pancréas. Monsieur s'était pendu à son lustre vénitien au moment où les huissiers frappaient à sa porte. Il avait fait faillite aussi vite qu'il était devenu milliardaire. Aucune explication logique. La grosse dame était persuadée que Dieu avait puni les Rosso. Ceux-ci avaient mené une vie bien peu catholique pendant dix ans. Comment avaient-ils pu s'amuser d'une manière aussi scandaleuse après l'assassinat de leur fils unique ?

Maxime n'aurait sans doute pas prêté trop d'intérêt à l'histoire des Rosso si les mêmes circonstances n'avaient pas produit les mêmes effets chez les autres parents des victimes de San Michele. Ils s'étaient tous – TOUS ! – enrichis après la mort de leur enfant. Celui-là, grâce à la Bourse ; celui-ci, dans l'immobilier ; cet autre dans le business informatique... Et ils s'étaient également mal conduits en dépensant leur argent à tort et à travers. L'un d'eux avait été impliqué dans une affaire louche de prostitution. Un autre avait échappé de justesse à une condamnation pour pot-de-vin à un élu du peuple. Un troisième s'était fait remarquer en donnant des fêtes insensées dans son palais où l'alcool, la drogue et les filles légères attiraient des personnes pas très recommandables. Et puis Dieu ou le diable avait décidé de sévir. Les faillites, les maladies, les suicides, les accidents avaient décimé chacune des familles. Il n'y avait plus aucun survivant. Aucun ? En réalité, ce n'était pas si sûr...

Maxime accordait une attention toute particulière au comte Ugolino Drazzi, le grand-père de Blandine. Il l'avait gardé pour la fin, comme la cerise sur le gâteau. Contrairement aux autres, il n'était pas devenu plus riche qu'il ne l'était déjà. Il ne s'était pas comporté comme un salopard plein aux as, n'avait pas claqué son fric en fêtes ou en bijoux, ne s'était pas compromis avec des politiciens véreux. Calme plat. Et pourtant, il s'était tiré une balle dans la tête. On prétendait qu'il n'avait pas supporté la mort de sa petite-fille ni celle de sa fille qui s'était suicidée avec son mari, le fils de Vianney. Il avait quand même attendu une dizaine d'années avant de mettre un terme à sa vie, ce qui rendait l'hypothèse du chagrin inconsolable un brin douteuse. Durant cette période, le comte Drazzi se trouva atteint d'une paralysie des membres inférieurs dont la cause semblait inconnue, ainsi que d'un début d'Alzheimer. Qu'il se soit suicidé pour ces raisons était plus probable. Exit Ugolino… Oui, mais il restait encore quelqu'un ! La veuve du comte Drazzi.

Elle était toujours vivante. Et elle habitait toujours dans son beau palais. Maxime avait procédé à une soigneuse enquête de voisinage. Les Italiens aimaient parler, ça tombait bien. On la plaignait beaucoup, la pauvre comtesse. Et puis, on commençait à dire que, ouais, malgré tout… elle n'était pas… très sympathique. Elle ne l'avait jamais été. Pas causante, la comtesse. Et pas aimable. Elle se prenait pour une grande dame et regardait les gens du peuple de haut. Bon. La voilà rhabillée pour l'hiver, la vieille. La suite se révéla plus surprenante. Après le décès de Blandine, la comtesse s'était enfermée chez elle. On ne l'avait jamais revue au-dehors. À part son médecin, elle ne recevait personne. Elle avait congédié la plupart des domestiques. Elle avait, pour unique compagnie, un majordome et une femme de chambre, tous deux au service des Drazzi depuis quarante ans. Ils ne sortaient que très rarement du palais. L'épicier et le pharmacien livraient à domicile. Ils n'étaient pas autorisés à entrer. Le majordome les accueillait sur le seuil, les payait et leur claquait la porte au nez. Ah oui, pas aimable non plus, le majordome.

En ce triste lundi matin, Maxime avait prévu de rechercher le seul homme suspecté d'avoir participé au massacre. Suspecté et innocenté en dépit de la découverte de sang dans son bateau. Un individu qui arborait une croix gammée sur le bras et qui était connu pour être un ivrogne violent.

Maxime referma la fenêtre et se frotta les mains pour les réchauffer. Par acquit de conscience ou pour retarder le moment où il devrait quitter sa chambre, il parcourut les rapports de police et les interrogatoires de Silvio Genovese. Un vrai nom de maffieux, tiens, avec un joli palmarès à son actif. Il avait été arrêté pour ivresse sur la voie publique, multiples agressions sous l'emprise de l'alcool, vols à l'arraché, propos racistes et même revente de cannabis. Il avait déjà passé pas mal de temps en prison avant 1996. Un gars charmant, en somme.

À l'époque du drame, Silvio Genovese avait pour quartier général un bar de pêcheurs de la Riva di Biasio, sur le Grand Canal. Lui-même pêchait la seiche, à l'occasion, car trop occupé à boire pour travailler sérieusement. Ça valait le coup de voir s'il fréquentait toujours l'endroit. Il y avait les photographies face et profil de l'identité judiciaire dans le dossier. Genovese avait la gueule de l'emploi, un nez épaté à force d'avoir été cassé et des yeux de bovin abruti. Sur ces photos, Genovese avait un cocard et un pansement sur le front, résultat de la bagarre qui avait conduit à son arrestation. 1,72 m, 91 kg, le bonhomme. Bigre… Maxime était nettement plus grand mais ne pesait pas lourd. En revanche, il avait l'avantage de l'âge. Genovese avait cinquante-huit ans. Avec un peu de chance, il était usé par l'abus d'alcool.

Maxime ramassa son blouson en cuir sur le lit. Quand il faut y aller… Le plan de la ville en poche, il sortit dans la rue et se dirigea vers le Campo San Polo. La place était désertée par les touristes, découragés par le climat peu clément. Dans les ruelles adjacentes, le vent hurlait et se répercutait sur les façades, produisant d'étranges échos. C'était assez déroutant. Le froid était intense. Maxime frotta ses oreilles glacées. Il avait des vertiges à cause du vent. Il avait horreur de ça…

Il lui fallut une vingtaine de minutes pour rejoindre le Grand Canal, de l'autre côté du quartier de San Polo. La marche l'avait un peu réchauffé. Il fut quand même bien content de se réfugier à l'intérieur du Bacaro del Ponte, autrement dit le Bar du Pont, un nom merveilleusement original vu qu'il n'y avait aucun pont à proximité.

Maxime lança un « *buongiorno* » à la cantonade. Quelques vieux pêcheurs, debout au comptoir, lui jetèrent un bref regard. Maxime commanda un café et observa les lieux. Première constatation : à part lui, tout le monde buvait du vin ou de la bière. Seconde constatation : personne ne ressemblait de près ou de loin à Silvio Genovese.

Un des vieux engagea la conversation. Ah bah, oui, on était en Italie ! Maxime se présenta comme étant écrivain, ce qui ne manqua pas d'attirer l'attention d'autres consommateurs. Maxime profita aussitôt de l'opportunité en offrant une tournée générale. Il jouait son rôle à la perfection en posant des questions sur le travail des pêcheurs et notait tout ce qu'on lui disait sur son petit calepin. On ne tarda pas à lui donner de grandes claques dans le dos en riant fort. « Hop, remettez-nous ça, patron, un verre de ce bon vin vénitien, ça ne peut pas faire de mal… » On demanda à Maxime où il avait appris l'italien. Sans fausse modestie, il répondit qu'il parlait quatre langues couramment, ce qui, d'ailleurs, était la stricte vérité.

L'heure du déjeuner approchait, alors le patron proposa des *cicheti*. Les *cicheti* sont à Venise ce que les *tapas* sont à l'Espagne : indispensables. Comme on était dans un bar de pêcheurs, crevettes grises et calamars étaient de mise. Le patron y ajouta des *crostini,* des tranches de pain grillé qu'il tartina allègrement avec du fromage. Maxime accepta un verre de vin rouge typiquement vénitien, un *raboso del piave*, assez âpre mais plutôt agréable. Maxime appréciait ce moment de convivialité à sa juste valeur. Tout était bon et la compagnie, sympathique. Il en aurait presque oublié la raison de sa présence. Un de ses vieux voisins loucha d'un air triste vers son verre vide. Aussitôt, Maxime fit un signe au cafetier.

Maintenant que les consommateurs étaient bien imbibés, rassasiés et de très bonne humeur, Maxime aborda prudemment le sujet du massacre de San Michele. La réaction ne se fit pas attendre. Les visages devinrent graves et Maxime craignit un instant d'avoir tout gâché. Son inquiétude fut de courte durée. L'histoire, quoique ancienne, était pour toujours gravée dans les mémoires.

Chacun avait une explication à donner. Maxime les laissa commenter à l'envi, sans les interrompre. Bien lui en prit. L'un des pêcheurs mentionna Silvio Genovese qu'il croyait innocent. Maxime sauta aussitôt sur l'occasion.

– Pourtant, la police l'a arrêté, dit-il.

– Évidemment ! Il faisait un coupable idéal ! Faut reconnaître que c'est pas un tendre, le gaillard.

– Salaud de fasciste, grommela le voisin de Maxime.

– Oh, c'est pas un fasciste, répondit l'autre. Il n'aime pas les Yougoslaves. Des communistes et des Arabes, comme il dit…

– La Yougoslavie n'existe plus, remarqua le patron. Et pis, c'est pas des Arabes.

– J'ai vécu la guerre, moi, reprit le voisin de Maxime. Alors, un mec qui se promène avec une croix gammée tatouée sur le bras, moi, ça me rend méchant !

Le patron s'accouda au comptoir en hochant la tête.

– Ouais, on s'en est aperçus, Guido.

Maxime apprit que Guido et Silvio Genovese en étaient parfois venus aux mains. Et malgré son âge, Guido, de l'avis général, avait encore une bonne droite. Le cafetier avait dû interdire l'entrée de son bar à Silvio parce qu'il posait vraiment trop de problèmes.

– Je peux le trouver où, Genovese ? demanda Maxime.

– Vous êtes sûr de vouloir lui parler ? s'étonna Guido.

– Il a des choses à raconter, répondit Maxime. Vous savez, les auteurs de romans policiers s'inspirent de la réalité.

Le patron lui donna l'adresse d'une femme qui hébergeait parfois Silvio. Celui-ci était plus ou moins SDF.

Les beaux jours, il dormait dans son bateau, à l'abri sous une bâche. En hiver, il faisait des petits boulots chez les gens en échange de quelques euros. Il louait une chambre miteuse quand il en avait les moyens. Quand il était fauché, il retournait chez Fedra, son ancienne maîtresse. Elle l'accueillait par pitié à la condition qu'il reste sobre. Mais elle le jetait dehors dès qu'il recommençait à boire, ce qui ne manquait jamais d'arriver.

Maxime aligna les billets sur le comptoir en n'oubliant pas un généreux pourboire. Il pouvait se le permettre, ses frais étaient couverts par M. de la Tour Audelange. Lubin n'avait pas tout à fait tort de le traiter de radin.

Après avoir salué la compagnie, Maxime chercha la maison qu'on lui avait indiquée. Le vent n'avait pas faibli. Maxime avait du mal à tenir son plan ouvert. Il s'enfonça dans les ruelles en direction de Santa Croce, un des quartiers de Venise, le moins touristique sans doute.

En franchissant le pont qui enjambait le rio Marin, Maxime s'arrêta brusquement et fit mine de contempler l'eau d'un vert presque noir. Du coin de l'œil, il observa un long moment les rares passants qui se hâtaient sur la voie qui longeait le canal. Quand il fut certain de n'être pas suivi, il reprit son chemin.

Fedra habitait au-dessus de l'atelier d'un mosaïste, au fond d'une courette. Les coups de marteau de l'artisan résonnaient dans la petite cour. Il cassait le verre pour fabriquer ses tesselles. L'étroit escalier que gravit Maxime était assez crapoteux. Il y avait plusieurs portes sur le palier. En l'absence d'une indication quelconque, Maxime s'en remit au hasard. Il n'obtint pas de réponse à ses deux premiers essais. La troisième porte se révéla être la bonne.

Fedra était une vraie matrone à l'italienne, au tour de taille impressionnant. Elle portait une seyante robe jaune à fleurs mauves qui se mariait magnifiquement avec ses mules roses à pompons. Elle avait dû se faire elle-même une teinture pour cacher ses cheveux blancs. Le résultat était épatant. Ses cheveux coiffés en chignon étaient assortis aux fleurs de la robe. Autour de son cou grassouillet, Fedra avait enroulé plusieurs rangs d'un collier doré et écaillé sur lequel étaient artistiquement accrochés des morceaux de chaînette et des breloques. La dame était coquette.

– Heu… signora Fedra ?

– Qui êtes-vous ?

Maxime fut surpris par la voix quasi masculine de Fedra.

– Je suis désolé de vous déranger. Est-ce que Silvio est là ?

Fedra devint écarlate et se mit à hurler en agitant ses quatre mentons. Maxime crut qu'il allait se prendre une beigne.

– Cette espèce de rat ? Il a pas intérêt à se repointer chez moi ! Ce sale voleur !

– Oh, je suis navré d'apprendre ça, dit Maxime d'un air contrit. Que vous a-t-il volé ?

– Mes économies ! Je travaille dur, moi, monsieur ! J'avais mis cinq cents euros de côté pour aller au baptême de mon petit-neveu à Milan en avril ! Et voilà ! Plus rien ! Après tout ce que j'ai fait pour lui, cette ordure me fait ce coup-là !

Maxime descendit la fermeture Éclair de son blouson.

De la poche intérieure qu'il tenait fermée par un bouton, il sortit une liasse de billets. Fedra écarquilla les yeux.

– Permettez-moi de régler ses dettes. En échange, je ne vous demande qu'une chose. Dites-moi où j'ai une chance de trouver Genovese.

Fedra ne se fit pas prier pour prendre l'argent. Elle se fendit d'un sourire.

– Vous, au moins, vous êtes un gentleman. Je ne sais pas ce que vous voulez à Silvio mais, si j'ai un conseil à vous donner, c'est de l'éviter comme la peste. En ce moment, il doit traîner sa misérable carcasse dans la gare Santa Lucia. S'il n'y est pas, c'est qu'il est parti avec son bateau à Burano pour pêcher. Enfin, ça, c'est quand il n'est pas trop saoul. Méfiez-vous, c'est une brute quand il est ivre.

– Je ferai attention, répondit Maxime.

Fedra le rattrapa par le bras au moment où il allait partir. Maxime grimaça légèrement. Elle avait une sacrée poigne, la brave femme.

– Merci, monsieur-que-je-connais-pas. J'étais très malheureuse de ne pas aller à Milan. Vous avez donné un peu de bonheur à une pauvre vieille. La Sainte Vierge vous le rendra.

Elle le lâcha et lui claqua la porte au nez. Maxime frotta le haut de son bras. Aïe. À parier qu'il avait déjà un énorme bleu, lui qui avait la peau si fragile.

14

gare Santa Lucia, le 16 janvier 2012

Maxime franchit le Grand Canal par le ponte degli Scalzi qui le mena à la gare Santa Lucia. Il erra dans le hall, scrutant les visages. Non, pas de Genovese. Maxime s'aventura vers les quais. Le train en provenance de Bâle venait d'arriver, pile à l'heure. Le train était suisse, ça s'expliquait… Maxime repéra Silvio. Il abordait les costard-cravate, quémandant quelques pièces pour manger. Les hommes d'affaires l'ignoraient, occupés à téléphoner ou, à défaut, regardaient droit devant eux, faisant mine de ne pas le voir. Silvio avait l'injure facile, ce qui n'incitait personne à lui faire l'aumône.

Maxime laissa passer le flux des voyageurs où l'on comptait peu de touristes. Genovese fila un grand coup de pied dans une poubelle. Il avait bu, c'était évident. Un billet de vingt euros à la main, Maxime s'approcha de lui. Silvio le toisa de haut en bas. Maxime lui tendit le billet. Silvio le prit prestement et lui demanda ce qu'il voulait qu'il fasse pour cette somme. Comme quoi, il n'était pas si stupide que ça.

– Je veux que vous me racontiez tout ce que vous savez

sur le massacre de San Michele.

Silvio Genovese resta un moment silencieux, puis cracha :

– Va te faire foutre. Cause pas aux journaleux.

Maxime fouilla dans la poche de son pantalon et en sortit un autre billet de vingt qu'il agita dans l'air.

– Je ne suis pas journaliste. Je suis écrivain. Vous voulez celui-là, aussi ?

Silvio tordit la bouche. Ce n'était certes pas un sourire, plutôt une mimique de mépris. Bizarrement, il remonta la manche de son pull et montra son avant-bras où était tatoué le nombre 88.

– Très joli, dit Maxime. C'est un nouveau tatouage ?

– Tu comprends pas, hein ?

– Oh mais si, répondit Maxime. Le H est la huitième lettre de l'alphabet. Un double huit, c'est donc HH, ce qui signifie *Heil Hitler*. Vos opinions politiques ne m'intéressent pas.

– Je les ai découpés en morceaux, les petits bourgeois, et je leur ai bouffé le cœur. Ça te va, comme ça ? Maintenant, file-moi le pognon.

– Je ne vous crois pas une seconde. De l'argent, je vous en donnerai davantage si vous me parlez. Commençons par le bateau qu'on vous a prétendument volé.

– Combien ? Combien tu me donnes ?

– Ça dépend de ce que vous avez à dire. Il y a un distributeur de billets dans cette gare. Je peux le vider si j'estime que vos informations ont une valeur quelconque.

En entendant ça, l'attitude de Silvio changea du tout au tout. Il se mit à débiter toute son histoire, comment il avait été arrêté alors qu'il était innocent, salauds de flics, et puis qu'on lui avait gardé son bateau pendant des semaines alors que c'était son instrument de travail, salauds de flics, et que c'était la faute à cette société pourrie s'il était dans la mouise, salauds de Yougoslaves (que venaient-ils faire là-dedans ?), et qu'il avait envie de poser des bombes, salauds de flics !

– Vous ne m'apprenez rien. Ce que je veux, c'est la vérité. Pourquoi votre barque minable ? Il y avait mieux à voler, non ?

Silvio tourna la tête dans tous les sens. Il eut soudain l'air inquiet.

– C'est eux qui vous envoient ?

Tiens ? Maxime fronça les sourcils.

– Qui, *eux ?*

– Personne ! Tire-toi, j'ai plus rien à te dire.

– Deux cents euros pour une bonne info, proposa Maxime. Mille euros, pour plusieurs.

Genovese était visiblement partagé entre des sentiments contradictoires. Il avait peur, c'était clair. D'un autre côté, refuser autant d'argent dans sa situation… Il prit une décision.

– Pour cinq cents, je te dis deux choses que tu sais pas. Mais je ne parlerai pas d'*eux*. Je risque ma peau.

– D'accord. Je vous écoute.

– On me l'a pas piqué, mon bateau. C'est mon cousin qui me l'a emprunté. Salaud de Ranieri, y m'a bien foutu dans la merde ! Abandonner ma barcasse avec plein de sang dedans ! Surtout amarrée à un quai où n'importe quel crétin de flic pouvait la remarquer ! Je lui aurais pété la tronche, à Ranieri, s'il était pas mort avant.

– Quelle raison vous a-t-il donnée pour que vous lui prêtiez votre barque ?

– J'ai pas demandé. Ranieri, c'était mon cousin. Je lui ai rendu service. J'ai cru qu'il voulait aller pêcher à la pleine lune.

– Comment est-il mort ?

– Il s'est noyé. Un accident, peut-être. Ou il s'est suicidé… J'sais pas trop. Mais on a retrouvé son cadavre dans la lagune.

Un noyé ? La mémoire de Maxime se mit en marche.

– Au large de Murano. Découvert par des pêcheurs, en état de décomposition avancée. Profondes blessures, une jambe arrachée, probablement par une hélice…

Silvio ouvrit des yeux ronds.

– Ouais, c'est ça. Comment t'es au courant ?

– Je travaille beaucoup. Rassurez-vous, je considère cette info comme étant bonne. J'attends la seconde.

De nouveau, Genovese regarda tout autour de lui. La sueur perla sur son front gras. Maxime craignit un instant qu'il ne préfère finalement se taire.

– La lagune… murmura-t-il. Il y a la bête qui rôde…

Allons bon. L'alcool lui avait grignoté le cerveau, à Genovese.

– C'est le Crocodile…

– Un crocodile, répéta Maxime. Bien sûr.

– Tu me crois pas mais tous les pêcheurs évitent de naviguer trop près de San Michele, la nuit. Le monstre est tapi dans ces eaux-là. J'suis pas fou. Les premiers habitants des îles, ils tuaient des gens pour les offrir au Crocodile.

Maxime repensa à la conversation qu'il avait eue avec Lubin au sujet des sacrifices humains. Ce que racontait Silvio n'était pas impossible d'un point de vue historique.

– C'est une légende, dit Maxime, plus par provocation que par conviction.

– Ah ouais ? grogna Genovese. Alors, tu m'expliqueras pourquoi, au Moyen Âge, on jetait les condamnés à mort dans le canal.

– Parce que la notion d'hygiène n'était pas très populaire, répondit Maxime.

– Alors, ouvre tes oreilles et écoute ça. Dans l'ancien temps, on égorgeait les victimes et après on découpait les corps en morceaux. On retrouvait les restes sur l'île. Ça te rappelle pas quelque chose ?

Silvio se retourna pour observer les voyageurs qui se hâtaient pour prendre le train de Genève. Il devint très nerveux et pressa Maxime de lui donner son argent sur-le-champ.

– Je n'ai pas assez sur moi. Je dois aller à…

– M'en fous ! File-moi tout ce que t'as. Il faut que je me tire, vite fait !

Maxime eut un peu pitié de l'ivrogne. Il prit les derniers billets dans sa poche intérieure. Trois cents euros, ce qui était déjà une bonne somme.

– Une dernière précision, dit-il. Si je comprends bien, vous prétendez que les douze gamins assassinés en 1996 ont été sacrifiés au Crocodile. C'est ça, n'est-ce pas ?

Genovese lui arracha les billets des mains et, à la grande surprise de Maxime, il fit un signe de croix.

– La lagune est maudite.

Il s'éloigna très rapidement, en ne marchant pas très droit, vers l'extrémité du quai. Maxime le vit sauter sur la voie et, malgré le danger, s'enfuir en courant le long des rails.

Maxime n'était pas paranoïaque. Mais il était prudent. Il posait des questions à tout le monde depuis plusieurs jours et il avait pu attirer l'attention de certaines personnes. Aussi s'assit-il sur un banc dans la gare où il attendit une vingtaine de minutes. Son regard balayait la salle de droite à gauche, s'attardant parfois sur un individu ou sur un autre avant de reprendre son incessant mouvement. Quand il fut absolument sûr qu'on ne le surveillait pas, il se leva. Après un arrêt au distributeur pour reprendre de l'argent, il s'achemina vers la sortie.

Le vent était tombé. L'eau du Grand Canal s'était assagie et les gondoles flottaient désormais mollement, attachées à leurs poteaux de bois. À proximité du pont, Maxime trouva la station des bateaux-taxis. Comme il était vraiment du genre méfiant, il décida d'en emprunter un pour retourner à son hôtel. Si jamais quelqu'un le suivait, il en serait pour ses frais.

15

San Michele, le 17 janvier 2012

Maxime passa une partie de la matinée à effectuer des recherches sur Internet sur un ordinateur gracieusement mis à sa disposition par la direction de son hôtel. Enfin, comme la chambre coûtait cinq cents euros la nuit, c'était quand même la moindre des choses. Maxime essaya d'abord de joindre le journaliste Di Stefano qui avait signé des articles intéressants sur un site de journal en ligne. D'après le secrétariat du journal, Di Stefano avait quitté son travail en 1997. Maxime essaya de le retrouver via les annuaires professionnels italiens puis les annuaires tout court. Pas de Di Stefano. Disparu sans laisser d'adresse. Un peu inquiétant…

Encore plus inquiétant. Les domestiques du comte Drazzi que sa veuve avait congédiés après le décès de Blandine avaient aussi disparu de l'annuaire de Venise. Partis ? Morts ? Nouvelle question sans réponse.

Maxime s'attaqua ensuite à un autre sujet : le Crocodile, lequel était bel et bien représenté écrasé par saint Théodore en haut d'une des colonnes de la piazza San Marco. Le Crocodile ou le Dragon, ça dépendait des sources, vivait dans l'île appelée par la suite San Michele. Les premiers habitants de la lagune, terrifiés par ce monstrueux voisin, lui offraient de nombreux sacrifices. Les corps étaient dépecés, découpés en morceaux et jetés au Crocodile. Celui-ci ne semblait pas les dévorer puisque les restes étaient éparpillés dans l'île selon un ordre précis. La raison à cela demeurait inconnue.

Mais le Dragon n'était pas la seule menace qui rôdait sur les eaux. Dans l'île qui devint plus tard Murano habitaient des êtres mystérieux qui avaient apparemment passé un pacte avec le monstre. Ils vouaient un culte au Dragon, se livraient sans doute à d'horribles pratiques pour l'honorer. Ces adorateurs du Crocodile avaient pour charge de garder l'île maudite. Les nuits de pleine lune, on pouvait apercevoir une barque aux alentours de San Michele. À son bord se tenaient des créatures toutes vêtues de noir. Des hommes ? Plutôt des esprits maléfiques. Vraie légende ou fantasme de romanciers ? Difficile de trancher.

En tout cas, l'histoire continuait d'épouvanter les braves gens. Même si le Crocodile se faisait plutôt discret de nos jours, on prétendait que les seigneurs de la lagune manifestaient toujours leur présence, à la pleine lune. Comme cette nuit de Noël 1996 ? Le massacre d'enfants innocents avait-il été perpétré par… des hommes en noir ?

Maxime sortit de son hôtel. Le moment était venu pour lui de visiter San Michele. La brume, si fréquente à Venise en cette saison, modifiait sans cesse l'aspect des ruelles et des canaux. Une des particularités du Grand Canal, un de ses charmes aussi, résidait dans le fait qu'il n'était enjambé que par quatre ponts. Pour rejoindre le quai d'embarquement du *vaporetto* qui desservait les îles, Maxime emprunta le *traghetto* du campo della Pescaria. Pour quelques centimes, Maxime traversa le Grand Canal à bord de la barque. L'expérience était assez amusante dans ce brouillard matinal. Les bancs de brume se déplaçaient et dévoilaient brusquement les somptueuses façades des palais avant de les avaler de nouveau. Maxime se retrouva dans Cannaregio, l'ancien quartier juif de Venise. Entre les synagogues et les églises, le lieu était paisible, dépourvu de boutiques de souvenirs et de touristes. Maxime s'y serait volontiers attardé.

Le contraste entre le calme Cannaregio et les rives de la lagune était violent. Ici, la mer se rappelait à votre bon souvenir. On avait tendance à l'oublier, mais l'eau des canaux était salée. Le *vaporetto* 41 attendait les voyageurs, amarré à son quai. Le *vaporetto* était le plus agréable des transports en commun du monde. Même si, en été, on y était aussi tassés que dans le métro parisien.

Le brouillard empêchait d'apercevoir les hauts murs de terre brune qui entouraient San Michele. Pourtant l'île était toute proche. Maxime réalisa soudain que San Michele était le nom italien de saint Michel, l'archange si souvent représenté tuant un dragon, autrement dit Satan. Il n'y avait pas de hasard. Et le symbole était évident. La religion chrétienne avait anéanti les croyances païennes des origines. Quoique… Celles-ci survivaient encore en dépit des efforts fournis pour les renverser.

Maxime observa ses compagnons de voyage, des touristes pour la plupart, qui se rendaient probablement à Murano pour y admirer les souffleurs de verre. Maxime resta près de la sortie car il serait le premier à descendre. L'équipage s'activa. L'heure du départ avait sonné. La mer n'était pas agitée, mais les embruns frappaient le bateau de front, glaçant les passagers massés à la proue.

L'angoisse prit Maxime par surprise. Jusque-là, il n'avait pas vraiment pensé à ce qu'il allait ressentir en découvrant le cimetière. Bien sûr, après seize années, toute trace du massacre serait effacée. L'endroit, lui, demeurerait inchangé. Le sang des victimes y avait coulé, s'était infiltré dans le sol, s'était mêlé à la terre… Il y était pour toujours. Maxime n'était pas superstitieux et toutes ces niaiseries à la sauce surnaturelle, très à la mode à l'heure actuelle, le faisaient plutôt rigoler. Pourtant, il se demandait si les âmes de ceux qui avaient été assassinés aussi brutalement pouvaient trouver le repos ou si elles erraient encore sur les lieux, perdues et tourmentées.

Le flanc du *vaporetto* cogna légèrement sur le quai. La traversée avait été brève, trop au goût de Maxime. Il n'était pas prêt à affronter les fantômes du passé. Et ces fantômes, il lui semblait déjà les voir dans les longues silhouettes noires des cyprès émergeant de la brume.

Il se retourna. Le *vaporetto* quittait le quai. Personne à part Maxime n'était descendu. Il était seul, face à l'église San Michele, dont la façade de pierre blanche se fondait dans les nappes de brouillard.

Il sursauta en entendant une cavalcade dans l'allée. Trois jeunes gens surgirent devant lui, haletants. Ils poussèrent une exclamation, contrariés d'avoir raté le *vaporetto*. Maxime, lui, en était fort content. Il n'était pas seul sur l'île et ça changeait beaucoup sa perception des choses. Rassuré, il s'avança d'un pas décidé. Puis ralentit. Il n'avait aucune idée de la direction à prendre. Il haussa les épaules. Quelle importance ? Venir ici n'allait pas l'aider dans son enquête. Maintenant qu'il était là... Maxime fit comme tous les visiteurs, il se lança à la recherche de personnages célèbres.

Dans le carré orthodoxe, il découvrit la bien modeste tombe du compositeur Igor Stravinsky. À proximité se trouvait celle de Serge Diaghilev, le créateur des Ballets russes. Maxime s'y arrêta. Des chaussons de danse avaient été déposés sur la pierre tombale par de jeunes danseurs, une marque de respect pour le maître. Tout d'un coup, le cimetière perdit son apparence sinistre. Maxime sourit devant ces chaussons salis et trempés par les intempéries. Il y a du bon dans les traditions, surtout quand elles sont aussi jolies que celle-ci.

Maxime repartit d'un cœur plus léger et prit finalement plaisir à la promenade. La brume commençait à s'effilocher. Un triangle bleu pâle se dessina dans le ciel, promesse d'un futur après-midi ensoleillé. Maxime vérifia l'heure sur sa montre. Il était temps de regagner l'embarcadère. Il repéra l'église et coupa en traversant les pelouses jaunes. Il comprit vite son erreur en raison de la couleur de la façade de l'édifice. Ce n'était pas l'église San Michele mais San Cristoforo della Pace. Maxime amorça un demi-tour puis s'immobilisa. Au milieu d'une allée, une femme dont il ne voyait que le dos était agenouillée. Au moment où elle se relevait, Maxime aperçut un bouquet de fleurs sur le gravier. Un grand froid le saisit comme si, soudain, la Mort elle-même l'avait saisi.

Les fleurs étaient des roses.

La femme s'éloignait. Maxime se secoua et courut derrière elle.

– Ninetta ? Ninetta Cordoni ?

Elle se retourna et le regarda, étonnée. Maxime fut frappé par la délicatesse de son visage, pourtant marqué de rides, empreint d'une sérénité inhabituelle.

– Qui êtes-vous ? demanda-t-elle.

– Je m'appelle Maxime Dancourt. Je suis écri…

Non. Il ne pouvait pas lui mentir, pas à elle.

– Je suis détective privé. Vous êtes la tante de Rosa Cordoni, n'est-ce pas ? J'ai compris à cause du bouquet de roses. Avez-vous quelques instants à m'accorder ?

– Détective privé ?

– Oui. J'ai été engagé par le grand-père de Blandine de la Tour Audelange pour retrouver les assassins de sa petite-fille.

Ninetta inclina la tête sur le côté. Maxime lui laissa le temps de la réflexion.

– C'est un peu tard, non ? remarqua-t-elle.

– Ce n'est pas à moi d'en juger. Je fais mon travail et votre aide me sera certainement précieuse.

– Que pourrais-je vous dire que je n'ai pas déjà dit cent fois à la police ?

– J'ai découvert que les parents de Rosa sont morts dans un accident de voiture, en 2007. Parlez-moi de ce qui s'est passé avant leur décès.

Ninetta resta silencieuse. Puis un soupir s'échappa de ses lèvres charnues.

– Je viens ici chaque mardi. C'est le jour de la Vierge

Marie. Le mardi. Tous les ans, en décembre, je vais dans le cimetière de Mestre. C'est là où ils sont enterrés. Je fleuris leur tombe. Il n'y a plus personne pour penser à eux, vous savez. Il n'y a plus que moi. Je crois que la Sainte Vierge m'a protégée pour que je m'occupe d'eux. Parce qu'il faut toujours quelqu'un pour se rappeler.

– « Il n'y a pas de désastre sans un survivant pour raconter l'histoire », répondit Maxime. C'est ce que l'on dit dans les légendes celtes. Vous avez raison. Il faut quelqu'un pour se souvenir.

Ninetta lui réclama son bras pour marcher. Elle n'avait aucunement besoin d'un appui, mais c'était une manière très italienne de marcher quand on discute avec un ami. Maxime accepta avec plaisir cette marque de sympathie à son égard.

– Avez-vous réussi à renouer le contact avec votre frère après l'enterrement de Rosa ? demanda-t-il.

– Non. Et d'ailleurs, je n'en avais pas envie. Satan s'était emparé de leur âme, ils étaient perdus pour ce monde et, je le crains bien, pour l'autre aussi.

– Vous parlez des parents de toutes les victimes ?

Ninetta acquiesça. Pendant quelques minutes, ils échangèrent leurs informations sur ces gens qui s'étaient enrichis et que la mort avait brusquement frappés.

– Le diable donne et il reprend, commenta Ninetta. Ne trouvez-vous pas ironique que j'aie hérité de mon frère ?

– N'a-t-il pas été ruiné comme la plupart des autres ? s'étonna Maxime.

– Oui, c'est vrai. Il avait gagné beaucoup d'argent dans l'immobilier. Et puis, le fisc lui est tombé dessus. Il y avait des trucs bizarres dans sa comptabilité. Les choses se sont aggravées quand un de ses immeubles a mystérieusement brûlé. On l'a accusé d'y avoir mis le feu pour toucher l'assurance. Tout ce qu'il possédait a disparu dans d'interminables procès. Mon frère avait réussi à rembourser toutes les sommes qu'il devait, mais la justice n'en avait pas fini avec lui. Il fuyait avec sa femme quand leur voiture a plongé dans le lac de Côme.

– C'était un accident ? Ou un suicide ?

– Une punition divine, affirma Ninetta. J'ai prié pour eux, j'ai supplié Dieu de leur pardonner leurs fautes. J'ai reçu une curieuse réponse à mes prières. Sur le moment, je n'ai pas compris ce que ça signifiait.

– Quoi donc ?

– Mon frère était parvenu à régler ses dettes. Il lui restait une seule chose : une laverie automatique.

– Une laverie automatique ! s'exclama Maxime, plutôt amusé. Et vous pensez que c'était une réponse à vos prières ?

– En fait, oui. Ça marche bien, ce commerce-là. Grâce à l'argent que ça me rapporte, j'ai pu créer une association de soutien aux familles qui ont perdu un enfant.

Maxime regarda le délicat profil de Ninetta. Cette femme était un ange.

– Au moins, un peu de bien sera sorti de toute cette horreur, dit-il. Mais vous, que pensez-vous qu'il se soit réellement passé ? Y a-t-il une explication à ce drame ?

– Ils ont vendu leurs enfants au diable, répondit durement Ninetta. Si vous aviez connu Rosa… C'était une petite fille adorable. Elle se jetait dans mes bras dès qu'elle me voyait. Elle me couvrait de baisers. Elle venait chercher chez moi ce qu'elle n'avait pas chez elle : de l'amour. Sa mère la regardait comme si c'était un objet encombrant. Je ne comprenais pas cette indifférence. Quand ma nièce est devenue une adolescente, elle a changé. Elle était distante avec moi. Quelques mois avant la mort de Rosa, mon frère a commencé à m'empêcher de venir chez lui. Il avait toujours une raison à me donner. Il recevait des amis, Rosa n'était pas là ou n'importe quoi d'autre… Un jour, j'ai croisé ma nièce par hasard. Elle était visiblement contente de me voir. Elle regardait partout autour d'elle comme si elle avait peur d'être surveillée. Je lui ai demandé si elle avait des problèmes. Elle a hésité un instant puis elle m'a confié qu'elle avait rejoint un groupe de jeunes. Ça m'a inquiétée. J'ai insisté pour qu'elle m'en dise davantage. Elle m'a rassurée, c'était un groupe dirigé par un psychothérapeute, tout ce qu'il y a de plus sérieux. Ça l'aidait beaucoup. Sur le moment, j'ai trouvé que c'était bien.

– Sur le moment ? répéta Maxime.

– Là où j'ai rencontré Rosa, dit Ninetta, c'était devant le ponte dell'Accademia.

Maxime sursauta.

– Au même endroit où vous avez aperçu Rosa et Blandine ensemble ? Alors que votre frère a juré devant la police que sa fille ne se promenait jamais dans ce quartier !

– Il a menti à ce sujet.

Maxime fronça les sourcils.

– De la psychothérapie de groupe… Les victimes auraient pu se rencontrer comme ça… Vous n'avez pas dit aux enquêteurs que vous aviez vu Rosa devant ce pont, plusieurs mois avant sa mort ?

– Mais si !

– Étrange… Ce n'est pas mentionné dans les rapports. Et je les ai lus en long et en large !

– Vous êtes naïf, répondit Ninetta. Le diable a des serviteurs partout.

– C'est une grave accusation, remarqua Maxime.

– Et elle est tout à fait juste. Au début, les policiers m'écoutaient poliment. Comme je revenais sans cesse, ils ont perdu patience. La dernière fois que je me suis rendue dans leurs locaux, l'un d'eux m'a emmenée dans un bureau vide. Il m'a conseillé de me taire. Je lui ai demandé pourquoi. Il m'a répondu que je risquais ma vie et qu'il risquait la sienne en me mettant en garde. Ce n'était pas un mauvais bougre, celui-là. Il était terrorisé et moi aussi, je l'avoue.

Ils étaient arrivés en face de l'embarcadère. Ninetta indiqua l'église du doigt.

– Je ne pars jamais avant d'avoir parlé à Dieu. Il m'entend mieux d'ici.

Maxime sourit.

– Je suis heureux de vous avoir rencontrée, dit-il. Faites attention à vous.

Ninetta écarta l'écharpe qui recouvrait son manteau et lui montra la croix autour de son cou.

– Je n'ai rien à craindre.

Elle posa la main sur le bras de Maxime et le serra.

– La Sainte Vierge vous a mis sur mon chemin. C'est pour ça que je n'ai pas hésité à me confier à vous. La Sainte Vierge ne peut pas se tromper, n'est-ce pas ?

– J'espère être digne de cette confiance, répondit Maxime.

Il ne pouvait pas lui dire que ces histoires de Sainte Vierge, ce n'était pas vraiment sa tasse de thé… Mais il comprenait pourquoi Ninetta se raccrochait à ses croyances. Car comment accepter que des parents aient pu sacrifier leurs propres enfants sans y voir l'intervention du diable ? Il est peut-être rassurant de penser que les hommes ne sont pas les seuls coupables de leurs pires actions. Nous devrions pourtant admettre que nous sommes les créateurs du mal que nous causons. Le diable a bon dos, parfois…

La silhouette du *vaporetto* se dessina nettement sur la lagune, signe que le brouillard s'était enfin dissipé.

– Au revoir, Ninetta.

Elle le regarda tendrement et hocha la tête. Maxime se dit alors que même si Dieu n'existait pas, les anges, eux, étaient bien parmi nous.

16

Venise, le 17 janvier 2012

Après le déjeuner, Maxime s'enferma dans sa chambre, assis entre le téléphone et l'ordinateur. Il nota les noms des enquêteurs inscrits sur les rapports de police. Puis il chercha dans l'annuaire téléphonique de Venise et de la région. Ouais… Pas de surprise. Les policiers chargés de l'enquête étaient introuvables. Ça ne prouvait pas qu'ils étaient morts. Ils avaient pu prendre leur retraite sur la côte, déménager ou simplement être sur liste rouge. Le problème n'était pas là. C'était dans la répétition systématique des mêmes schémas que le problème résidait. La quasi-totalité des personnes concernées de près ou de loin par l'affaire avait disparu. Hasard ? Coïncidence ? Difficile de le croire.

Maxime posa les mains à plat sur la table et ferma les yeux. Internet lui avait appris qu'il n'existait aucun centre de thérapie de groupe pour ados à Venise. En tout cas, aucun n'était répertorié sur le Net. Un psychothérapeute pouvait, bien sûr, tenir des réunions avec ses patients dans le cadre de son cabinet. Maxime n'allait pas s'amuser à appeler tous les psys de la ville. Il vérifia néanmoins les adresses. Aucun psychologue, psychothérapeute ou psychiatre dans le quartier des Gallerie dell'Accademia. Du moins, à l'heure actuelle. Mais il y a seize ans, ça…

Maxime avait parlé à deux des survivants : Silvio Genovese et Ninetta Cordoni. Il y en avait une troisième, Francesca Drazzi, comtesse de son état. Elle était beaucoup plus facile à trouver que les autres puisqu'elle restait cloîtrée chez elle. C'était précisément pour cette raison que Maxime avait bien peu de chance de la rencontrer. Malgré tout, il ne pouvait pas quitter Venise sans essayer.

Maxime sortit dans les rues inondées de soleil. Le changement était fort agréable, en dépit d'une température plus que fraîche. Les merveilleux palais qui bordaient le Grand Canal étaient immanquables. Mais il y en avait bien d'autres, discrètement disséminés le long des petits canaux. Le palais Drazzi appartenait à cette catégorie. À quelques pas seulement du célèbre ponte di Rialto, des odeurs du marché aux poissons et des bruyants cafés, Maxime découvrit le calme presque troublant des ruelles étroites qui ne semblaient mener nulle part. Il fallait oser s'aventurer entre des murs parfois si serrés que deux personnes ne pouvaient y marcher côte à côte.

Le palais Drazzi occupait le fond d'une impasse. On apercevait de la végétation derrière un mur. Il y avait un jardin attenant à la maison. Maxime sonna à la porte et patienta. Le judas s'ouvrit et le visage d'un vieil homme apparut dans le petit rectangle grillagé. Le majordome.

– Que voulez-vous ? demanda-t-il.

– *Buongiorno,* répondit Maxime. Je désirerais avoir un entretien avec madame la comtesse.

Avant que le majordome ait eu l'occasion de lui dire d'aller se faire voir, il ajouta :

– Je suis envoyé par Vianney de la Tour Audelange.

– Connais pas.

– Mais madame la comtesse, si… Merci de l'informer. J'attends ici.

Clac ! Le judas se referma. Cinq minutes passèrent. Puis dix. Au bout de quinze, il devint évident que Francesca Drazzi ne le recevrait pas. Bon, bah, voilà. Il avait essayé. Au moment où il repartait, un objet traversa l'air et tomba à ses pieds. Maxime poussa une exclamation et recula vivement. Il leva aussitôt la tête vers les fenêtres aux volets clos. L'un d'eux était légèrement entrouvert et Maxime eut le temps de voir une main qui le tirait. La comtesse était-elle du genre à balancer des cailloux aux gens ?

Maxime regarda par terre. On avait enveloppé quelque chose dans un papier entouré de plusieurs élastiques. Maxime ramassa l'objet et le glissa dans sa poche. Il s'empressa de partir. Mieux valait ne pas traîner dans le coin. Il se doutait que l'élément important était la feuille de papier. Un message à son adresse, jeté par une fenêtre, ça signifiait quoi ? Que la comtesse ne voulait pas le recevoir mais qu'elle souhaitait l'aider quand même ? Était-elle prisonnière dans son propre palais ou avait-elle peur d'être surveillée ? À moins qu'il ne s'agisse de quelqu'un d'autre. Sa femme de chambre ? Le majordome ?

Maxime se hâta de rejoindre des rues plus fréquentées. À plusieurs reprises, il s'arrêta, faisant mine d'admirer une façade ou la vitrine alléchante d'une épicerie. Discrètement, il observait les rares touristes à peine vêtus et donc frigorifiés (pourquoi croyaient-ils qu'il faisait chaud en janvier à Venise ?), les ménagères qui revenaient du marché, les Vénitiens qui visiblement traînaient au lieu de travailler. Rien ni personne de suspect ou d'inquiétant. Maxime n'était pas paranoïaque, mais il allait le devenir.

De retour dans sa chambre, il s'installa sur son lit pour déballer cet étrange paquet-cadeau. Il ôta les élastiques et déplia doucement le papier. On l'avait lesté avec une coupelle en bronze massif, plutôt lourde. Maxime examina soigneusement le papier : épais, d'une belle qualité, d'une couleur crème et portant un monogramme de deux lettres entrelacées, un F et un D. Francesca Drazzi. Il n'y avait que quelques mots, tracés avec un stylo à plume, avec des pleins et des déliés. L'écriture était légèrement tremblotante, et la phrase n'était pas droite et allait du haut vers le bas. Pas de signature. Maxime mit à profit ses notions de graphologie : le message avait été écrit par une femme âgée, de bonne éducation, raffinée, faible sinon malade, et probablement dépressive.

« Personne n'est innocent. »

C'était tout. Maxime soupira. Il était bien avancé ! Pourquoi lui avoir envoyé un message de cette façon si c'était pour lui dire… rien ?

– Allez, réfléchis ! marmonna-t-il. Pourquoi moi ?

Francesca Drazzi semblait savoir qui il était. Comment ? Avait-il été repéré quand il posait des questions sur la comtesse aux habitants du quartier ? L'un de ceux-ci aurait-il rapporté au majordome qu'un curieux s'intéressait de près à madame ? On avait aussi pu le suivre mais Maxime en doutait, il avait été très prudent. Il s'était présenté en qualité d'émissaire de Vianney de la Tour Audelange. Ça aurait pu suffire. Oui… Et pourquoi ?

– Ce n'est peut-être pas à moi qu'elle s'adresse, murmura Maxime. C'est à Vianney…

« Personne n'est innocent. »

Maxime redressa soudain le buste. Bon sang de bois, qu'il était con !

PERSONNE N'EST INNOCENT.

Ce n'était pas un constat. C'était une accusation ! Tout autant qu'un aveu. Francesca Drazzi reconnaissait sa culpabilité. Et elle mettait Vianney face à la sienne.

Maxime quitta son lit et se posta devant la fenêtre. Il contempla les longues gondoles noires glissant sur les eaux gris-vert. Grâce au soleil revenu, les gondoliers avaient repris du service sur le Grand Canal.

– Je suis vraiment un crétin.

Il aurait dû comprendre depuis longtemps. Il n'avait pas toutes les réponses, loin de là. Mais un pan du voile des mystères de cette histoire s'était levé, comme la brume sur Venise.

17

Vernajoul, le 19 janvier 2012

Ernest gara son 4x4 noir près de la rivière. La petite commune de Vernajoul s'étendait le long de l'Ariège, à trois kilomètres au nord de Foix. Là résidait la famille Maurois. Ernest obéissait au Magister Asdrubal en rendant visite aux parents du Capricorne. Agnès posait problème et il fallait trouver une solution.

Ernest chercha la maison des Maurois. Il tiqua en découvrant une belle demeure ancienne dont le jardin descendait jusqu'au bord de l'Ariège. Pour ce qui était de la discrétion, c'était plutôt raté. Une telle maison devait susciter des jalousies dans le village. Ça le confortait dans l'idée que les parents du Zodiaque étaient mal choisis. Mais on ne lui avait pas demandé son avis.

Il avait prévenu de son arrivée. Au premier coup de sonnette, on se précipita pour lui ouvrir. Diantre ! On le prenait pour quelqu'un d'important !

– C'est beaucoup d'honneur, dit la femme sur le seuil.

Ernest se fendit d'un sourire condescendant. Mme Maurois s'habillait comme une collégienne. Elle s'imaginait que le short ras des fesses sur des leggings rouges la faisait paraître vingt ans de moins. Elle avait poussé le bon goût jusqu'à appliquer sur sa bouche un gloss scintillant et, comble du raffinement, elle avait souligné le contour de ses lèvress avec un crayon brun. Le fard à paupières était violet (ben oui, le rouge et le violet, ça va si bien ensemble !).

– Entrez, entrez ! Mon mari vous attend au salon.

Ernest jeta un coup d'œil à sa montre. Il s'ennuyait déjà. Il eut un mouvement de recul instinctif en découvrant la décoration du salon. Le canapé et les fauteuils étaient en cuir rose. Atroce. Mieux encore : les coussins à pompons, en tissu panthère. Monstrueux. Ernest essaya de ne pas regarder les abat-jour jaunes à franges multicolores qui faisaient carrément mal aux yeux. Un écran géant trônait au-dessus de l'énorme cheminée encadrée par de gigantesques baffles hors de prix. Et bien sûr, l'équipement hi-fi était flambant neuf. Ernest aperçut le couvercle du CD qui devait être dans le lecteur. Frank Michael. Ouais… ça allait avec les coussins.

M. Maurois avait soulevé son gros derrière du canapé pour accueillir son hôte. Contrairement à sa chère épouse, il appréhendait la rencontre. Pourquoi le Magister lui envoyait-il cet homme ? C'était inquiétant.

Ernest s'assit, ou plutôt s'enfonça, dans un fauteuil si mou qu'il eut la triste impression de ne plus jamais pouvoir se relever.

– Où est Agnès ? demanda-t-il d'emblée.

– Elle est rentrée, répondit Mme Maurois. Aujourd'hui, elle finit à midi. C'est n'importe quoi, les horaires du lycée. Le mardi, elle commence à 8 heures et sort à 18 !

D'ailleurs, je lui ai dit ma façon de penser au proviseur. Hein, quoi ? On paie, nous ! Hein ? C'est pas donné les établissements privés de cette classe ! Hein ? Ils pourraient faire des emplois du temps correc', quoi !

Son mari lui fit signe de se taire. Mais elle n'en avait cure et continuait de débiter ses niaiseries.

– Et moi, bonne poire, je fais le chauffeur ! C'est pratique pour moi, ces horaires-là ? Parce que, hein, il n'est pas question qu'Agnès prenne le car et fréquente tous ces gamins, vous savez, ils ne sont pas correc'. Ils sont d'une vulgarité ! Je suis très à cheval sur l'éducation, moi, et…

Quand elle partait comme ça, Mme Maurois ne s'arrêtait plus. Son mari l'interrompit précipitamment.

– Agnès est dans sa chambre. Voulez-vous que je l'appelle ?

– Pas maintenant. C'est vous que je souhaitais voir.

M. Maurois se tortilla dans son canapé, frottant son énorme derrière sur le beau cuir rose. C'était une manifestation de son malaise.

– Sylvestre nous a fait part de ses craintes, reprit Ernest. En effet, il semblerait qu'Agnès s'égare… dans des pensées… comment dire ? Troublées. Et troublantes.

– Elle a toujours été bizarre, remarqua Mme Maurois. Elle passe son temps à lire, c'est bien la preuve.

Ernest préféra ne pas commenter.

– Quand elle est avec vous, de quoi parle-t-elle ? demanda-t-il.

– On ne parle pas, répondit M. Maurois. Enfin, heu, c'est ce qu'on doit faire, non ?

– Comment ça ?

– Ben, heu, faut garder une distance avec les… le…

– Oui, d'accord, acquiesça Ernest. Mais ça ne signifie pas qu'il ne faut jamais leur adresser la parole ! Et les professeurs ? Que disent-ils d'Agnès ?

Mme Maurois leva l'index, l'air satisfait.

– Ah ! Elle a de très bonnes notes !

– Je m'en fous, des notes ! rétorqua Ernest, exaspéré. C'est de son comportement dont il s'agit. Comment est-elle en cours ? Avec ses camarades ?

– Elle n'a pas d'amis. C'est une bonne chose, ça, hein ? Elle est très isolée. C'est bien ce qu'on doit faire, hein ? Ça, vous pouvez être tranquille. Il n'y a personne pour la contaminer. Les profs ? Baaaaah… Ils la trouvent brillante.

– On nous a convoqués à la fin du premier trimestre, avoua M. Maurois. Agnès ne s'exprimait qu'en vers quand on l'interrogeait.

Ernest écarquilla les yeux.

– En vers ?

– Ça l'amuse, dit Mme Maurois. Vous n'avez pas idée à quel point c'est énervant !

– Elle ne le fait plus, assura son mari. Enfin, maintenant, elle se tait.

Ernest se tourna vers Mme Maurois et insista :

– Quand vous êtes en voiture, vous devez bien parler, non ?

Elle poussa un énorme soupir.

– Elle me casse les oreilles en me récitant de la poésie ! Du… comment qui s'appelle déjà ? Ah oui, du Malaimé.

– Mallarmé, corrigea Ernest.

– Oui, c'est pareil. Et puis, l'autre, celui de la comédie musicale.

– De la… ?

– *Les Misérables,* expliqua M. Maurois.

– Mais non, pas celle-là ! *Notre-Dame de Paris !*

Ernest se demanda comment cette idiote avait réussi à avoir une fille intelligente.

– Oui… Victor Hugo. Dans les deux cas. Écoutez, vous devez surveiller Agnès et nous rapporter tout ce qui vous paraît étrange dans ce qu'elle dit ou ce qu'elle fait.

– Je ne comprends pas, répondit M. Maurois. Qu'est-ce que vous attendez de nous, exactement ?

– Surveillez-la de près, répéta Ernest. Assurez-vous qu'elle mange normalement, qu'elle ne tente pas de se suicider…

– Se suicider ! s'exclama M. Maurois. Vous croyez qu'elle pourrait vouloir se tuer ?

– Elle a des idées morbides, alors oui, c'est une possibilité. Et vous savez ce que vous risquez si jamais il arrivait quelque chose à Agnès…

Même des abrutis étaient en mesure de saisir le sens de cette dernière phrase. La menace était claire. Contre toute attente, M. Maurois se rebiffa.

– Pas notre faute si elle devient zinzin ! Elle était pas comme ça avant d'aller à la Sphère ! C'est à Sylvestre de faire attention !

– Je ne vous accuse de rien, répliqua Ernest. Vous n'avez pas à juger du travail de Sylvestre. Ça ne concerne que le Magister. Sylvestre n'a pas d'autre choix que de poursuivre sa tâche. Et vous, votre devoir est de l'y aider en restant vigilants.

Mécontent, M. Maurois marmonna du fond de son canapé. C'était vrai, quoi ! Agnès avait toujours été un peu « spéciale », certes. Mais depuis qu'elle suivait les séances à la Sphère Fébus, elle était encore plus bizarre. Il n'était pas responsable de ça, lui !

Ernest s'extirpa péniblement du fauteuil. Il n'avait aucun désir de s'éterniser.

– Vous ne vouliez pas voir Agnès ? s'étonna Mme Maurois.

– Je ne souhaite pas susciter des interrogations chez elle.

Puis réalisant que son vocabulaire n'était pas à sa portée, il ajouta :

– Vaut mieux pas qu'Agnès se pose trop de questions.

Ernest ouvrit la porte du salon. Il leva la tête vers l'étage et écouta un instant. Pas de bruit. Agnès était sans doute dans sa chambre en train de lire de la poésie. Il regretta brièvement de ne pas la rencontrer. Ce n'était que partie remise. Tôt ou tard, leurs chemins se croiseraient.

Agnès… n'était pas dans sa chambre. Elle s'était enfermée dans la salle de bains et se regardait dans le miroir. Dans la baignoire, elle avait jeté le flacon vide de teinture pour les cheveux. Il y avait de longues marques brunâtres sur le carrelage. Agnès avait sali la belle salle de bains en marbre rose, fierté de ses parents.

Sa mère était venue la chercher à midi. Agnès l'attendait sur le trottoir devant le lycée. Mme Maurois ignorait que, en réalité, sa fille était sortie une heure plus tôt. Son professeur de maths était absent pour cause de lumbago. Agnès avait profité de cette belle occasion. Sa mère ne lui laissait pas un moment de répit, pas une seconde de liberté. Fliquée, sans arrêt. Alors, pouvoir s'échapper ne serait-ce qu'une petite heure, c'était inespéré. Agnès s'était rendue au centre commercial. Elle avait traîné dans les allées pour finir au rayon parfumerie, devant les shampooings colorants. Éclaircissant, blond cendré, roux, gris… Elle avait saisi une boîte. Pourquoi celle-là ? Elle ne le savait pas.

Agnès se pencha vers le miroir par-dessus le lavabo. Sa peau semblait encore plus blanche qu'avant, quand elle était blonde. Ses yeux à la couleur si particulière n'étaient plus tout à fait les mêmes. Agnès y voyait de l'or et du brun. Problème d'éclairage peut-être ? Elle se recula. Non, il y avait bien des triangles dorés et marron qui assombrissaient le vert céladon très pâle de ses iris.

Du doigt, Agnès toucha le reflet de son visage. Elle ne se reconnaissait pas. Qui était cette fille aux cheveux noirs comme le plumage d'un corbeau ? À qui appartenait ce regard tricolore ? Sa voix – mais la voix de qui ? – murmura doucement :

– *La mort, libérateur souriant, nous transfère*
D'astre en astre, de ciel en ciel, de sphère en sphère,
Et son trousseau de clefs nous ouvre tour à tour
Le haut, le bas, l'obscur, le bleu, la nuit, le jour,
Une porte, puis l'autre, et chaque fois nous sommes
*De plus en plus des dieux tout en restant des hommes.**

Agnès posa la main à plat sur le miroir et se mit à rire. Et ce rire-là n'était pas le sien.

* Poème retrouvé dans les papiers de Victor Hugo.

18

Foix, le 20 janvier 2012

Bragance n'avait plus envie d'aller à la Sphère Fébus. Elle redoutait d'être face à Agnès, qu'elle ne comprenait pas et qui lui faisait peur. Et puis, cette histoire de Chaîne d'unité, ça ne lui plaisait pas trop.

Elle sortit du lycée et marcha jusqu'à l'église Saint-Volusien. Elle y entra comme ça, sans y réfléchir. Elle s'assit au fond et s'abîma dans la contemplation des cierges allumés. Elle commença à s'engourdir et à somnoler.

– Excusez-moi. Excusez-moi...

Bragance sursauta et se retourna. Une jeune fille toute frêle se tenait derrière elle.

– Heu oui ? Je peux t'aider ? demanda Bragance.

– J'espère. J'ai oublié l'adresse où je devais me rendre. Je viens juste d'arriver à Foix, alors je n'ai pas encore mes repères... Je cherche un endroit qui s'appelle la Sphère Fébus. Vous connaissez ?

Bragance eut un petit hoquet qui ressemblait à un rire.

– Un peu... Je suis même supposée y être dans...

Elle regarda sa montre.

– Maintenant. Tu es inscrite à la thérapie de groupe ?

– Oui. Je suivais déjà le programme à Toulouse.

– Il y a une Sphère Fébus à Toulouse ? s'étonna Bragance.

– Non, c'est mon psy qui m'a conseillé de continuer ma thérapie ici. Il a été formé par la Sphère.

Bragance se leva. Cette fille était touchante, avec son air de chaton perdu et ses joues qui rosissaient dès qu'elle parlait.

– Je suis Bragance. Et toi ?

– C'est super comme nom, Bragance. J'aime beaucoup. Moi, c'est Olivia.

– C'est très joli. Allez, viens, on est en retard.

Olivia sourit et fit une remarque qui frappa Bragance.

– J'aurais pu demander mon chemin à un passant dans la rue, mais j'ai été attirée ici. C'est comme si je savais que tu étais là. C'est le genre de choses qui m'arrive tout le temps.

– Qu'est-ce que tu veux dire ?

– J'ai un sixième sens. Quand je suis mon instinct, je ne me trompe jamais.

– Tu me rappelles ce garçon, Josselin, répondit Bragance, amusée. Il est à fond dans ces trucs de paranormal et d'astrologie.

– Oh oui, moi aussi ! s'exclama Olivia. Je suis Poissons ! Et toi, c'est quoi ? Non, attends ! Je vais deviner. Hum… Est-ce que tu n'aurais pas une cicatrice sur la tête par hasard ?

Bragance s'arrêta à la sortie de l'église, étonnée.

– Oui, en effet. Je me suis ouvert le crâne quand j'avais trois ans. Je sautais sur mon lit et je suis tombée sur le radiateur. Cinq points de suture. Mes cheveux ont repoussé depuis longtemps, alors comment tu…

– J'ai vu que tu avais une blessure sous le menton. Tu te cognes souvent la tête, n'est-ce pas ?

– Ouais, fit Bragance, de plus en plus surprise. Le menton, ça date d'avant-hier. Je suis tombée en VTT à cause du verglas.

– Tu es Bélier, affirma Olivia.

– C'est vrai… Bravo. T'es forte.

Olivia rit, assez fière d'elle. Bragance était contente de cette rencontre inattendue. Elle était sûre qu'elles pourraient s'entendre toutes les deux en dépit de leurs flagrantes différences. Bragance mit à profit les quelques minutes de marche pour discuter avec sa nouvelle amie. La mère d'Olivia était une de ces femmes qui veulent un enfant et surtout pas de mari. Elle avait choisi un homme qui lui convenait et avait conclu un accord avec lui. Il lui faisait un bébé et il disparaissait. Olivia était née « de père inconnu ». Malheureusement, elle avait l'impression d'être aussi née « de mère inconnue ». En l'écoutant se plaindre du manque d'affection, de l'absence fréquente de sa mère, de son sentiment de solitude, voire d'abandon, Bragance réalisa que les autres membres de son groupe souffraient des mêmes problèmes. Pas elle. Bragance était orpheline de père, mais elle avait une maman tendre et aimante, complice de chaque instant de sa vie. Elle prit toute la mesure de sa chance.

– Alors, c'est pour ça que tu suivais une thérapie à Toulouse, supposa Bragance. Est-ce que… ton psy, il te faisait le coup de la Chaîne d'unité ?

– Ah oui ! dit Olivia avec enthousiasme. On n'était que trois, moi, Daphné et Hubert. Daphné est un peu saoulante, enfin, ça allait. Hubert, alors lui, il est pénible ! Il se prend pour le mec le plus intelligent de la Terre, il m'énerve… Tu feras leur connaissance bientôt.

– Pourquoi ? Ils vont déménager ici ?

– Non, je parle des vacances prochaines. Tu sais ? Dans la forêt de Rialsesse.

– Je ne comprends pas, avoua Bragance.

– La retraite dans la forêt ! Quoi ? Me dis pas que tu ne vas pas venir ! C'est trop génial ! Il faut absolument que tu viennes ! On fait de longues promenades, il y a un centre équestre pas loin, c'est super, je t'assure !

– Ah, ça… Faut que j'en discute avec maman. Et… et la Chaîne d'unité, qu'est-ce que t'en penses, toi ? Moi, j'ai trouvé ça bizarre.

Olivia se tourna vers elle et lui demanda combien de fois elle avait fait la Chaîne d'unité.

– Une seule, répondit Bragance.

– Une ? Ça explique tout. Au début, on ne ressent rien. Tu verras, plus tard il se passe quelque chose en toi. On est… comment dire ? Apaisé. Et plein d'énergie. Je te jure, c'est très fort. Quand je ne fais pas la Chaîne d'unité pendant plus d'une semaine, je suis crevée, vidée, molle quoi ! Et puis, je me replie sur moi-même, c'est un de mes défauts… Je rentre dans ma coquille. C'est mauvais, ça. Hé ! C'est Bastien, là-bas ! Ohé ! Bastien !

– Tu le connais ?

– Ben oui. On était ensemble à la Toussaint. Pour la retraite dans la forêt.

Bastien courut vers elles en agitant les bras.

– Salut, les filles ! C'est chouette de te retrouver ici, Olivia ! Oh, oh… Sylvestre est sur le pas de la porte et il a pas l'air ravi…

Sylvestre les attendait, les sourcils froncés.

– Qu'est-ce que vous avez, aujourd'hui ? Géraud et Josselin viennent à peine d'arriver, vous êtes en retard également et Agnès n'est pas encore là ! Le respect de l'autre commence avec la politesse. Et la moindre des politesses, c'est d'être à l'heure.

Bastien et Olivia baissèrent les yeux et marmonnèrent quelques excuses. Sylvestre, en raison de son âge, représentait une figure paternelle pour ces enfants dont les pères étaient absents ou distants. C'était, bien évidemment, intentionnel. Sylvestre palliait un manque d'affection et d'autorité parentale manifeste. Aussi, quand il les disputait ainsi, non seulement les adolescents l'acceptaient mais ils lui en étaient reconnaissants. Bragance, non.

– Désolée ! lança-t-elle sur un ton insouciant.

– Bienvenue, Olivia, dit Sylvestre. Comment vas-tu ?

– Ça va. Le déménagement a été un peu pénible. Enfin… ça va.

Par souci d'honnêteté, elle expliqua qu'elle s'était égarée et que c'était sa faute si elles étaient en retard. Elle ajouta que le destin l'avait mise sur le chemin de Bragance et que c'était un signe du ciel.

– Je suis sûre qu'on va devenir de grandes amies, affirma Olivia avec un beau sourire.

En entendant ça, Sylvestre pesa le pour et le contre. Olivia était la meilleure réussite de la Sphère Fébus jusqu'à présent. L'hyperémotivité de la jeune fille, son besoin d'amour et son esprit fantasque la rendaient vulnérable et, par conséquent, manipulable. Olivia pouvait avoir une bonne influence sur Bragance et faciliter son intégration à la Sphère en brisant en douceur ses résistances. Par ailleurs, sa fragilité psychologique la poussait à se confier à n'importe qui pour peu qu'on s'intéressât à elle. Il y avait donc un risque qu'Olivia parle trop. Bragance se distinguait par son intelligence et son individualisme. Réfractaire à toute forme de contrainte, si elle se sentait piégée, Bragance prendrait la fuite. Ou pire, irait tout raconter à sa mère. Conclusion ? Il fallait empêcher Olivia de nouer d'étroites relations avec Bragance tant que celle-ci n'était pas soumise. Ce qui allait prendre du temps…

Sylvestre laissa les trois retardataires passer devant lui et en profita pour glisser quelques mots à Diane.

– Prévenez Mme Régnier, la mère d'Olivia. Elle doit s'assurer que sa fille reste à la maison et ne fréquente personne en dehors de l'école.

– Pourquoi ? demanda Diane.

– Parce que je ne veux pas qu'elle devienne amie avec Bragance pour le moment.

– Pourtant, je pense que ce serait une bonne chose.

– Vous n'êtes pas là pour penser mais pour obéir à mes ordres.

Diane serra ses lèvres minces. Elle n'était pas en mesure de tenir tête à Sylvestre, un élu du Premier Cercle, autrement dit quelqu'un de très, très haut placé dans la Sphère supérieure.

En entrant dans la salle de réunion, Sylvestre remarqua

que Bragance et Olivia s'étaient assises l'une à côté de l'autre. Il vit aussi que Bragance avait plié son manteau et le gardait sur ses genoux, geste ô combien significatif. En mettant un objet devant elle, elle se protégeait. Elle n'était pas à son aise et pas prête à accorder sa confiance. La partie était loin d'être gagnée avec Bragance.

La porte s'ouvrit dans le dos de Sylvestre. Il se retourna et, malgré sa grande expérience du contrôle de soi, il eut un haut-le-corps.

– Ouah ! s'exclama Josselin. C'est toi, Agnès ?

– Qu'est-ce que t'as fait ? demanda Géraud, abasourdi.

Olivia regarda la nouvelle arrivée avec effroi.

– T'étais si mignonne en blonde ! se lamenta-t-elle. Pourquoi tu as teint tes cheveux en noir ?

Agnès adressa un sourire ironique à l'assemblée.

– Moi, je trouve que ça te va vachement bien, déclara Bragance.

– Ouais, t'es canon ! approuva Bastien. Tu veux sortir avec moi ?

– Rêve pas ! lui répondit Agnès. Merci quand même pour le compliment ! À vous deux…

Sylvestre maîtrisa la colère qui montait en lui. Ces espèces d'abrutis de Maurois auraient pu le prévenir que leur chère fillette avait encore fait des siennes ! Sylvestre partageait l'opinion d'Ernest en la matière : les parents du Zodiaque n'étaient qu'une bande de crétins achevés.

Agnès s'installa en face des garçons, histoire de les laisser l'admirer à loisir.

– Ma mère était complètement hystérique quand elle m'a vue, dit-elle avec satisfaction. Je m'en fous, on ne peut pas enlever la teinture. Faudra patienter jusqu'à ce que mes cheveux repoussent ! J'hésite… Et si je les coupais super court ?

– Ah non ! protesta Bastien. T'es trop belle comme ça !

Agnès rejeta la masse de ses cheveux en arrière et rit. Bragance s'étonna de la découvrir en fille coquette dont le seul but dans la vie était de pousser à bout ses parents. Une ado on ne peut plus normale, en somme.

Sylvestre prit sa place dans le cercle des chaises, essayant de ne pas dévisager Agnès. Il ne savait pas pourquoi il ressentait pareil trouble. Il se racla la gorge et proposa à Olivia de prendre la parole puisqu'elle venait de rejoindre le groupe.

– Ben, ma mère a eu une promotion dans son boulot, alors on a déménagé à Foix. Je suis inscrite au lycée privé. Ce n'est pas marrant, je n'ai pas de copains ni de copines ici. Enfin, à part vous !

– Tu es invitée chez moi quand tu en as envie, proposa spontanément Bragance.

– Oh merci ! s'écria Olivia. J'adorerais ça !

Sylvestre se félicita d'avoir pris les devants en ordonnant à Diane de téléphoner à Mme Régnier.

– C'est très gentil, Bragance, dit-il. Tu souhaites ajouter quelque chose, Olivia ?

– Heu… non. Si. J'avais fait un carton avec mes jouets. Ma mère l'a jeté à la poubelle. Parce que je suis trop grande maintenant pour garder des peluches et des poupées. C'était pas à elle de décider. C'était mes affaires !

– Mon vieux m'a fait le même coup avec mes bouquins, répondit Géraud. Sous prétexte que j'ai quinze ans, j'ai plus le droit de lire ce que je veux ? Et si ça me plaît de relire *Le Seigneur des anneaux* pour la dixième fois, c'est mon problème, non ?

– C'est nul, *Le Seigneur des anneaux,* ricana Agnès.

– Hé ! fit Géraud. Je te dis pas que Rimbaud, c'est naze, moi !

– Je déteste Rimbaud ! rétorqua Agnès.

– Nous nous égarons un peu, là, remarqua Sylvestre.

Il tendit et tourna sa main droite en direction d'Olivia.

– Si tu pouvais donner une couleur à tes émotions présentes, laquelle choisirais-tu ?

Olivia réfléchit en se mordillant les lèvres.

– Gris.

– C'est pas une couleur, ça ! s'exclama Josselin.

– Si ! protesta Olivia. C'est un mélange de blanc et de noir et c'est exactement comme ça que je me sens ! D'un côté, bien, d'un côté, mal ! Et si ça te plaît pas, tant pis !

– Il n'y a pas de bonnes ou de mauvaises réponses, dit Sylvestre. Donner une couleur est une manière d'analyser ses sentiments, simplement. Et toi, Josselin ? Quelle couleur vois-tu en ce moment ?

– Je nage dans le bleu. Je suis Verseau. « Verse eau ». Je suis serein comme une mer calme et agité comme un torrent tumultueux ! Je change tout le temps.

– Moi, je suis vert ! plaisanta Bastien. Comme l'émeraude au milieu du front du diable ! Ha, ha, ha !

– Si c'est pour raconter n'importe quoi, tu ferais mieux de te taire, répliqua Géraud. Tu m'énerves avec ton humour débile.

– Tu vois rouge ? demanda Bastien, hilare.

Sylvestre leva la main, paume tournée vers l'extérieur. Geste impératif d'arrêt.

– Apparemment, cet exercice ne vous convient pas. Passons.

– Ah, c'est dommage, regretta Agnès. J'avais envie de le faire.

– D'accord, concéda Sylvestre. Nous t'écoutons.

– Je n'ai pas de couleur, alors tout se reflète en moi. Je suis dans une bulle de savon irisée… Mais l'arc-en-ciel, il n'est qu'à la surface, pas à l'intérieur. La bulle peut éclater à chaque microseconde. Clac. Où suis-je ? Je suis transparente, vous ne pouvez pas me trouver.

Géraud leva les yeux au ciel. Décidément, cette pauvre Agnès avait une case en moins. Bragance soupira. C'était franchement débile, ces exercices. Pourquoi pas jouer au portrait chinois pendant qu'on y était ?

– Tu veux dire quelque chose ? lui demanda Sylvestre.

Rien ne lui échappait, à celui-là. Bragance, toujours aussi diplomate, mit les pieds dans le plat.

– Vos trucs, ça me gonfle. J'ai plus cinq ans.

– Ça a le mérite d'être franc, constata Sylvestre. Je vais t'expliquer ce que nous faisons ici. Notre méthode de thérapie a été élaborée en fonction des besoins spécifiques des adolescents. Nous pratiquons ce qu'on appelle le lâcher-prise. Ce qu'il y a au fond de toi, tu ne sais pas forcément l'exprimer ou tu n'oses pas le faire. Le lâcher-prise exige un effort de ta part, tu dois faire confiance aux autres et leur ouvrir ton cœur et tes pensées les plus intimes. Il faut accepter de se montrer vulnérable. C'est difficile, au début. Nos petits jeux, qui te paraissent enfantins, vont pourtant t'aider à mettre des mots sur tes sentiments. Et parfois, je le reconnais, on peut avoir l'impression d'être un peu ridicule. Tu verras bientôt que tu auras de plus en plus de facilité à te livrer, à te dévoiler et pas seulement à nous, mais à toi-même. C'est le but que nous poursuivons : que tu découvres qui tu es vraiment.

– Quelqu'un de formidable, je suis sûre ! dit Olivia avec enthousiasme.

La candeur d'Olivia était rafraîchissante. Bragance sourit et décida brusquement de participer au jeu de Sylvestre.

– Merci... Tout de suite, grâce à Olivia, mon émotion est de couleur jaune. De la lumière, un soleil, un tournesol. D'habitude, je me sens... ou rouge ou noire. Un drapeau d'anarchiste ! Un drapeau de pirate ! À l'attaque ! Pas de quartier !

– C'est plutôt violent, répondit Sylvestre. Tu es en colère contre quoi ?

– Tout ! Y en a marre de ce monde de profiteurs, d'exploiteurs et d'esclaves consentants ! Moi, je ne suis pas un veau qu'on conduit à l'abattoir ! Je veux courir libre dans les champs !

– Bravo ! applaudit Bastien. Cassons tout ! Vive la révolution !

– Il y a d'autres moyens de changer le monde qu'en cassant tout, répliqua Géraud.

– Le capitalisme « raisonné », comme l'agriculture du même nom ? persifla Bastien. Quelques millions de moins pour les parachutes dorés des super riches et moins de pesticides dans les assiettes des pauvres, mais toujours des riches et des pauvres ?

– Et ton blouson de marque, tu l'as récupéré dans une poubelle ? rétorqua Géraud.

– Bah, on peut monter sur les barricades en étant bien habillé ! rigola Bastien.

Le sujet passionnait à la fois Géraud et Bragance. Ils n'étaient d'accord sur rien, ce qui rendait la discussion animée et intéressante. Très vite, leurs camarades donnèrent leur point de vue sur la politique actuelle, l'économie de marché et le réchauffement climatique… Olivia et Josselin, les deux idéalistes, rêvaient d'un monde meilleur où tous seraient égaux en droits. La manière dont ils pensaient y parvenir, en revanche, était radicalement opposée. Pour Josselin, il fallait tout faire péter ! Olivia, quant à elle, croyait au pouvoir de l'amour universel. Même Bastien, le joyeux drille, participa avec sérieux à la conversation. Il avait l'esprit d'un militant de la cause écologique. Agnès était aux abonnés absents. Par moments, elle semblait écouter. Mais la plupart du temps, elle regardait le plafond.

Sylvestre se gardait bien d'intervenir. Il était assez satisfait du tour que prenait la réunion. Le groupe se soudait autour de la discussion. Le comportement de Bragance avait changé. Elle avait posé son manteau sur une chaise vide. Ses yeux pétillaient et elle souriait souvent. Une barrière était tombée, celle de la défiance, première étape sur le chemin de son intégration à la Sphère.

– Il est l'heure de se quitter, mes enfants, dit Sylvestre.

Mes enfants. Ces mots, en apparence innocents, étaient soigneusement choisis : « Je suis le père, vous êtes les enfants. »

– Formons la Chaîne d'unité.

Olivia prit aussitôt la main de Bragance et la tira pour l'obliger à se lever.

– Nous laissons derrière nous la colère qu'on a peut-être éprouvée et l'hostilité qu'on a peut-être ressentie. Fermons les yeux et imaginons que ces mauvaises pensées montent vers le ciel et s'éloignent loin de nous. Seuls, nous sommes impuissants, perdus et vulnérables. Ensemble, nous sommes forts. À l'intérieur de la Sphère, nous sommes protégés. En formant la Chaîne d'unité, nos émotions et nos désirs deviennent une force vivante. Cette énergie pure guide nos pas, écarte les obstacles et nous conduit vers la lumière. Nous croyons à sa puissance.

– Nous y croyons !

Bragance avait répondu avec les autres. Du bout des lèvres, certes, mais elle l'avait fait.

19

De Toulouse à Narbonne, le 20 janvier 2012

Maxime était de retour chez lui depuis deux jours. Dans l'avion qui le ramenait de Venise, il avait préparé un petit speech à l'intention de son fils. Il savait que Lubin allait le harceler de questions. S'il lui en disait trop peu, Lubin ne lâcherait pas. S'il lui en disait trop, il risquait de mettre son fils en danger. Il avait choisi de lui parler de sa rencontre avec Ninetta parce que cette femme l'avait touché. C'était une belle âme, un exemple de bonté et de dignité. D'ailleurs, Lubin avait essuyé une larme en apprenant qu'elle fleurissait les tombes des onze victimes vénitiennes. Maxime avait raconté avec humour ses conversations avec les vieux pêcheurs du Bacaro del Ponte et comment il avait retrouvé Silvio Genovese grâce à Fedra, son ancienne maîtresse. Il était passé rapidement sur le chapitre Genovese, car il ne souhaitait pas que son fils connaisse les détails. Lubin fut déçu de la conclusion de l'enquête. Tous les coupables présumés, en l'occurrence les parents, étaient morts. Il n'y avait plus rien à découvrir. Fin de l'histoire. Ce que Maxime garda pour lui ? Le Crocodile, le cousin de Genovese qui avait emprunté le bateau et son « suicide » (ou meurtre ?), la comtesse Drazzi et son étrange message. Maxime avait compris certaines choses et ces choses-là, il ne pouvait, EN AUCUN CAS, les partager avec Lubin.

Les mains à plat sur son bureau, Maxime contemplait le gros dossier d'un regard vide. Il avait envie de le brûler dans la cheminée. Il ne le fit pas. La veille, il avait téléphoné à Vianney pour prendre rendez-vous. Jérôme, le majordome, lui avait répondu. M. de la Tour Audelange était très fatigué. Néanmoins, Maxime serait reçu, ce vendredi à 17 heures. Celui-ci avait bien essayé de négocier un rendez-vous plus tôt dans la journée, arguant que Narbonne était à cent cinquante kilomètres de Toulouse. Mais Jérôme était resté intraitable. Le matin, il conduisait monsieur à l'hôpital pour quelques examens de contrôle. L'après-midi, monsieur devait impérativement se reposer pour récupérer. Alors, c'était 17 heures ou un autre jour. Maxime désirait en finir au plus vite, il avait donc accepté.

Lubin était absent. Il avait noué de forts liens d'amitié avec Manu depuis qu'il avait séjourné chez lui. La mère de son copain l'accueillait volontiers, car elle pensait que Lubin avait une bonne influence sur son rejeton. Enfin, il avait surtout une bonne influence sur ses résultats en maths… Lubin, le déscolarisé, donnant un cours particulier à un autre ado ! Ça prêtait à rire.

Maxime se leva, le dos courbé comme un vieillard. Oui, il avait pris un coup de vieux à Venise. Il grogna en apercevant les traces sur les carreaux de la fenêtre. Et flûte… il pleuvait. Il sortit sous le crachin qui n'annonçait rien de bon pour la soirée. Il tapota le capot de l'Alfa Romeo avant d'y monter. « Eh oui, ma Giulietta, quand faut y aller… »

Il prit la direction de l'autoroute des Deux-Mers. Il conduisait en pilotage automatique. Ses pensées étaient bizarres, informes et désordonnées. Tiens, un chat. Lubin aimerait-il avoir un animal de compagnie ? Le problème, c'étaient les poils. Avec les chats. Des yeux de chat… Les yeux de Blandine. L'image de Ninetta Cordoni, agenouillée dans le cimetière de San Michele. Le bouquet de roses. Rosa Cordoni. Tourner à droite pour le péage. *Personne n'est innocent.* Personne. Et lui ? Était-il coupable ? Pas encore. Bientôt.

Castelnaudary. Déjà ? Un camion rouge. Font suer, les camions. Carcassonne. Il se souvint brusquement de son entretien avec l'astrologue. Que savait-elle exactement, celle-là ? Sûrement pas la vérité. Catherine Blaise était une femme honnête, pas du genre à tremper dans une affaire louche. Maxime se targuait d'être un fin psychologue. Hé bé… il avait raté un truc, là. Il s'était fait avoir, en quelque sorte. C'était vexant. Et s'il se trompait ? Il n'avait qu'une théorie, aucune preuve, même pas l'ombre d'un indice sérieux. Juste son intuition. Et le message de la comtesse Drazzi. *Personne n'est innocent.* Narbonne, dix-huit kilomètres. Il commençait à se sentir mal. Il résista à une violente envie de faire demi-tour.

Et voilà, le manoir de la Tour Audelange. La silhouette noire de la demeure était sinistre sur ce ciel gris, entre chien et loup. Loup… oui. Les loups se cachaient sous leur apparence de gentils toutous inoffensifs.

– Bonsoir, monsieur.

– Bonsoir, Jérôme.

Le majordome le conduisit au salon (le bleu), ne se donna pas la peine de frapper à la porte avant de l'ouvrir. Il s'effaça pour laisser entrer Maxime et referma aussitôt derrière lui. Il n'y avait qu'une lampe allumée. De grosses bûches brûlaient vivement dans la cheminée. Les flammes éclairaient le visage de Vianney, assis dans son gros fauteuil, un plaid écossais sur les genoux. Maxime évita de regarder le portrait de Blandine.

Vianney tremblait de tout son corps, vision pathétique qui n'émut pas Maxime. Il avait dépassé le stade de la pitié.

– Approchez, monsieur Dancourt, dit faiblement Vianney. Racontez-moi tout. Qu'avez-vous découvert à Venise ?

Sans un mot, Maxime avança jusqu'à lui et se posta devant le feu.

– Prenez un siège. Monsieur Dancourt ?

Maxime se retourna brusquement.

– Qu'est-ce que vous avez fait ? demanda-t-il.

Vianney ne répondit pas, surpris par la dureté du ton de son hôte.

– Qu'est-ce que vous avez fait ? répéta Maxime.

Il se mit à marcher de long en large dans le salon, en proie à une fureur qu'il ne parvenait pas à contrôler.

– Très bien ! cria-t-il. Taisez-vous ! Je vais vous le dire, moi, ce que vous avez fait ! Qu'avez-vous cru ? Que j'étais à ce point stupide ou anesthésié par le chèque de cent mille euros que j'en oublierais de me poser les bonnes questions ?

– Si j'avais pensé que vous étiez stupide, je ne vous aurais pas…

– C'est moi qui parle ! l'interrompit Maxime. Il y a à peine quinze jours, je vous ai fait cette remarque dont je vous rapporte précisément les termes : « Vous avez fait appel à d'autres enquêteurs privés que moi, je suppose ? » À quoi vous m'avez donné cette réponse pour le moins sibylline : « Oui et non. » Je n'ai pas relevé sur le moment. Figurez-vous que ce « Oui et non » m'a longtemps tracassé.

Maxime, qui s'était immobilisé, recommença à tourner en rond.

– Pourtant, il y avait une évidence dans cette lugubre histoire, qui aurait dû me sauter aux yeux dès le début. Vous n'avez pas attendu seize ans avant de vous décider à rechercher les coupables. C'était tellement évident ! Bien sûr que vous aviez engagé d'autres enquêteurs ! J'ignore où vous êtes allé les dénicher, ceux-là, mais je doute qu'ils fassent honneur à la profession.

Maxime s'arrêta quelques secondes près de la cheminée, puis reprit ses allées et venues.

– À Venise, j'ai rapidement découvert que tous les parents des victimes étaient morts après s'être honteusement enrichis. Nom de Dieu ! Vous aviez compris que les parents des victimes étaient complices de ces épouvantables meurtres. Alors, vous les avez ruinés, vous les avez impliqués dans de sordides affaires de corruption ou de malversations financières, vous les avez humiliés sur la place publique, vous les avez acculés au suicide… Ça vous a pris des années. Quelle incroyable vengeance !

Maxime se planta devant Vianney et observa le visage impassible du vieil homme.

– Et ceux qui ne se sont pas suicidés… vous les avez fait assassiner, n'est-ce pas ?

Un rictus tordit la bouche de Vianney.

– Aucun ne s'est suicidé…

Maxime blêmit.

– Vous les avez tous fait assassiner ?

– Tous. Sauf deux.

– Deux ? Oui, la femme de Rosso qui est décédée d'un cancer du pancréas. Qui est le second ?

– Ugolino Drazzi.

– Il s'est vraiment tiré une balle dans la tête ? s'étonna Maxime.

– Oh… que non.

Maxime fronça les sourcils puis agrandit les yeux.

– La comtesse Drazzi ! C'est la seule que vous ayez épargnée ! Il y avait forcément une raison à cela ! C'est elle… C'est elle ? Elle a tué son propre mari ?

– Sa vengeance est peut-être moins spectaculaire que la mienne, mais elle a la palme de la plus cruelle, ricana Vianney.

– Vous n'éprouvez pas le moindre remords, murmura Maxime, atterré.

– Pourquoi en aurais-je ? C'étaient des monstres. Ils ne méritent pas votre compassion. Ils m'ont enlevé ma Blandine… Et mon fils, et ma belle-fille. Ils étaient innocents. La mort de Blandine les a tués. C'est Drazzi, le coupable !

La haine ranima le vieillard. Pour lui, le comte Drazzi était un des architectes maléfiques de la tragédie. Vianney se reprochait son manque de vigilance. Il aurait dû être là pour protéger sa petite-fille. À sa décharge, Vianney était déjà malade. Son Parkinson lui avait été diagnostiqué alors qu'il était encore très jeune. À la longue, une partie de ses médicaments avaient perdu de leur efficacité. En 1996, Vianney allait très mal. Blandine, depuis sa plus tendre enfance, restait chez lui pendant les vacances. Mais cette funeste année, Vianney n'était pas en mesure de s'occuper d'elle. Il avait presque été heureux d'apprendre que les Drazzi accueillaient Blandine dans leur palais vénitien.

– Ils l'ont reçue plusieurs fois avant Noël ? demanda Maxime, intéressé malgré lui.

Vianney acquiesça et reprit son récit. Vers la mi-octobre 1996, son médecin lui avait prescrit un nouveau traitement. Sa santé s'était légèrement améliorée. Il avait pu revoir Blandine. Il l'avait trouvée changée, attentionnée mais distante.

– Un de nos grands plaisirs, avant, était de lire ensemble de la poésie. J'ai été très surpris quand Blandine m'a déclaré qu'elle n'aimait plus la poésie. Elle qui connaissait par cœur des dizaines de poèmes de Victor Hugo ! Je n'ai pas réagi sur le moment… Les médicaments me brouillaient un peu l'esprit. Plus tard, j'ai analysé le comportement de Blandine. Je suis persuadé qu'elle a subi une sorte de lavage de cerveau.

Maxime pensa aussitôt à la thérapie de groupe qu'aurait suivie la nièce de Ninetta Cordoni. Il garda le silence sur ce sujet.

– Et la comtesse ? Ignorait-elle tout des agissements de son époux ?

– Je ne peux que le supposer, répondit Vianney. Toujours est-il qu'elle a empoisonné Ugolino pour le tenir à sa merci. Elle l'a maintenu en vie pendant dix ans, une loque dans une chaise roulante. Je ne crois pas que son but était uniquement de le torturer. Elle voulait qu'il lui raconte ce qu'il savait. Il semblerait qu'il ait résisté longtemps…

– Et quand la comtesse a enfin obtenu ce qu'elle souhaitait, elle a abrégé ses souffrances ? Comment êtes-vous au courant ?

– Francesca ne m'a jamais avoué quoi que ce soit. Mais il n'a pas été très difficile d'en faire parler d'autres.

– Qui ? Les domestiques que la comtesse a renvoyés ?

– Son propre médecin. Il l'a aidée à droguer Ugolino. Je ne suis pas naïf. Ce docteur est entièrement dévoué à Francesca. Il n'aurait jamais rien dit sans son accord. Il a obéi à ses ordres.

– J'en ai assez entendu et je vais maintenant m'appliquer à oublier cette conversation. Adieu, M. de la Tour Audelange. J'espère ne plus vous revoir.

– Vous me décevez. Vous n'avez pas enquêté sur les bonnes personnes. La comtesse et moi-même n'avons été que le bras armé de la justice, celle de la loi du talion. Une question, d'ailleurs, se pose : pourquoi m'a-t-on laissé mener ma vengeance jusqu'à son terme ? J'y ai beaucoup réfléchi et j'en suis venu à la conclusion que je rendais service aux vrais coupables en effaçant leurs traces. Si j'ai un regret, c'est celui-là. Je leur ai facilité la tâche. Il faut absolument que vous retourniez à Venise, monsieur Dancourt. Francesca Drazzi en sait bien plus que moi. Vous devez la rencontrer.

– Certainement pas ! Et si je pouvais prouver ce que vous avez fait, je vous dénoncerais sans hésitation !

Vianney s'agita dans son fauteuil. Essayait-il de se lever ?

– Vous ne comprenez donc pas ? Ça ne s'arrête pas là !

– Pour moi, si.

Maxime partit en direction de la porte. Vianney tendit sa main tordue et tremblante vers lui et cria désespérément :

– Attendez ! Par pitié ! Écoutez-moi ! On ne peut plus rien pour Blandine, c'est trop tard. Mais vous pouvez encore sauver les autres !

Surpris, Maxime se retourna.

– Comment ça, les autres ?

– L'histoire se répète sans cesse… gémit Vianney. Les victimes de San Michele ne sont pas les premières et elles ne seront pas les dernières.

– D'où vous sortez ça ?

– Francesca. Elle me l'a dit ou plutôt me l'a fait dire par son médecin.

– Et c'est tout ? C'est déjà arrivé et ça va recommencer ? Excusez-moi, ça ne signifie pas grand-chose.

– Non, ce n'est pas tout. Ceux qui commettent ces atrocités poursuivent un but connu d'eux seuls. Ils utilisent des monstres sans cœur ni raison pour exécuter leur sinistre besogne. Eux, ils se cachent… Je n'ai que peu de pistes, mais il y en a au moins une évidente : les meurtres sont liés au Zodiaque et au calendrier. Qu'ont-ils pu lire dans les cieux, ces fous assassins ? Je l'ignore. La comtesse pourrait sans doute nous l'apprendre.

– Alors pourquoi ne l'a-t-elle pas déjà fait ?

– Elle est terrorisée, voyons ! Malgré ses peurs, elle m'a quand même donné une information capitale. Dans le passé, des meurtres rituels semblables ont été perpétrés, toujours les années à treize lunes, avec une prédilection pour les années bissextiles. Francesca m'a mis en garde : 2012 est une année importante, un tournant dans cet infernal cycle sanglant. Monsieur Dancourt, des enfants sont en danger. Il faut empêcher un nouveau massacre. Croyez-moi, j'ai cherché, j'ai dépensé mon argent sans compter, je suis allé jusqu'au bout de mes forces pour trouver les coupables. Et j'ai obtenu une réponse, inattendue, je l'avoue : c'est vous la clé, monsieur Dancourt.

– Quoi, moi ? demanda Maxime, interloqué.

– Le Scorpion et la Balance.

– Pardon ?

Vianney porta la main à sa poitrine. Il était épuisé d'avoir autant parlé. Sa respiration devint sifflante. Pendant quelques secondes, Maxime craignit qu'il ne succombe à une crise cardiaque.

– Saint Michel… murmura Vianney. L'archange qui préside à la pesée des âmes. La légende raconte que saint Michel glisse parfois son épée sur le plateau de la balance pour la faire pencher du bon côté. Il triche pour sauver certaines âmes… saint Michel, San Michele… L'archange qui tue le dragon. Il n'y a pas de hasard.

– Le Crocodile de la lagune ? Oui, et alors ? Quel rapport avec moi ?

– Saint Michel triche… Il pose le Scorpion sur le plateau de la Balance. Le Scorpion est petit mais son venin est mortel.

D'accord. Le vieux avait pété les plombs. Maxime, que la pitié avait pourtant quitté, ressentit de la tristesse pour ce malheureux homme. Tristesse de bien courte durée, car il se souvint brusquement que Vianney était responsable de l'assassinat de vingt-deux personnes. Vingt-deux ! Le nombre était effarant.

– Je n'ai pas perdu la tête, reprit Vianney. Je vous jure que vous êtes le seul à pouvoir arrêter le cycle. Vous, le Scorpion ascendant Balance. Je ne peux pas vous en dire plus car cela m'a été interdit.

– Interdit par qui ? La comtesse ?

– Je ne vous répondrai pas à ce sujet. Mais si j'ai fait appel à vous, c'est en toute connaissance de cause.

Maxime soupira. Il en avait assez de ces absurdités.

– Monsieur de la Tour Audelange, je vais être le plus clair possible. Quand bien même je vous croirais sur parole, je n'ai aucune piste, aucun indice, aucun suspect. Alors, de deux choses l'une : ou vous me dites absolument tout ce que vous savez et j'aviserai ou je m'en vais pour de bon.

– Vous devez rencontrer la comtesse Drazzi. C'est elle qui sait, pas moi.

– Au revoir.

Maxime tourna sur ses talons et sortit sans adresser un autre regard au vieillard.

20

Étang de Bages et de Sigean, dans la nuit du 20 janvier 2012

Posté derrière la fenêtre, Jérôme observait Maxime marcher vers sa voiture. Il laissa retomber le pan de la tenture, puis composa un numéro sur son téléphone portable.

– Ça y est, il s'en va… Non, je ne sais pas de quoi ils ont parlé mais le ton est monté. Le détective avait l'air bien énervé en partant. Les portes sont en chêne massif ici, pas facile d'entendre au travers. Hum… Vous n'oublierez pas ma petite enveloppe.

Le majordome raccrocha. Ah, zut. Voilà que M. de la Tour Audelange le sonnait. Voulait son dîner, ce radin. Après tout ce temps passé à son service, Jérôme n'avait eu droit qu'à une royale augmentation de quarante euros mensuels. Il aurait mis les voiles depuis des lustres s'il n'avait pas espéré être sur le testament du vieux. Il avait de bonnes chances puisqu'il n'y avait plus aucun héritier direct. Vianney avait déjà failli crever plusieurs fois. Pourtant, il continuait de s'accrocher à la vie, ce vieux salopard ! Jérôme en avait plus qu'assez de s'occuper de lui, de le dorloter, de supporter ses sautes d'humeur et de lui changer ses couches… Certes, il lui piquait un peu d'argent en lui facturant au prix fort les courses qu'il faisait dans les magasins discount. Une misère. Jérôme avait un budget à tenir et ce n'était pas lui qui décidait de son montant. Le comptable de M. de la Tour Audelange était un vrai rat.

Heureusement, Jérôme avait un autre moyen d'arrondir ses fins de mois. Il espionnait le vieux pour le compte d'un individu louche, au crâne dégarni et au ventre gras. Au fil des années, le majordome avait réussi à mettre quelques milliers d'euros de côté. Il n'avait qu'à prévenir lorsque Vianney recevait des visiteurs ! N'étaient pas concernés le médecin, l'infirmière, le comptable et le notaire. Jérôme était très reconnaissant à Maxime Dancourt d'être revenu. Grâce à lui, le dévoué majordome avait gagné cinq cents euros en deux coups de téléphone, le premier pour avertir que Dancourt avait pris rendez-vous et le second pour signaler son départ de la maison. Jérôme n'avait jamais posé de questions. Il se moquait comme d'une guigne de ce que pouvait faire le chauve de ces informations. Tant qu'on ne lui demandait pas d'étouffer le vieux avec son oreiller, il ne faisait rien de mal, n'est-ce pas ?

À une cinquantaine de mètres de la propriété, trois hommes dans une Mercedes-Benz noire regardaient l'Alfa Romeo Giulietta franchir la grille.

– Si on ne bouge pas rapidement, on va le perdre, boss, dit le chauffeur.

– Il rentre chez lui, répondit Patrocle. Ne m'appelle pas « boss ».

– Si c'est pas pour le suivre, pourquoi on est là ?

Le chef des néonazis avait encore en travers de la gorge les reproches du Magister. Asdrubal l'avait menacé de mort. Patrocle avait été contraint d'éliminer purement et simplement (en réalité salement et difficilement) trois de ses « meilleurs » éléments. Si on ne pouvait plus s'amuser en profanant des tombes musulmanes, alors où allait le monde ?

– Démarre, ordonna Patrocle. Garde tes distances.

Inconscient d'être pris en chasse, Maxime revivait dans sa tête l'intégralité de son entretien avec Vianney. Il avait tant espéré s'être trompé... Vianney n'avait même pas essayé de protester. Il avait avoué vingt-deux meurtres. Maxime enrageait de n'avoir aucune preuve de sa culpabilité. Il comprenait le chagrin, le besoin de justice et le désir de vengeance, mais il ne comprenait pas la violence extrême. Vianney n'avait pas seulement tué. Il avait torturé des années durant ceux qu'il pensait coupables. Cela supposait une organisation implacable, des complicités à tous les niveaux et des tueurs à gages. Cela dépassait l'entendement.

Quant à la comtesse Drazzi... Quel rôle avait-elle joué dans cette tragédie ? *Personne n'est innocent.* Au début, Maxime avait cru que ce message s'adressait à Vianney de la Tour Audelange. Il s'était présenté comme un envoyé de celui-ci, ça paraissait donc logique. Cette bizarre histoire de saint Michel et de scorpion l'avait troublé. Non pas qu'il y attachât la moindre importance. Ça tenait plus de l'élucubration que d'autre chose. En revanche, si la comtesse était à l'origine de ce délire, alors elle savait qui était Maxime. Et le message lui était bien adressé, à lui.

Avait-elle voulu dénoncer Vianney ? De ce point de vue-là, c'était réussi. C'était grâce à elle que Maxime avait deviné la vérité. Avait-elle voulu provoquer un affrontement entre Vianney et Maxime ? Pourquoi ? Pour que le vieillard lui parle de saint Michel et de sa balance ? Hormis la douleur, par quoi Vianney et Francesca étaient-ils liés ? Aux yeux de Maxime, ils n'étaient que des criminels pour lesquels il n'éprouvait pas de pitié, au même titre que les parents des victimes qui avaient payé de leur vie leurs monstrueuses actions.

Mais il n'y avait toujours pas l'ombre d'une explication à toute cette horreur ! La peur du Crocodile de la lagune ? Un peu « léger » comme raison pour massacrer douze enfants. Et quel était le rapport entre le dragon des eaux et les signes du Zodiaque ? Maxime n'avait qu'une demi-certitude : les vrais coupables restaient impunis. Une « demie » car il n'était sûr de rien. Pourtant son intuition lui disait qu'il y avait bien quelqu'un derrière tout ça. Ce diabolique inconnu était un maître, sans nul doute, un effrayant manipulateur tirant les fils de ces sinistres marionnettes vénitiennes. Un maître, oui, et une cohorte d'individus aussi démoniaques que lui pour l'aider dans sa sanglante entreprise. Dans quel but ? Le bénéfice devait être à la mesure du sacrifice. Personne ne se donnerait autant de mal pour des clopinettes. Et si, comme l'affirmait Vianney, un autre drame se préparait ? Maxime avait-il le droit d'abandonner ses recherches ? Il grogna. Il n'avait aucune piste. Son enquête s'arrêtait là, qu'il le veuille ou non.

L'Alfa Romeo amorça son virage sur la départementale

qui menait à Narbonne. Par habitude, Maxime regarda dans le rétroviseur. Tiens. Deux phares. Curieux. À part le manoir de la Tour Audelange, il n'y avait pas de maison le long de l'allée goudronnée qu'il venait de quitter. Maxime ressentit un malaise. Il se fia à son instinct d'ancien flic et appuya sur l'accélérateur. En apercevant la pancarte qui indiquait la direction de l'étang de Bages et de Sigean, il tourna brusquement le volant. Il regretta aussitôt cette décision en entendant ses roues crisser sur du gravier. En tout cas, il n'avait pas perdu son instinct réputé infaillible. Il était suivi.

– Il nous a repérés, boss, dit le conducteur de la Mercedes. Qu'est-ce qu'on fait, maintenant ? On le bute ?

– Ne m'appelle pas « boss ».

Si Maxime avait sagement continué son chemin vers l'autoroute, Patrocle n'aurait pas réagi. Malheureusement, ce crétin d'enquêteur jouait les malins. Patrocle n'avait plus trop le choix. Impossible de laisser filer un type qui risquait d'identifier sa voiture et de remonter ensuite jusqu'à lui. Il ne pouvait pas se permettre de décevoir le Magister Asdrubal une nouvelle fois. Parce que ça pourrait bien être aussi la dernière…

Patrocle se pencha en avant pour ouvrir la boîte à gants. Il en sortit un pistolet automatique.

– Gustave, démolis-moi cette bagnole, ordonna-t-il.

– Oui, bo… chef.

Le chauffeur fit rugir son moteur. Patrocle se cramponna à la poignée. Ça secouait dur sur les gravillons. Maxime vit les phares de la berline briller dans le rétroviseur. Il grinça des dents et accéléra. 70… 80… rouler à cette vitesse sur une route conçue pour admirer le paysage n'était pas une sinécure.

Gustave porta la Mercedes à la hauteur de la roue arrière de l'Alfa Romeo, en serrant au plus près. Maxime entendit le frottement des tôles. La berline éraflait le flanc de la Giulietta. Gustave avait négligé un paramètre : il n'y avait pas assez de place pour deux véhicules de front. La Mercedes pencha brusquement vers le fossé. En jurant, Gustave braqua le volant. Mal lui en prit car il perdit le contrôle. La berline heurta légèrement le pare-chocs de l'Alfa avant d'exécuter un tête-à-queue. Gustave freina brutalement et la voiture s'arrêta au milieu de la route.

En une fraction de seconde, Maxime décida de foncer tout droit dans le marécage. Il savait que sa brave Giulietta ne pouvait pas battre la Mercedes, ni en puissance ni en poids. Il n'avait qu'une seule chance de s'échapper. Plonger ! L'Alfa décolla. Elle était encore en l'air quand Maxime détacha sa ceinture. Il ouvrit sa portière au moment où l'avant de sa voiture allait toucher l'eau. Les roseaux amortirent sa chute. Un instant désorienté, il pataugea comme un petit chien qui se noie. Puis il essaya de se calmer et de réfléchir. Et maintenant ? Au travers du rideau de pluie, Maxime aperçut l'étendue noire de l'étang. Le salut ? Peut-être. Il se débattit dans les joncs coupants qui l'emprisonnaient, piège mortel s'il ne s'en dégageait pas rapidement. Il ramait à plat ventre sur cette mer végétale. C'était épuisant, mais Maxime était animé par le fort désir de revoir son fils.

Maxime bénéficiait d'un sursis inattendu quoique prévisible. À cause du violent freinage, les airbags de la

Mercedes s'étaient déployés, bloquant les passagers à l'intérieur. Furieux, Patrocle donnait des coups de poing dans l'airbag pour s'en libérer.

– Et merde ! hurla-t-il. Qu'est-ce que t'attends, toi ? Aide-moi !

– Oui, boss, répondit Gustave.

Il chercha son cran d'arrêt dans sa poche, chose peu aisée en la circonstance. Les airbags enfin crevés se dégonflèrent. Les trois acolytes sortirent, un peu sonnés quand même. Puis Patrocle fut saisi par la rage et gifla Gustave.

– Espèce de crétin ! J'espère pour toi que ma bagnole est en état de marche !

– Il a juste obéi à vos ordres, remarqua le troisième homme. C'est pas sa faute.

Patrocle se retourna vers lui, le visage écarlate. Sa colère retomba aussitôt. Le gaillard qui avait osé lui parler sur ce ton faisait un bon mètre quatre-vingt-dix. Patrocle se dégonfla comme un airbag.

– Ouais, heu… d'accord, marmonna-t-il. Où il est, cet enfoiré de privé ?

– Là-dedans, dit le colosse en indiquant le marécage.

Patrocle grogna. La nuit nuageuse empêchait d'apercevoir quoi que ce soit en dehors de la carcasse de la Giulietta.

– S'il est encore vivant, il va bien falloir qu'il revienne par ici, constata Patrocle. Préparez vos armes.

Puis en manipulant son automatique, il se mit à ricaner.

– Et s'il se planque dans son épave…

Patrocle pointa le pistolet vers l'Alfa Romeo et vida entièrement le chargeur dessus.

Maxime émergeait tout juste des roseaux quand il entendit le tir en rafale. Instinctivement, il se laissa couler et nagea énergiquement sous l'eau. Il remonta rapidement, pris de panique en se sentant attiré vers le fond. Ses vêtements gorgés d'eau gênaient ses mouvements et pesaient lourd. Les enlever aurait été encore plus compliqué que de les garder, alors il continua de nager. À cet endroit, l'étang se rétrécissait notablement. De l'autre côté, des lumières scintillaient. Le village de Bages, perché sur son rocher. Maxime fixa son regard sur les petits points lumineux. Ne pas penser aux tueurs derrière lui, ne pas penser au froid glacial, ne pas penser à la distance à franchir, ne pas penser à la douleur dans son épaule… avancer, avancer…

– Rien ne bouge, dit le géant. Il est peut-être mort.

– Il n'y a qu'un moyen de le savoir, répondit Patrocle. Gustave, va vérifier !

L'intéressé avala sa salive et protesta vivement.

– Mais la voiture est dans la flotte !

– Et alors, où est le problème ?

Le géant vint au secours de Gustave.

– On ferait mieux de ne pas s'éterniser dans le coin.

– Qui peut nous voir ? rétorqua Patrocle. Les grenouilles ?

– Ça hiberne pas pendant l'hiver, les grenouilles ? demanda Gustave.

Patrocle lui fila de nouveau une baffe.

– On s'en fout, des grenouilles ! J'en ai marre, je me gèle ! On se barre ! Le privé a son compte. Et s'il s'en est sorti, à moins d'être vraiment suicidaire, il se tiendra à carreau à l'avenir. Ma belle Mercedes… ça va me coûter un bras de refaire la peinture ! Et la portière est enfoncée !

– Je vous la remettrai en état dans mon garage, proposa le géant.

Patrocle devint tout chose. Il tenait beaucoup à sa berline de luxe.

– Merci… murmura-t-il, ému aux larmes. C'est très gentil.

Puis, parce qu'il fallait quand même finir en beauté, Patrocle et ses deux complices déchargèrent leurs armes automatiques tout autour de la Giulietta. Les roseaux, hachés menu, s'envolèrent en un nuage jaunâtre avant de retomber sur l'eau.

Pauvres grenouilles.

21

de Narbonne à Toulouse, le 21 janvier 2012

Maxime ouvrit un œil, ne vit rien et le referma.

– Lubin… murmura-t-il.

– Je suis là, papa.

Maxime cligna les paupières et tourna la tête. Son fils était assis à côté du lit, le visage chiffonné par le manque de sommeil.

– Lubin ? J'suis où ?

– À l'hôpital de Narbonne. Essaie pas de bouger, t'as une fracture de la clavicule.

– Comment… j'suis arrivé là ?

– Tu ne te souviens pas ? s'affola Lubin. C'est quoi, ton nom ?

– Je ne suis pas amnésique, répondit Maxime. J'ai juste un peu de mal à reprendre mes esprits…

– Y t'ont filé des antidouleurs. Ça fait quatre heures que je te regarde dormir.

– Mais, toi, comment t'es arrivé ici ?

– Tu remercieras tes potes de la criminelle. Ils sont venus me chercher au milieu de la nuit.

Lubin poussa un soupir. Il avait attendu le retour de Maxime jusqu'à minuit. Inquiet de n'avoir aucune nouvelle, il avait téléphoné à un des anciens collègues de son père. Celui-ci et deux de ses amis s'étaient aussitôt mis en route pour retrouver la trace de Maxime. Ils disposaient d'un indice important : Narbonne. Et la première chose à faire était tout simplement de contacter la gendarmerie. Il ne fut pas utile de poursuivre les investigations plus avant. On venait d'amener Maxime à l'hôpital. Un restaurateur de Bages avait appelé la police. Il avait découvert un individu trempé et blessé sur le perron de sa maison.

– Oui… fit Maxime. Je me souviens maintenant. J'ai réussi à traverser l'étang et à monter vers le village. J'ai sonné à une porte et après… je crois bien que je suis tombé dans les pommes.

Quelqu'un entra dans la chambre. Lubin sourit en reconnaissant le lieutenant Rullier. Ce dernier l'avait conduit jusqu'à Narbonne et était resté auprès de Lubin depuis. Le lieutenant Rullier n'était pas seul.

– Ça va, vieux ? demanda-t-il. Je te présente l'inspecteur Dubois. Il aimerait quelques explications si tu te sens de répondre… Ah oui, on a retrouvé ta voiture dans le lac. Elle est criblée de balles.

Lubin sursauta. Jusqu'à présent, il avait cru que son père avait eu un accident. Maxime regarda son fils.

– Tu as l'air d'avoir besoin d'un bon thé.

– C'est une façon polie de me dire de sortir ? s'insurgea Lubin. Ah non !

– C'est une enquête officielle, dit Jeff Rullier. Il vaut mieux que tu sortes, en effet.

Lubin accepta d'obéir quand son père lui promit de lui parler plus tard. Maxime pria son ancien collègue de l'aider à s'asseoir. La douleur dans l'épaule se réveilla brutalement lorsqu'il se redressa. Il grimaça.

– Tu as eu de la chance, remarqua Jeff. Une clavicule cassée et un peu d'hypothermie, ce n'est pas cher payé. Qu'est-ce qui s'est passé ?

– Honnêtement, je n'en sais rien. Je quittais un… un ami, un monsieur âgé et malade, et je rentrais chez moi…

– Lubin m'a dit que tu allais voir un client, l'interrompit Jeff.

– Oui, enfin… C'est comme ça que je l'ai rencontré. C'était un client. Je ne travaille plus pour lui. Je lui ai rendu visite par compassion. Il n'en a plus pour longtemps.

– D'accord, dit l'inspecteur Dubois. Et ensuite ?

– Je me suis aperçu que j'étais suivi. J'ai voulu m'en assurer et j'ai pris une route au hasard. Pas une bonne idée, à la réflexion… Ils ont essayé de me pousser dans le fossé avec leur grosse berline… Une Mercedes ou une BMW, de couleur sombre. Je ne pouvais pas leur échapper. C'est pour ça que j'ai lancé mon Alfa dans le marécage. Je me suis enfui à la nage.

– Risqué, comme manœuvre ! commenta Jeff.

– Pas le choix. De toute évidence, ils avaient l'intention de me tuer. Je ne comprends pas pourquoi. Bien sûr, j'ai résolu des affaires qui ont fâché certaines personnes. De là à vouloir ma mort…

– Tu as une enquête en cours ? demanda Jeff.

– Non.

– Vraiment ? s'étonna Dubois.

– Oui. Ma dernière affaire ne consistait qu'en quelques vérifications sur un dossier vieux de seize ans.

– Quel dossier ?

– Inspecteur, la confidentialité existe dans mon métier. Je ne peux pas répondre à cette question. Mais je vous le répète : il s'agit d'une vieille histoire. Après tout ce temps, il n'y avait plus grand-chose à découvrir, vous devez bien vous en douter. Pas de quoi fouetter un chat… Maintenant que j'y pense, il y a eu ces vols dans un entrepôt. J'avais été engagé par le propriétaire, qui soupçonnait un de ses employés. Ça remonte à… six mois, il me semble. Le gars, un récidiviste, a été arrêté. L'enquête de police a révélé que le coupable entretenait d'étroites relations avec le grand banditisme. Oui… Là, j'ai peut-être énervé ce beau monde…

– C'est le style de la pègre de plomber quelqu'un, admit Dubois. Faudrait voir si votre gars est toujours en taule. Bon… Reposez-vous. On reste en contact, évidemment.

– Oui, merci… répondit Maxime. Si je me souviens d'un détail, inspecteur Dubois, je vous le ferai savoir.

– On va surveiller ta maison deux ou trois jours, dit Jeff. Juste par précaution.

Dubois acquiesça et s'apprêta à partir. Jeff lui dit au revoir et s'effaça pour laisser le passage à Lubin qui était en train de manger un sandwich. Maxime sourit.

– Bah, au moins, ça ne t'a pas coupé l'appétit.

– Bouffe de distributeur. Dégueu. T'en veux ?

Maxime déclina l'offre. Lubin s'assit sur le lit pour le plaisir de répandre des miettes dessus. Il rappela à son père qu'il lui avait promis de tout lui raconter. Maxime lui resservit le même récit qu'aux deux policiers, en minimisant la gravité des faits. Il prétendit qu'il s'était certainement affolé un peu vite et qu'on avait sans doute voulu seulement l'intimider. Lubin l'écouta, les sourcils froncés.

– Tu te fous de moi ? demanda-t-il. Hé ! Je ne suis pas aussi bête que tes anciens collègues ! C'est pas la mafia qui a fait un carton sur ta caisse !

– Qui veux-tu que ce soit ?

– Les assassins de Venise !

– Qui sont tous décédés, je te rappelle. Non, franchement, ça n'a pas de sens…

Lubin essuya sa main sur la couverture. Sa lèvre inférieure se mit soudain à trembler. Il se jeta vers l'avant pour serrer son père dans ses bras. La douleur fit jurer Maxime. Lubin se recula, les yeux humides.

– Je… j'ai cru que tu étais mort…

– On ne se débarrasse pas de moi aussi facilement, répondit Maxime, ému à son tour.

– T'as pas intérêt à recommencer, marmonna Lubin d'une voix chevrotante. Pas envie de vivre avec maman, moi…

– Tu as bien réagi en téléphonant à Jeff, dit Maxime tendrement. Je suis fier de toi.

Lubin se frotta le nez et renifla.

– Arrête… dit-il. Si tu me fais pleurer, je te donne un coup de poing dans l'épaule.

Mais il n'exécuta pas sa menace quand les larmes coulèrent sur ses joues.

Maxime resta en observation à l'hôpital de Narbonne jusqu'au milieu de l'après-midi. Son état ne justifiant pas qu'on le garde, une ambulance le ramena chez lui.

Installé dans son canapé face à la cheminée, Maxime contemplait les bûches se consumer lentement. Il n'avait plus qu'à prendre son mal en patience. Seuls le temps et un bandage soigneraient sa fracture.

Qui avait voulu le tuer et pourquoi ? Il aurait compris si ça s'était produit à Venise. Il interrogeait tout le monde, il aurait pu attirer l'attention d'individus louches. Pourquoi maintenant ? Il sortait de chez Vianney de la Tour Audelange. Quelqu'un craignait-il que Maxime n'en sache trop ? Ou qu'il ne poursuive ses investigations plus avant ? L'attaque avait-elle pour but de lui faire peur ou de l'éliminer ? En y réfléchissant, peut-être se serait-on contenté de le filer s'il n'avait pas changé de route. En agissant ainsi, il avait signifié à ses agresseurs qu'il les avait repérés. Dans ce cas, ceux-ci ont dû penser que Maxime risquait de les identifier ou simplement de se poser des questions. Qui était vraiment sous surveillance ? Lui ou Vianney ? Et qui pouvait le mieux surveiller le vieil homme ?

– Jérôme… grommela Maxime.

Évidemment. Jérôme avec son regard fuyant et son air hautain. C'était toujours le majordome, le coupable, c'était bien connu. Écoutait-il aux portes, celui-là ? Oh et puis, flûte ! Maxime avait décidé d'abandonner l'enquête, alors quelle importance ? Oui sauf que… on avait essayé de le tuer. On le croyait sans doute mort. Était-il encore en danger ?

Maxime s'agita nerveusement. Lubin était parti chercher les médicaments prescrits par le médecin. Il n'aurait pas dû le laisser sortir. Si jamais on s'en prenait à son fils…

Maxime commençait à regretter de n'avoir pas dit toute la vérité à l'inspecteur Dubois. Mais qui pourrait croire une histoire aussi dingue ? D'autant qu'il n'avait pas de preuves.

Maxime soupira de soulagement en entendant la porte claquer. Lubin passa par la cuisine avant de rejoindre son père au salon.

– Faut que je t'aime pour me traîner dehors sous cette pluie glaciale. En plus, y avait une de ces queues à la charcuterie ! Tiens, tes médocs…

– Merci, mon grand, répondit Maxime. Mon grand petit garçon…

– Eh ! protesta Lubin. On était d'accord pour ne plus pleurnicher comme des filles !

– D'après mon expérience, les filles ne pleurnichent pas tant que ça.

– Ben, ça se voit que tu ne les fréquentes plus depuis longtemps.

Il s'assit près de son père pour ôter ses boots.

– Lubin ! Tu es en train de tremper mon canapé ! Je t'ai déjà dit cent fois d'enlever tes godasses dans l'entrée !

– Ah bah, apparemment, ça va mieux ! Le vieux râleur est de retour !

– Comment ça, y avait la queue à la charcuterie ?

– Ah, c'est arrivé jusqu'au cerveau ! rigola Lubin. Oui, papa, bibi a fait les courses !

– J'espère que tu n'as pas acheté des lasagnes.

– Endives au jambon. Salade mexicaine. Gratin dauphinois. Pâté de campagne, saucisson, mortadelle, andouillette, brie de Meaux, tarte au citron. C'est quand même étonnant que le charcutier fasse de meilleures tartes au citron que le pâtissier.

– Rien que ça ? Ça m'apprendra à te confier mon portefeuille.

– J'ai dû avaler les sandwichs de l'hôpital toute la journée, alors je crois que j'ai mérité un bon repas. On dîne au coin du feu ?

Le dîner au coin du feu était une tradition familiale, supposée réservée aux grandes occasions. N'importe quel prétexte était valable, du « parce qu'aujourd'hui il pleut » à « je t'ai battu au ping-pong ». Alors, une clavicule cassée, ça comptait double ! Lubin retourna à la cuisine. Maxime se leva dès que son fils eut disparu. Rapidement, il vérifia que les verrous de la porte étaient bien tirés. Et il brancha l'alarme.

22

toulouse, dans la nuit du 21 au 22 janvier 2012

Maxime contemplait le plafond, couché sur son lit. Il grommela un « merde » entre ses dents. Il avait oublié de fermer les volets de son bureau. Il n'avait pas envie de redescendre. Mais il ne parviendrait jamais à s'endormir s'il ne le faisait pas. Exaspéré, il s'assit et chercha ses chaussons avec le pied gauche. Il aperçut sa valise dans un coin de sa chambre. Il n'avait pas encore rangé ses affaires après son voyage à Venise. Il aurait au moins pu mettre ses vêtements sales dans le panier à linge. De plus en plus énervé, il ramassa la valise et la posa sur la chaise. Il l'ouvrit et la vida en jetant tout sur la table devant sa fenêtre. Bong ! Tiens, son pull bleu, roulé en boule, faisait un curieux bruit. Maxime secoua le pull et découvrit la coupelle en bronze qui avait servi à lester le message de la comtesse Drazzi. Il la prit entre ses mains et l'examina réellement pour la première fois. La petite coupe était très simple, sans fioriture aucune, dans un métal un peu verdâtre. Elle était certainement assez ancienne. Machinalement, Maxime la retourna. Sur le fond, le symbole de l'infini était gravé par deux fois. La main de Maxime effectua un quart de tour. Le double signe de l'infini se transforma en « 88 ».

Et, malgré les antidouleurs, malgré la clavicule cassée, malgré la fatigue, les rouages se mirent en branle dans la tête de Maxime.

Il revoyait Silvio Genovese exhibant son avant-bras où était tatoué le nombre 88.

« – Tu comprends pas, hein ?

– Oh mais si. Le H est la huitième lettre de l'alphabet. Un double huit, c'est donc HH, ce qui signifie *Heil Hitler*... »

Genovese, néonazi notoire, ne l'avait pas détrompé. Il n'avait pas acquiescé non plus. Maxime grogna. Ce taré de Silvio s'était moqué de lui ! Il avait accusé son cousin Ranieri de tous les maux. Allons donc ! Genovese n'avait pas prêté son bateau à Ranieri parce qu'il était un brave gars. Il était plus impliqué qu'on aurait pu le croire. Jugé sans doute inintéressant par Vianney, il avait échappé à sa terrible vengeance. Non pas que son sort fût particulièrement enviable. Ivrogne et sans domicile fixe... N'empêche que, lui, il était encore vivant. Pourquoi Genovese avait-il montré son tatouage à Maxime ? Pour le tester ? Pour voir s'il connaissait la vraie signification de ce 88 ?

Francesca Drazzi n'avait pas pris un objet au hasard. Elle avait choisi cette coupelle. Le message écrit n'était pas le seul message. De ça, Maxime était sûr. « 88 »... Il avait besoin de son ordinateur. En descendant l'escalier, il continuait de réfléchir. Il s'arrêta brusquement. Une vieille réminiscence de ses lectures, il aimait bien les sciences...

surtout les maths. La chimie. La physique. L'astrophysique. L'astronomie.

Il repartit d'un bon pas vers son bureau. Il alluma la lampe puis son ordinateur. Trois clics plus loin et la réponse apparut. « Quatre-vingt-huit constellations dans le ciel. » Quatre-vingt-huit constellations dont les douze qui composaient le Zodiaque.

Maxime rajusta le bandage autour de son épaule et cala son dos sur le dossier de son fauteuil. Dehors, l'ampoule du lampadaire clignotait, lui rappelant qu'il n'avait pas fermé les volets. Avant d'ouvrir la fenêtre, il fallait d'abord couper l'alarme pour qu'elle ne se déclenche pas. Il n'avait pas le courage de se relever.

« 88 ». Un rapport avec les constellations ? Rien ne le prouvait. Une pure spéculation qui ne menait nulle part. Ou quelque part dans le vide sidéral de l'Univers… Deux huit couchés, un double infini… Deux infinis superposés, deux infinis distincts ? L'infini de l'Univers et l'infini de… quoi ? De Dieu ? Du diable ?

Maxime soupira. Il ferait mieux d'aller se coucher avec une boîte de paracétamol. Il se redressa légèrement et son regard sauta du clavier de l'ordinateur à l'imprimante. Le coin d'une photo dépassait de sous la machine. Du bout de l'index, Maxime fit glisser la photo vers lui. Son ventre se serra, lui coupant la respiration. Les yeux de Blandine brillaient sur le papier mat. Maxime se pencha brusquement en avant. La jeune fille avait pris la pose avec la main sous le menton. Autour de son poignet, elle portait un bracelet, une chaînette en argent où étaient accrochées de fines breloques.

Fébrilement, Maxime chercha sa loupe dans le tiroir. Sous le verre grossissant, trois des pendentifs étaient clairement identifiables. Une étoile, un dragon et une balance à plateaux. Un quatrième était en partie visible. Maxime essaya de le reconstituer mentalement. Un arc pointu... Un dard au bout d'une queue ! Un scorpion !

Une étoile, symbole des constellations. Voilà pour le 88. Un dragon, LE dragon des eaux, le Crocodile de Venise. Le scorpion dans la balance de saint Michel, l'archange tricheur, le sauveur des âmes en perdition, le tueur de monstre. La Balance et le Scorpion. Autrement dit : lui, Maxime Dancourt.

Il y avait sans doute d'autres breloques mais elles étaient cachées. Dommage, il aurait été bien intéressant de savoir ce qu'elles représentaient ! Qui avait offert ce bracelet à Blandine ? Le comte Drazzi ? Vianney le savait peut-être. Maxime n'avait pas l'intention de le lui demander. Qu'était-il en train de faire dans son bureau, au milieu de la nuit ? Il poursuivait l'enquête, là ! Pas question, il ne voulait plus entendre parler de cette histoire horrible.

Et, de nouveau, cet incroyable instrument qui lui servait de cerveau se mit en route. Un bracelet... des breloques... Venise... Silvio Genovese...

L'image de Fedra dans un encadrement de porte lui apparut soudain. La grosse dame avec sa monstrueuse robe jaune à fleurs mauves, ses mules roses à pompons et son collier de pacotille. Lequel collier doré et écaillé était agrémenté de morceaux de chaînette et de... breloques !

Maxime bondit hors de son fauteuil, en proie à une agitation incontrôlable. Genovese ! Genovese ! Cet immonde salaud avait volé le bracelet de Blandine, arraché à son cadavre plutôt, et l'avait offert à son ancienne maîtresse ! Le bracelet était forcément trop petit pour les poignets grassouillets de Fedra, alors elle l'avait tout simplement accroché à son collier de pacotille !

Silvio Genovese n'avait pas prêté son bateau à son cousin. Il était dedans avec lui ! Le dernier assassin de Venise encore vivant ? Possible. Maxime avait envie de le dénoncer à Vianney. Qu'il l'élimine aussi, ce salopard de nazi.

Maxime s'immobilisa face à la bibliothèque où il rangeait ses dossiers. Ses souvenirs concernant Fedra n'étaient malheureusement pas assez précis. S'il voulait découvrir quels étaient les autres pendentifs du bracelet de Blandine, il devrait retourner à Venise.

Inconsciemment, Maxime lisait les dates inscrites sur les tranches des dossiers. Toutes ses enquêtes dans la police et en tant que privé étaient soigneusement classées. Presque quinze ans de sa vie. 2009, l'année glorieuse, prenait un quart de la petite étagère à cause de l'abondance des articles de journaux. Son regard dériva de 2009 à 2004.

Une sourde angoisse saisit Maxime à la gorge. 2004. Non… Non… Pourquoi son cerveau ne s'arrêtait-il jamais ? Maintenant, il était obligé de vérifier sur Internet ce qu'il devinait déjà. Il réactiva l'ordinateur et tapa « calendrier lunaire ».

2004. Bissextile, treize lunes.

Douze victimes.

L'éventreur de Blagnac.

23

toulouse, le 22 janvier 2012

Lubin sursauta en découvrant son père assis dans le canapé, le regard fixé sur des bûches à moitié calcinées et déjà froides.

– T'es tombé du lit ?

Maxime n'avoua pas qu'il ne s'était pas couché.

– J'ai mal, se plaignit-il.

– Je te prépare ton p'tit déj, décida Lubin. Tu devrais prendre tes médocs.

Maxime ramassa la boîte à côté de lui et l'agita dans l'air.

– Sert à rien… maugréa-t-il.

Mais peut-être que la douleur n'était pas dans son épaule. Il fut surpris quand son fils posa un plateau sur la table basse. Il ne s'était pas aperçu que quinze bonnes minutes s'étaient écoulées. Lubin lui tendit sa tasse de café.

– À quelle heure arrive ton prof ? demanda Maxime, parce qu'il fallait bien dire quelque chose.

– On est dimanche, papa. Je devais aller chez Manu aujourd'hui, tu te souviens ? Enfin, je peux remettre à une autre fois si tu as besoin de moi…

– Non, non, répondit Maxime. Ce café instantané est immonde. Faut vraiment que j'achète une machine digne de ce nom.

– T'es sûr que tu ne veux pas que je reste ? T'as une mine de déterré.

– Ça ira. Je vais me reposer, c'est tout.

Maxime préférait être seul et ne pas avoir à parler.

– À propos d'acheter, dit Lubin, je te suggère une décapotable.

– Quoi ? grogna Maxime.

– Tu n'as plus de bagnole, je te rappelle.

– Je veux une Alfa Romeo Giulietta, répondit Maxime. Gris métallisé.

– Tu ne vas pas reprendre la même !

– Si. Je l'aimais beaucoup, ma Giulietta.

– C'est nul, râla Lubin. Avec tes cent mille euros, tu pourrais t'offrir une Ferrari !

Maxime frissonna. Il regrettait d'avoir mis le chèque en banque. L'argent du sang. Ça le dégoûtait. Il cessa d'écouter son fils, qui passait en revue toutes les voitures de sport ayant existé depuis l'invention de l'automobile. Puis Lubin s'écria qu'il était en retard.

– Je mets mon pull rouge ou le bleu ? Papa ? Papa ! Oh, oh ! Rouge ou bleu ?

– Gris métallisé.

– Ah d'accord, tu t'en fous que je sois moche.

Maxime cligna les paupières. Il avait raté un truc, là.

– T'es beau, fiston. Presque autant que moi.

– Heureusement que je n'ai pas hérité de l'intelligence de ma mère !

– Ne dis pas ça. Réjouis-toi plutôt d'avoir deux parents qui t'aiment. Ce n'est pas le lot de tout le monde.

– C'était une plaisanterie, dit Lubin en se dirigeant vers l'escalier. Je crois que je vais mettre le bleu.

Quand il redescendit, Lubin portait une chemise à carreaux. Il partit en laissant le plateau du petit déjeuner sur la table. Typique. Maxime avait horreur de voir traîner de la vaisselle sale dans son salon. Il se leva et réalisa qu'il ne pouvait pas porter le plateau plein avec une seule main. De plus en plus déprimé, il empila les assiettes, le bol et sa tasse. Il trouva la cuisine dans l'état des écuries d'Augias avant qu'Hercule détourne un fleuve pour les nettoyer. Pourquoi les ados étaient-ils incapables de refermer les pots de confiture et de ranger le beurre dans le frigo ? Accablé, Maxime se refit un café, aussi mauvais que le précédent.

En grignotant une tartine grillée, il essaya d'ordonner ses pensées. Il avait un cerveau en forme de meuble à tiroirs : tout y était parfaitement classé. Le tiroir « éventreur de Blagnac » débordait. Maxime avait sacrifié sa nuit à relire ses dossiers. Et malgré son épuisement, il était en mesure de déduire un certain nombre de choses d'anciennes informations en les croisant avec d'autres plus récentes. Le résultat était confondant, voire terrifiant.

L'enquête sur l'éventreur lui avait pris presque cinq ans de sa vie et lui avait coûté son mariage. En 2004, un tueur en série avait sévi dans la commune de Blagnac, proche de Toulouse. Les premiers meurtres avaient eu lieu le 29 novembre. Une famille avait été sauvagement massacrée dans sa propre maison. La grand-mère, le père, la mère et leur fils. Celui-ci était né en 1988… année bissextile à treize lunes ! Et il avait, très exactement… seize ans. On imagine l'émoi dans la région. Et ça ne faisait que commencer. Dix jours plus tard, une jeune fille de seize ans et ses parents étaient assassinés dans leur pavillon. Une semaine s'était écoulée lorsqu'on découvrit une mère célibataire et sa fille tuées chez elles. Eh oui, la fille avait seize ans. Les derniers meurtres avaient eu lieu le 22 décembre. Cette fois-là, les parents étaient absents pour le week-end. Leur fils de seize ans était en compagnie de ses grands-parents. Ils étaient morts tous les trois.

Et puis, plus rien. L'éventreur de Blagnac n'avait plus fait parler de lui.

À l'époque, Maxime ne pouvait pas savoir que les années de naissance avaient une quelconque importance. Sur les douze victimes, seulement quatre avaient le même âge. Mais il était intéressant de noter que ceux-ci étaient enfants uniques. À part ça, il n'y avait que deux points communs entre les victimes : la ville de Blagnac où elles habitaient et l'endroit où elles avaient été assassinées, c'est-à-dire dans leur propre maison. C'était sur ce dernier point que les enquêteurs s'étaient surtout concentrés. En effet, il n'y avait pas la moindre trace d'effraction. L'éventreur avait-il été invité à entrer ? Connaissait-il ses victimes ? On n'avait pas retrouvé d'empreintes digitales ou de chaussures. Cependant, les gars de la Scientifique avaient fait un sacré bon boulot en relevant une minuscule goutte de sang sur la deuxième scène de crime. Ce sang appartenait à un inconnu. Il n'y avait qu'une explication logique : l'assassin s'était coupé avec son grand couteau.

Malheureusement, l'ADN extrait de cette goutte de sang n'était pas répertorié dans le Fnaeg*.

Une chose avait particulièrement frappé Maxime : comment était-il possible que les voisins n'aient absolument rien vu ni entendu ? On pouvait donc découper en morceaux des familles entières en silence ? Sans qu'au moins une des victimes ne se mette à hurler ? Maxime et ses collègues avaient longuement questionné les voisins. On avait même enquêté sur eux. Et toujours pas l'ombre d'une piste.

Maxime n'avait pas lâché l'affaire. Inlassablement, il avait réétudié toutes les dépositions et tous les rapports d'experts, réexaminé tous les relevés téléphoniques et les e-mails. Il était retourné sur le terrain, avait interrogé encore et encore les amis, les collègues de travail des parents, les enseignants des enfants, les membres survivants des familles, les voisins… Il avait redemandé plusieurs fois aux techniciens de comparer les nouvelles entrées dans le Fnaeg avec l'ADN de l'inconnu dont on ne savait qu'une chose avec certitude : c'était un homme. L'obstination de Maxime lui avait d'ailleurs valu quelques remontrances de sa hiérarchie, à la suite des plaintes de personnes qui se jugeaient « harcelées » par l'enquêteur. Mais son indéfectible ténacité avait fini par payer.

Une femme s'était soudain souvenue d'une camionnette blanche stationnée dans sa rue. Or aucun habitant du quartier ne possédait un véhicule de ce genre. Un militaire à la retraite, légèrement parano sur les bords, avait pour habitude de surveiller les bandes de jeunes qui traînaient autour de son pavillon. Quand Maxime avait

* Fnaeg : Fichier national automatisé des empreintes génétiques.

mentionné la camionnette, le militaire s'était également rappelé l'avoir aperçue depuis sa fenêtre. Il était sûr que c'était une Peugeot, immatriculée dans le Tarn. L'éventreur n'était peut-être donc pas domicilié dans la région de Toulouse. Maxime avait alors épluché les fichiers des immatriculations. Puis, avec l'aide de ses collègues, avait enquêté (discrètement) sur les propriétaires de toutes les camionnettes Peugeot blanches du Tarn. Des semaines de travail… Enfin, la chance avait souri à la police. Un nom était sorti du lot : Dahner. Et Maxime avait une bonne raison de s'intéresser particulièrement à cet individu. Dahner était chirurgien-dentiste et roulait en Jaguar. Alors, que pouvait-il bien faire avec un véhicule utilitaire ? Sinon chercher à passer inaperçu… D'ailleurs, et ça ne manqua pas d'attirer l'attention, le Dr Dahner avait revendu la camionnette en janvier 2005, soit quelques jours après les derniers meurtres.

Dahner. Le Dr Dahner. Quarante-six ans à l'époque des faits, célibataire, sans enfant, superbe villa à Albi, clientèle chic. Dahner. Irwin Dahner. Une force de la nature, à la musculature impressionnante, séduisant sans être beau, supérieurement intelligent.

Un monstre.

Puis l'ADN avait parlé et c'était bien le sang de Dahner qui avait été prélevé sur les lieux des deuxièmes crimes. Le dossier à charge s'était enrichi de quelques preuves dites « circonstancielles », telles que le débit de la carte bancaire du docteur pour payer l'entrée de l'autoroute entre Toulouse et Albi, peu après l'heure estimée des derniers meurtres, les témoignages au sujet de la camionnette et l'absence totale d'alibis pour chacun des massacres perpétrés.

Mais le Dr Dahner n'avait jamais rien avoué. Maxime gardait en mémoire les longs interrogatoires, le face-à-face avec cet homme qui ne prononçait que quelques mots de temps à autre et qui le fixait droit dans les yeux, un petit sourire en coin. Cauchemardesque.

Le procès avait eu lieu en juin 2011, un record de vitesse pour la justice française qui ne brillait guère par sa rapidité. Nul doute que des pressions venues de très haut avaient incité le juge d'instruction à accélérer le mouvement. Quatre jours plus tard, l'affaire était réglée. Le Dr Dahner avait été condamné à la peine maximale à l'unanimité. Les avocats avaient immédiatement fait appel. Là, on pouvait supposer que la justice française allait retomber dans ses petites habitudes de lenteur. Dahner allait attendre longtemps avant d'être de nouveau jugé.

Le procès avait été une terrible épreuve pour les familles des victimes. Beaucoup de personnes avaient espéré avoir, au moins, une explication. Leurs espoirs furent déçus. Dahner avait choisi de se taire, ce qui était son droit. Comme tout le monde, Maxime ne connaissait pas les raisons qui avaient poussé un chirurgien-dentiste à se transformer en tueur sadique. Enfin, il ne les connaissait pas jusqu'à présent… Car, maintenant, il était en possession d'informations qui changeaient sa vision des choses.

Maxime quitta la cuisine pour retourner dans son bureau. Tant pis pour la sieste. Il empila les papiers éparpillés sur la table et prit un bloc et un stylo.

Question : *Pourquoi Dahner s'est-il arrêté de tuer après le 22 décembre 2004 ?*

Réponse : *Parce que 2004 est une année bissextile à treize lunes. La prochaine est 2012. Et le bon docteur est en taule, donc il ne pourra pas recommencer.*

Question : *En quoi c'est important ?*

Réponse : *Parce que c'est une sorte de répétition des meurtres de Venise. Une mauvaise imitation, d'ailleurs. Les victimes sont d'âges différents, même si certaines ont effectivement seize ans comme les ados de Venise.*

Question : *Pourquoi Blagnac ?*

Réponse : *Difficile à dire. On peut néanmoins supposer que Dahner avait évité de commettre ses meurtres trop près de chez lui, mais dans une ville d'accès facile depuis l'autoroute.*

Premières conclusions : *Dahner a voulu reproduire le massacre de San Michele. C'est sur ce point crucial que manquent les infos. Quel était le but de ce massacre ? Dahner le sait-il ? Et comment l'a-t-il appris ? Qu'espérait-il obtenir en échange du sang versé ? (Zut, encore plus de questions.) En tout cas, une chose est sûre. San Michele est le résultat d'un gigantesque et machiavélique complot impliquant de nombreuses personnes, beaucoup de moyens et une organisation implacable. Dahner agit SEUL. Ce qui explique probablement les ratés de son plan. Car ratage il y a. D'abord, il n'a pas pu exécuter ses douze victimes en une fois. Il lui a fallu plusieurs semaines pour y parvenir. Ensuite, il n'y a « que » quatre ados de seize ans. On a presque l'impression que Dahner s'est contenté de tuer les familles parce qu'il n'a pas eu la patience de poursuivre ses recherches. Il est, malgré tout, remarquable qu'il ait trouvé quatre victimes toutes nées une année bissextile à treize lunes. Enfin, Dahner n'est pas parvenu à réunir les douze signes du Zodiaque. Il y a deux Sagittaire, deux Cancer et pas de Taureau ni de Bélier.*

Maxime reposa son stylo. Il prit le téléphone et appela Lubin pour s'assurer qu'il était bien arrivé chez Manu. Il fut reçu comme un chien dans un jeu de quilles. Lubin et son copain étaient en plein milieu d'une partie de *Portal 2*. Maxime raccrocha en souriant. Puis il regarda le combiné dans sa main. Clic, clac, les petits rouages dans sa tête se mirent à tourner. Il avait vu quelque chose quelque part… Téléphone… messages… e-mails… E-mails !

Frénétiquement, il fouilla dans le tas de dossiers épars. À l'époque où il était encore dans la police, Maxime avait pour habitude de tout photocopier parce qu'il travaillait souvent chez lui. Avoir des doubles des documents évitait de sortir des pièces importantes qu'on ne pouvait se permettre de perdre ou de détériorer. Et dans ce monceau de paperasses, il y avait les copies des e-mails envoyés et reçus par les victimes sur une période de six mois avant leur décès.

« *Monsieur, ma fille étant malade, elle ne pourra se rendre à sa séance de ce vendredi. J'espère qu'elle sera remise pour la semaine prochaine. Avec mes excuses pour ce contretemps.* » Daté du 16 mars 2004, signé par Mme Jacquin et adressé au Dr Person.

Une jeune fille qui devait se rendre à une séance ? Qui était ce Dr Person ? Un thérapeute, selon toute vraisemblance. Un des ados de Blagnac suivait une thérapie de groupe.

Deux heures plus tard, Maxime avait les réponses qu'il cherchait. Le Dr Alcibiade Person avait un cabinet à Toulouse. Il était, effectivement, thérapeute. Et dans la liste des appels téléphoniques, Maxime avait repéré le numéro de M. Person. Pas une, mais au moins deux des victimes suivaient une thérapie ! Maxime n'avait pas la preuve que la seconde était aussi un adolescent. Le contraire serait quand même surprenant puisque le Dr Person était un thérapeute pour enfants.

Maxime sursauta en entendant la voix de Lubin qui hurlait : « C'est bibi ! » depuis l'entrée. Il était déjà de retour ? En consultant sa montre, Maxime constata qu'il avait oublié de déjeuner. Lubin apparut dans l'encadrement de la porte du bureau qui était restée ouverte.

– Bah, qu'est-ce que tu fous ? demanda Lubin. Je le crois pas, tu bosses ! Ça va pas, non ? Tu devais te reposer !

Il s'avança, curieux de découvrir sur quoi son père travaillait. Maxime l'observa, les yeux plissés. Une idée venait de lui traverser l'esprit…

– Je pense qu'il faut que tu voies un psy, dit-il. Parents divorcés, déscolarisé, obsédé par les jeux vidéo violents et en plus qui vole dans les magasins… Hum, bon client pour les psys !

– Hein ? fit Lubin, interloqué. Je vais très bien, merci !

– Je le sais ! répondit Maxime en riant. Mais j'ai besoin d'un ado de seize ans et tu es le seul que j'ai sous la main.

Puis Maxime entreprit d'expliquer à son fils ce qu'il attendait de lui.

24

Toulouse, le 26 janvier 2012

Maxime surveillait l'heure sur la pendule. Lubin se faisait attendre. Ils avaient rendez-vous avec le Dr Person et le taxi n'allait pas tarder à arriver. Maxime n'avait pas tout raconté à son fils, il avait notamment évité de parler de la vengeance de Vianney de la Tour Audelange. Mais il avait bien été obligé de lui dire pourquoi il tenait tant à voir ce Dr Person. Lubin avait trouvé « génial » les déductions de son père sur l'éventreur de Blagnac. Irwin Dahner serait ce que les Anglo-Saxons appellent un *copycat*, un assassin qui copie le mode opératoire d'un autre criminel.

Énervé, Maxime appela Lubin du salon. Enfin, celui-ci sortit de la salle de bains. Maxime éclata de rire. Lubin avait enduit ses cheveux de gel pour qu'ils tiennent droit sur sa tête. Il portait un jean troué et de grosses chaussures de marche.

– Je me suis fait un look rock rebelle, dit Lubin.

– Tu m'as piqué mon tee-shirt AC/DC ! protesta Maxime.

– Ouais. Ringard, mais il est noir, alors... ça le fait, hein ?

– Pas mal, admit Maxime. Tiens, un cadeau.

Il tendit une petite boîte à son fils. Lubin découvrit une médaille dorée au bout d'une chaîne.

– Qu'est-ce que c'est que cette horreur ?

– Ton signe du Zodiaque.

– Ben oui, j'ai reconnu ! Et tu veux que je mette ça autour du cou ?

– Oui. Et que le Lion soit bien visible, s'il te plaît.

– Franchement, ça gâche un peu mon look rebelle.

Le taxi klaxonna dans la rue. Lubin enfila son sweat à capuche et sa parka par-dessus.

– Ah, je te préviens que, pour le cher docteur, notre nom est Carréga.

– T'as pris le nom de maman ! s'exclama Lubin. T'exagères !

– Comme ça, tu ne l'oublieras pas.

Dans le taxi, Maxime eut une pensée émue pour son Alfa Romeo. Il avait commandé une nouvelle Giulietta au concessionnaire mais, comme il tenait absolument à la couleur gris métallisé, la voiture ne serait livrée que fin février. Ce n'était pas très dérangeant car, avec sa clavicule cassée, de toute façon il aurait eu quelques difficultés à conduire. Pendant le trajet, Maxime donna les dernières consignes à son fils.

– Le mieux, c'est que tu parles le moins possible. Tu prends ton célèbre air buté, tu regardes tes pieds et tu te contentes de marmonner des « j'sais pas » en haussant les épaules comme tous les petits cons de ton âge.

– T'inquiète. J'ai répété mon rôle.

Ce qui alarma Maxime. Le cabinet du Dr Person était

en plein centre-ville, dans un bel immeuble en pierre rose. La décoration de la salle d'attente était de style moderne, très élégante et certainement hors de prix. La secrétaire était jeune, jolie et souriante. On ne pouvait pas en dire autant du Dr Person. Il était plutôt vieux, avait la peau marquée de quelqu'un qui avait abusé des UV et ne souriait pas du tout.

– Monsieur Carréga, c'est ça ? demanda-t-il.

– Oui, c'est ça. Et voilà mon fils, Lubin. Dis bonjour au docteur.

– 'Jour, fit Lubin.

Alcibiade Person les invita d'un geste à s'asseoir dans les fauteuils en face de son bureau.

– Enlève ta veste, voyons, il fait chaud ici, dit Maxime à Lubin.

– Bah, ça va, grommela Lubin en haussant les épaules.

Il obéit néanmoins. La médaille se balança d'avant en arrière quand Lubin tira sur les manches de sa parka pour s'en dégager. Maxime observait attentivement Person. Cinq secondes. Les yeux du docteur se fixèrent durant trois secondes sur la médaille, et il fronça les sourcils les deux secondes suivantes. C'était suffisant pour être significatif, surtout que le docteur s'arrêta de tripoter son stylo pendant tout ce temps, geste qu'il reprit aussitôt après.

– Bon, bon, bon, dit Alcibiade Person en tournant la page de son grand bloc de papier. Alors, pourquoi croyez-vous que votre fils a besoin d'une thérapie, monsieur Carréga ?

Maxime s'appliqua à paraître embarrassé.

– C'est que, heu… depuis le divorce, ça ne va pas trop. Ça a été une mauvaise période, vous comprenez ? Enfin, y a le problème de l'école. Lubin a été expulsé de tous les collèges de la ville. Maintenant, il traîne à la maison quand ce n'est pas dehors…

Maxime rajusta le bandage autour de son épaule en grimaçant.

– Vous avez eu un accident ? s'enquit le médecin.

– Je suis tombé dans l'escalier.

Lubin renifla bruyamment avant de lâcher :

– Il était ivre mort, comme d'hab.

Maxime devina que le Dr Person était en train d'écrire « père alcoolique » sur son bloc.

– Bon, bon, bon. Alors, Lubin. À ton avis, tu as besoin d'une thérapie ?

– J'sais pas, marmonna Lubin en haussant les épaules.

– Tu es venu, malgré tout. C'est que tu as conscience que quelque chose ne va pas. Tu n'es pas le seul, tu sais. Ici, tu rencontreras des jeunes qui affrontent les mêmes problèmes que toi. C'est vous qui avez la garde, monsieur Carréga ?

– En effet. Mon ex-femme a renoncé à…

– C'est à cause de la drogue, l'interrompit Lubin. Le juge a dit que c'était pas bon que je vive avec une toxico.

Le Dr Person ajouta « mère droguée » sur son bloc.

– Ici, nous pratiquons ce que nous appelons le lâcher-prise…

Puis il se lança dans une longue explication de sa méthode. Maxime l'écoutait distraitement. Ce qui l'intéressait, ce n'étaient pas les mots mais l'attitude d'Alcibiade Person. D'abord, le médecin avait l'étrange manie de parler en montrant ses dents. Indication du dédain qu'il ressentait pour ses interlocuteurs. Il acquiesçait souvent, donc cherchait à persuader. Il regardait Maxime droit dans les yeux. Les menteurs font toujours ça pour voir si l'on croit à leurs mensonges. De façon générale, il faisait de grands gestes, à la manière des politiciens. Il s'imposait comme un dominateur. En bref, le Dr Person était un manipulateur expérimenté. Il était beaucoup trop sûr de lui, c'était son point faible. Un parfait manipulateur n'aurait jamais laissé paraître le moindre signe de mépris et il aurait évité de fixer Maxime dans les yeux.

– Vous avez des questions ? demanda Person.

– Non, répondit Maxime. C'était clair. Ça me semble très bien, qu'est-ce que tu en penses, Lubin ?

– J'sais pas.

– On va en discuter à la maison, déclara Maxime.

– C'est ça, approuva le Dr Person. Le dialogue est essentiel entre les parents et les enfants. Prenez votre temps. Ma secrétaire vous donnera tous les renseignements nécessaires. Vous lui réglerez mes honoraires.

Il n'oubliait pas de se faire payer, le brave homme.

– Merci, docteur. Dis au revoir au monsieur, Lubin.

– R'voir.

Maxime serra la main du Dr Person. En fermant la porte derrière lui, il remarqua aussitôt les deux patients suivants dans la salle d'attente. Maxime allongea le pas pour se porter à la hauteur de son fils. En passant tout près de lui, il lui murmura dans l'oreille :

– Va draguer la jeune fille.

Puis il marcha jusqu'au bureau de la secrétaire et, avec un sourire gêné, lui demanda s'il y avait des toilettes.

Lubin ne savait pas trop ce que son père voulait qu'il fasse. Il se retourna et avança vers la jeune fille en question. Elle était assez mignonne, plutôt petite, avec un air d'enfant étonné.

– Salut ! Moi, c'est Lubin.

– Bonjour. Je suis Daphné et lui, c'est Hubert. Oh ! Tu es du signe du Lion !

À ce moment-là, Lubin comprit pourquoi son père s'était arrangé pour s'absenter quelques minutes.

– Ouais. Je suis à fond dans l'ésotérisme, t'vois ? J'crois qu'on fait partie du Grand-Tout, t'vois ? De l'atome aux galaxies, tout est lié. Mon vieux, y pige pas, ça. Y pique des crises parce que je tchatte sur Internet avec des mecs super balaises en astro. C'est un gros nul. Pense qu'au fric. C'est quoi, ton signe ?

– Vierge ascendant Vierge. Hubert, il est Scorpion ascendant Scorpion.

– Ah ? C'est marrant, moi c'est pareil. Je suis ascendant Lion.

La secrétaire interrompit leur conversation.

– Daphné, Hubert, vous pouvez entrer. Le docteur va vous recevoir.

– Peut-être que tu rejoindras notre groupe, dit Daphné en se levant.

– Ouais. Ça serait sympa.

Hubert toisa Lubin avec un sourire ironique.

– Aucune chance que ça arrive… ricana-t-il.

– Pourquoi ? demanda Lubin.

– T'es pas à notre niveau.

Pas à leur niveau ? Lubin lui en aurait bien collé une,

à ce prétentieux. Il était vexé d'être pris pour un abruti. Il eut presque envie de répondre à Hubert qu'il jouait un rôle et que l'idiot c'était lui puisqu'il s'était laissé piégé.

Maxime réapparut au bout du couloir. La secrétaire lui réclama deux cent cinquante euros.

– Ah, quand même… grimaça Maxime.

Il paya en liquide. Puis dit qu'il rappellerait pour prendre un autre rendez-vous. Dans l'escalier de l'immeuble, Lubin s'exclama :

– T'avais prévu d'avoir autant d'argent sur toi ?

– Sur mon chéquier, il y a des informations me concernant. Première règle du détective sous couverture : ne jamais donner d'indication sur sa véritable identité.

– Et toujours avoir du cash dans ses poches, ajouta Lubin.

Maxime acquiesça.

– Il y a un bistrot en face qui me semble très accueillant. Je prendrais bien un expresso. Première règle du détective en planque : choisir un endroit d'où on peut voir sans être vu.

Il pointa le doigt en direction du café.

– La table juste dans le coin, derrière la vitrine.

– Mais… tu espères voir quoi d'ici ?

– Tes nouveaux amis quand ils vont ressortir. Qu'est-ce que tu as appris ?

Lubin lui rapporta fidèlement sa brève conversation avec Daphné et Hubert.

– C'est pas grand-chose, dit Lubin. Désolé.

– Détrompe-toi. C'est beaucoup plus que je n'en espérais.

Comme le serveur s'approchait, il demanda à son fils ce qu'il souhaitait boire.

– Une bière pour moi.

– C'est ça. Alors ce sera un café serré et un chocolat pour le jeune homme, s'il vous plaît.

Lubin attendit que le serveur s'éloigne avant de prier son père de s'expliquer.

– En peu de temps, tu as réussi à apprendre leurs prénoms et leurs signes zodiacaux. Apparemment, Daphné est sensible au sujet puisqu'elle a aussitôt remarqué ta médaille. Hubert s'est moqué de toi en te disant que tu n'étais pas « au niveau ». Et ça, figure-toi, c'est très révélateur.

Le serveur posa les tasses sur la table. Maxime régla la note immédiatement. Il mit un sucre dans son café et tourna lentement la cuillère.

– Deuxième règle du détective en planque, reprit-il. Si on se trouve dans un restaurant ou un bistrot, on paie tout de suite. À tout moment, on peut être obligé de partir précipitamment. Se faire courser par un serveur en rogne, ce n'est pas la meilleure façon de passer inaperçu. Où en étais-je ? Ah oui. Le fameux « niveau ». Hubert se croit supérieur à toi. À tout le monde, en fait. Typique des gens qui sont enrôlés dans une secte. Le Dr Person est le gourou, le chef du groupe. Il manipule ces gamins avec le grand classique : nous sommes initiés et importants, les autres sont des pauvres crétins minables.

– Tu penses que je pourrais intégrer le groupe de Daphné et d'Hubert ?

– On ne mélange pas les torchons et les serviettes, répondit Maxime. Je suis sûr que Person les garde à l'écart de ses patients habituels. Et puis, il n'est pas question que tu prennes plus de risques.

– J'ai été bon, non ?

– Tu as des talents de comédien, c'est certain ! Ta mère serait ravie de savoir qu'elle se drogue.

– J'y suis peut-être allé un peu fort ! admit-il, hilare. Je me suis bien amusé, en tout cas ! Je ne me doutais pas que c'était aussi marrant, ton boulot.

– On ne rigole pas tous les jours. Par exemple, on peut se faire plomber et se casser la clavicule. Ça t'amuserait, ça ?

– J'sais pas, fit Lubin en haussant les épaules.

Maxime se mit à rire. Il n'osait pas se l'avouer mais il était content d'être là et de se sentir aussi proche de son fils, deux complices embarqués dans une étrange aventure.

Une heure et demie, trois chocolats et quatre cafés plus tard, une limousine noire se gara le long du trottoir d'en face, moteur tournant au ralenti. Presque au même moment, une femme arriva et s'arrêta devant la porte de l'immeuble. Maxime fronça les sourcils. Au bout de quelques minutes, Hubert et Daphné sortirent. Hubert s'engouffra dans la voiture. La femme prit Daphné par le bras et elles s'éloignèrent ensemble.

– Debout ! ordonna Maxime. C'est inespéré, elles partent à pied. Première règle du détective en filature : ne jamais perdre son objectif des yeux.

– J'aurais plutôt dit : ne pas se faire repérer, remarqua Lubin.

– Ça aussi. Alors, je te conseille d'aplatir tes cheveux et de mettre ta capuche ! Parce que dans le genre discret…

– Impossible. J'ai mis tellement de gel que j'ai l'impression que la peau de mon crâne se décolle !

La nuit était déjà tombée. Il y avait encore beaucoup de monde dans les rues. C'était à la fois un avantage et un inconvénient. Il était plus facile de se cacher et plus difficile de suivre Daphné et son accompagnatrice.

– À mon avis, c'est sa mère, dit Lubin. Elles se ressemblent un peu.

– Oui. Elles ont l'air pressées... Tiens ! Elles entrent dans cette belle maison, là-bas. Numéro 15. Maintenant que j'ai l'adresse, il ne sera pas très difficile d'avoir le nom de famille de Daphné.

– Surtout que c'est écrit sous la sonnette, répondit Lubin.

– Tu vois ça d'ici, toi ? s'étonna Maxime.

– Je vois qu'il y a une plaque. Pour la lire, il faudrait s'approcher.

Maxime conseilla à son fils de regarder droit devant lui et de ne pas ralentir le pas. En passant devant la maison, il tourna à peine la tête. « Maître Anastasie Beauvoisin, avocate à la cour. »

Eh bien voilà... Daphné s'appelait Beauvoisin. Maxime leva la main pour arrêter un taxi en maraude. Une fois assis à l'intérieur, il soupira. Cette saleté de clavicule recommençait à le faire souffrir.

– C'est quoi, la suite du programme ? demanda Lubin à voix basse.

– Manger, dormir. Tu trouves normal que la mère vienne chercher sa fille de seize ans alors qu'elles habitent à dix minutes du cabinet du docteur ?

– Non. Ça craint.

– Et une limousine attendait Hubert devant la porte… On les surveille de près, ces gamins.

Lubin se pencha vers son père pour être sûr de ne pas être entendu du chauffeur de taxi.

– Papa… Est-ce qu'ils sont vraiment en danger ?

Maxime resta silencieux un long moment.

– Je n'en ai pas la preuve, finit-il par dire.

– Alors, tu ne vas rien faire ?

– Si. Je vais louer une voiture.

25

De Toulouse à Muret, le 3 février 2012

Pendant une semaine, Maxime s'était posté en face du cabinet du Dr Person. Il avait loué trois voitures différentes pour ne pas être repéré. Il avait photographié toutes les personnes sortant de l'immeuble. Chaque soir, il triait les photos, les adultes d'un côté, les jeunes de l'autre. Les adultes étaient pour la plupart des habitants du même immeuble. Il était facile de les reconnaître au fait qu'ils avaient été photographiés à plusieurs reprises. Les patients du docteur n'apparaissaient logiquement qu'une seule fois, le jour de leur consultation. Maxime avait finalement éliminé les enfants qui avaient manifestement moins de seize ans. Il restait six adolescents. Ils ne venaient pas le même jour que Daphné et Hubert, on pouvait donc en déduire qu'aucun d'eux ne faisait partie du fameux groupe de thérapie. Un groupe à deux ? Plutôt curieux.

Le jeudi, la limousine noire s'était garée en face de la porte. Hubert en était descendu. Maxime avait noté le numéro d'immatriculation avant que la limousine reparte. Daphné était arrivée ensuite, accompagnée par sa mère.

Au bout d'une heure et demie, la limousine était de retour. Et la mère aussi… Maxime avait pris la limousine en filature. Il s'était inquiété de la voir prendre la direction de la cité universitaire. Si Hubert vivait en dehors de Toulouse, ce n'était pas une bonne nouvelle. Avec sa clavicule cassée, Maxime avait du mal à conduire et si le trajet se révélait un peu trop long, il risquait de souffrir. La limousine avait tourné sur une petite départementale, à quinze kilomètres de la ville. Puis elle s'était arrêtée devant la grille d'une belle demeure entourée de hauts murs en pierre. La grille s'était ouverte, actionnée par un mécanisme électrique. La limousine était entrée dans la propriété.

Plus tard dans la soirée, Maxime avait obtenu les renseignements qu'il souhaitait. Hubert s'appelait Passavant et son père était le patron d'une usine de pièces détachées pour l'aéronautique. Il était riche, ce que Maxime avait deviné en apercevant la maison (et la voiture !).

Maxime respira profondément. Il se préparait psychologiquement à un redoutable affrontement. Il avait obtenu du directeur de centre de détention de Muret l'autorisation de rendre visite à Irwin Dahner. Grâce à son ancien métier de policier, Maxime avait gardé de nombreux contacts dans les administrations judiciaires. Le directeur était un de ceux-là.

Lubin était parti à son cours de tir à l'arc. Maxime ne l'avait pas informé de ses intentions. Il préférait éviter de mêler son fils à son enquête s'il pouvait faire autrement.

Située au sud de Toulouse, la prison de Muret accueillait les condamnés à de longues peines. Irwin Dahner était en bonne compagnie… sauf qu'il était en cellule d'isolement. Même les criminels de la pire espèce ne voulaient pas le côtoyer ! Dahner était sous haute surveillance, ce qui était bien le moins.

Le directeur de la prison reçut Maxime dans son bureau. Il lui fit part de son étonnement.

– Dahner refuse de voir qui que ce soit, dit-il. Y compris ses propres avocats ! C'est très surprenant qu'il ait accepté de vous rencontrer, vous. Qu'espérez-vous tirer de lui ? Des aveux ?

– On peut toujours rêver, répondit Maxime. Mais, après tout, qui ne tente rien n'a rien. Des aveux avant son procès en appel, ce serait un soulagement pour les familles des victimes. Comment se comporte-t-il ici ?

– Je n'ai jamais eu de détenu aussi facile à vivre ! Il est poli, respectueux, il ne se plaint pas… Il lit beaucoup. Des ouvrages scientifiques, principalement. La solitude ne paraît pas lui peser. J'ai prévu de vous installer dans une pièce à part, pas au parloir. Dahner ne nous a pas posé de problèmes jusqu'à présent, cependant je ne peux pas le laisser seul avec vous sans prendre de précautions. Dahner aura les pieds et les mains entravés et une table vous séparera. Les gardiens resteront derrière la porte. Il vous suffira de les appeler pour qu'ils viennent immédiatement.

– D'accord, acquiesça Maxime.

Le directeur téléphona à son adjoint pour lui donner l'ordre de sortir Dahner de sa cellule. Il continua de discuter avec Maxime jusqu'à ce que l'adjoint le prévienne que le prisonnier était prêt.

– Eh bien, voilà… Il vous attend. Ça ira ?

Maxime eut une vague envie de répondre non et de

s'enfuir en courant. Il se contenta de hocher la tête. Marcher dans un couloir de prison était une chose réellement éprouvante. Maxime ressentit presque de la compassion pour les détenus. Il eut le souffle coupé quand le directeur s'arrêta devant une porte ouverte. Les deux gardiens qui étaient à l'intérieur de la pièce saluèrent Maxime avant de sortir.

Dahner était assis, enchaîné à la chaise. Il ne tourna pas la tête quand la porte se referma derrière Maxime.

– Bonjour, inspecteur, dit-il. C'est un plaisir de vous revoir ! Asseyez-vous donc !

Puis il regarda Maxime en souriant.

– Bonjour, Dr Dahner.

Maxime s'installa face à lui, de l'autre côté de la table.

– Vous m'excuserez de ne pas vous serrer la main, plaisanta Dahner en agitant les chaînes. Comment allez-vous ? Je conserve un excellent souvenir de nos entretiens dans le poste de police.

– Les interrogatoires ? Je me souviens surtout que vous restiez silencieux.

– Le silence a des vertus… Les gens parlent trop en général. Et rarement intelligemment. Si vous avez une qualité, c'est sûrement celle-là. Vous êtes très intelligent. J'en déduis que vous n'êtes pas là pour une raison futile. Racontez-moi tout. Qu'avez-vous découvert ?

Maxime n'avait pas l'intention de lui permettre de diriger la conversation à son gré. Irwin Dahner était un maître dans l'art de la manipulation, comme tous les meurtriers narcissiques dans son genre. Maxime frappa un grand coup d'emblée.

– Le massacre de San Michele en 1996, répondit-il en observant attentivement le visage de son interlocuteur.

Les pupilles de Dahner se dilatèrent légèrement. Maxime nota à cet instant que ses yeux marron étaient étoilés de vert.

– Bravo, monsieur Dancourt. Je reconnais que vous m'avez eu par surprise.

– Je vous remercie de ne pas prétendre ignorer de quoi il s'agit.

– Je n'ai pas dit que je savais quoi que ce soit, rétorqua Dahner.

– Non, bien sûr. Vous êtes trop malin pour ça. Je vais jouer franc jeu. 1996, 2004, deux années bissextiles à treize lunes. J'ai été un peu déçu de découvrir que vous n'étiez qu'un vulgaire *copycat !* Surtout que vous n'avez pas été très bon. Oh, docteur ! Vous n'avez pas été capable de réunir les douze signes du Zodiaque ! Tsss, tsss, tsss... Vraiment raté.

Irwin Dahner releva la tête, menton en avant. Mouvement caractéristique causé par une colère que l'on cherche à dissimuler. Maxime constata avec satisfaction que Dahner ne pouvait pas contrôler toutes ses émotions.

– Je n'ai jamais avoué avoir fait ce dont on m'accuse, répondit Irwin Dahner. Si copieur il y a, ce n'est pas moi. Je ne suis pas un copieur.

Si copieur il y a, ce n'est pas moi. Je ne suis pas un copieur. La répétition des termes, même si c'était pour nier, était une forme d'aveu. Inconsciemment, Dahner voulait que Maxime sache que, puisqu'il n'était pas un *copycat,* il n'avait pas échoué dans son entreprise criminelle. Il était insupportable pour un narcissique d'être pris pour un perdant. Maxime avait touché le point sensible, un atout dont il lui fallait tirer profit.

– Vous étiez pourtant sur la bonne voie, reprit Maxime. Vous avez trouvé quatre jeunes nés en 1988, année bissextile à treize lunes, fallait le faire… Mais, franchement, éliminer des familles entières, c'est du travail bâclé ! Vous n'avez pas réussi à dominer vos plus bas instincts. J'en déduis que les psychiatres ont peut-être commis une erreur de diagnostic à votre sujet. Ils vous ont décrit comme une espèce de Dr Jekyll et Mr Hyde, avec un côté normal et respectable et un côté sombre et monstrueux, deux côtés parfaitement séparés, ce que l'on pourrait appeler une « psychopathie organisée ». En réalité, je crois que vous appartenez à cette catégorie de tueurs qui assassinent pour régler des comptes avec leur mère. En regardant vos victimes mourir, est-ce que vous pensiez à votre maman ?

Les veines du cou d'Irwin Dahner gonflèrent. Son visage devint rouge sous l'afflux violent du sang qui était brusquement remonté. Être comparé à ces tueurs en série au QI notoirement inférieur à la moyenne était une insulte qu'un narcissique ne pouvait admettre. Dahner se pencha vers l'avant. Les chaînes l'empêchèrent de s'incliner jusqu'au-dessus de la table. Ce geste était une agression. Maxime ne bougea pas d'un centimètre. Un souffle d'air passa les lèvres de Dahner. Il redevint maître de lui-même.

– Bien essayé, monsieur Dancourt… Vous avez fait des progrès depuis notre dernière entrevue.

– C'est que j'en sais beaucoup plus maintenant, répondit Maxime.

– Par exemple ?

– Oh non. Je ne vous en dirai pas plus. Sauf si…

Maxime laissa passer un silence.

– Sauf si vous parlez aussi. Donnant-donnant.

Irwin Dahner se mit à rire.

– Pourquoi pas ? Discutons des mystères de l'Univers… D'après la « théorie du Tout », nous ne sommes pas dans un Univers à quatre dimensions, mais à dix, neuf spatiales et une temporelle ! Et si on ne voit pas ces six dimensions supplémentaires, c'est parce qu'elles sont si minuscules qu'il nous est impossible de les trouver… Attendez ! Il y a mieux ! Certains scientifiques affirment qu'il y a une onzième dimension, celle-là si gigantesque qu'elle serait à l'extérieur de notre Univers ! Vous imaginez les conséquences ?

– Pas vraiment.

– Notre Univers est dans un autre, beaucoup plus grand. Cela sous-entend qu'il y a des univers parallèles au nôtre. Et ce n'est pas étanche, si j'ose dire. Il y a des fuites entre les dimensions. Ce qui est *ailleurs* peut surgir *ici*. Fascinant, non ?

– Quel rapport avec votre affaire ?

– Mon affaire ? Voyons, monsieur Dancourt, j'ai plaidé non coupable ! C'est à votre tour de parler.

Maxime se leva.

– Je préfère partir puisque vous ne jouez pas le jeu.

Irwin Dahner sembla réfléchir durant quelques secondes.

– D'accord… Alors, je vous pose cette question : n'est-il pas très étonnant que deux personnes se souviennent soudain d'une camionnette en stationnement, presque cinq ans après les faits ?

– Ce n'est pas inhabituel, n'en déplaise à vos avocats qui ont déjà soulevé ce point lors de votre procès. Et même si beaucoup de temps avait passé, il n'en demeure pas moins que ces deux témoins ont bel et bien décrit votre camionnette blanche, immatriculée dans le Tarn. Et ils l'ont affirmé de nouveau devant la cour.

– Ils ne le referont pas à mon procès en appel, répondit Dahner avec un sourire.

– Pourquoi ça ?

Dahner tourna la tête vers la porte. Comme s'il craignait d'être entendu par les gardiens, il murmura :

– Parce qu'ils ont disparu…

– Quoi ? fit Maxime, interloqué.

– Ces prétendus témoins ont été payés pour mentir et pour disparaître ensuite. Vous ne les retrouverez jamais.

Maxime avait toutes les raisons de ne pas le croire. Pourtant, il le crut sur parole. Son aventure à Venise lui avait appris que les gens s'évanouissaient dans la nature avec une facilité déconcertante. Maxime se rassit face au Dr Dahner.

– Vous êtes en train de me dire qu'on vous a tendu un piège ? Qui ? Et pourquoi ?

– J'étais gênant pour quelqu'un, apparemment. Et à en juger par votre bandage, vous avez dû le gêner aussi…

– Qu'est-ce que vous savez de mon accident ?

– Rien. Ce n'est qu'une supposition, mon cher.

– On aurait assassiné douze malheureux pour se débarrasser de vous ? À moins que… vous ne soyez réellement l'éventreur de Blagnac. Ah oui, c'est donc ça. Vous n'avez pas laissé d'autre choix à vos ennemis que de les obliger à vous faire enfermer. Il aurait été plus simple de vous coller une balle dans le crâne. À moins que… vous n'ayez pris vos précautions. Un genre d'assurance sur la vie. Ils ne peuvent pas vous tuer, c'est ça ?

– Vous avez beaucoup d'imagination, monsieur Dancourt. Donnant-donnant, vous vous rappelez ? Je vous écoute.

Maxime repoussa sa chaise et se leva. Puis s'appuyant de sa main valide sur la table, il se pencha légèrement vers Dahner.

– Je vais vous confier un grand secret, docteur.

Et, baissant la voix, il ajouta :

– *Personne n'est innocent.*

26

toulouse, le 4 février 2012

Maxime avala deux comprimés avec un verre d'eau. Il avait mal à l'épaule. La journée précédente avait été éprouvante. Par acquit de conscience, il avait vérifié les dires du Dr Dahner. En deux coups de téléphone, il avait appris que la femme et le militaire en retraite qui avaient vu la camionnette avaient déménagé sans laisser d'adresse. Les familles qui occupaient leurs maisons s'étaient installées un mois à peine après la fin du procès de l'éventreur de Blagnac. L'histoire se répétait. Tous les témoins du drame de Venise avaient également disparu. Tous, sauf la comtesse Drazzi, Genovese et Ninetta Cordoni. Ninetta était une victime collatérale. Restaient Francesca Drazzi et Silvio Genovese. Des coupables ? Oui, mais pour des crimes apparemment différents.

Que penser de son entretien avec Irwin Dahner ? Premier point : le docteur s'était montré étonnamment bavard. L'isolement en cellule en était sans doute responsable. Dahner était certainement content de parler avec quelqu'un qui ne portait pas un uniforme de gardien. Maxime se demandait pourquoi il avait accepté de le voir.

Le plaisir de sortir de cellule ne lui semblait pas une raison suffisante. Dahner avait envie de lui dire quelque chose. Ce qui conduisait au deuxième point : la conspiration. On avait voulu se débarrasser de Dahner, au minimum s'assurer qu'il finirait sa vie en prison. On ne l'avait pas assassiné, ce qui aurait été plus simple et, surtout, définitif. Le Dr Dahner savait qui avait comploté pour qu'il tombe. Il aurait pu les dénoncer. S'il ne le faisait pas, c'était parce qu'il ne le pouvait pas sans s'impliquer lui-même. Il aurait été forcé d'avouer être l'éventreur de Blagnac et d'expliquer pourquoi il avait commis ces horreurs. Là était probablement le véritable problème pour ceux qui avaient comploté contre Dahner. Tant que personne n'était arrêté, l'enquête se poursuivait. Et avec un flic aussi entêté que Maxime, il y avait un risque non négligeable que la police ne mette son nez dans les affaires de gens qui souhaitaient par-dessus tout qu'on ne s'intéresse pas à eux. D'ailleurs, c'était exactement ce qui s'était produit. Maxime avait découvert Alcibiade Person et ses curieuses pratiques thérapeutiques.

Irwin Dahner ne voulait pas ou ne pouvait pas trahir ses anciens complices. Oui, complices. Dahner était au courant du massacre de San Michele, il y avait peut-être même participé. On arrivait là au troisième point. Dahner avait frôlé l'apoplexie quand Maxime l'avait traité de copieur. Dans son esprit de psychopathe narcissique, il n'avait commis aucune erreur. Ce qui sous-entendait qu'il avait fait ce qu'il avait décidé de faire. Alors pourquoi le résultat n'était-il qu'une mauvaise imitation des meurtres de Venise ? Une seule réponse possible : Dahner n'avait pas cherché à reproduire le massacre de San Michele. Mais il s'en était approché suffisamment pour que ça ait un sens. Lequel ?

– Le Dr Person, murmura Maxime. C'est lui, la clé de l'énigme.

Deux des quatre adolescents de seize ans assassinés avaient été les patients d'Alcibiade Person. De ça, Maxime en avait la preuve. Si on se référait à San Michele, il devait y avoir douze jeunes dans le groupe de thérapie. Si l'on continuait la comparaison, les parents et/ou grands-parents des victimes de Blagnac étaient tout aussi coupables que ceux de Venise. Vianney de la Tour Audelange aurait jugé qu'ils méritaient la mort. Peut-être que Dahner partageait cette façon de voir… Dans ce cas, il aurait dû essayer de sauver les adolescents.

Les rouages dans le cerveau de Maxime se mirent à tourner. Il poussa une exclamation.

– Mais oui ! Il faut prendre les choses à l'envers ! Irwin Dahner n'a pas assassiné quatre adolescents, *il en a épargné huit !*

Et en partant de ce constat, Maxime comprit enfin quel avait été le véritable but d'Irwin Dahner. D'abord, les dates avaient une importance cruciale. Dahner n'avait commencé à tuer que le 30 novembre et avait terminé le 22 décembre. Les victimes de Venise avaient été assassinées la nuit de la dernière pleine lune de l'année 1996. Or la dernière pleine lune, la treizième, de 2004 avait eu lieu le 26 décembre. En exécutant son plan à une période aussi proche du 26 décembre, Dahner avait rendu impossible le remplacement des victimes désignées par d'autres. Il n'était peut-être pas dans ses intentions de tuer quatre des ados. Il avait pu y être contraint parce que le Dr Person et ses amis étaient parvenus à remplacer les premières victimes. Et en portant le nombre des meurtres à douze, Irwin Dahner avait envoyé un sacré message à ses anciens complices : « Je sais qui vous êtes et ce que vous faites, et je peux vous empêcher d'obtenir ce que vous voulez. » Dahner s'était moqué d'eux. Cruelle ironie…

Ce qui menait au dernier point : qu'est-ce qu'ils voulaient, bon sang de bois ? Sur le moment, Maxime avait pris le discours sur la « théorie du Tout » pour une plaisanterie de la part de Dahner. Celui-ci aurait pu parler de réchauffement climatique ou de la politique actuelle. Il avait choisi un sujet bien particulier. Le rapport entre un Univers à onze dimensions et le Zodiaque était plutôt vague. Restait le nombre 88… ou s'agissait-il de deux huit couchés, un double infini ? Ou DEUX Univers parallèles, lesquels, selon Dahner, *n'étaient pas étanches.*

Ce qui est ailleurs peut surgir ici. Qu'est-ce que ça signifiait ?

Maxime sursauta en entendant la sonnette de la porte d'entrée. Lubin cria du salon :

– Papa ! C'est Jeff !

Maxime sortit de son bureau. Le lieutenant Rullier essuyait ses chaussures sur le paillasson. Il portait un dossier jaune sous le bras.

– Tu travailles le samedi, maintenant ? demanda Maxime.

– En quelque sorte, oui, répondit Jeff. Comment tu vas ?

– Bof… C'est assez pénible, une clavicule cassée. Je te fais un café ?

– Il est aussi mauvais qu'avant ?

– Oui. Faut que je m'achète une machine.

– Tu dis ça depuis que je te connais ! rit Jeff.

– Je crois que c'est parce que j'aime prendre mon café dans les bistrots. On s'installe dans la cuisine ?

Lubin emboîta le pas de son père et s'assit. Maxime le regarda.

– T'as pas une partie de *Portal 2* en cours ?

– Non. Quoi ? Ça m'intéresse aussi ce que Jeff vient te raconter.

Maxime soupira et alluma la bouilloire électrique.

– Comment tu fais avec quatre enfants, Jeff ?

– Je dors au poste et je laisse ma femme se débrouiller avec les mômes.

– Évidemment, c'est une solution… Qu'est-ce que tu as dans ton dossier ?

Jeff s'installa à la table.

– J'ai des photos à te montrer. Tu as déjà vu ces charmants minois ?

Il aligna les photographies de trois hommes. Le premier avait une vraie trogne d'abruti alcoolique, le deuxième était un colosse qui n'aurait pas déparé dans un James Bond et le troisième était un petit gros au crâne dégarni et aux yeux de fouine sournoise. Maxime examina les photos longuement.

– Non. Je suis absolument sûr de ne les avoir jamais vus. Qui sont-ils ?

– D'après notre enquête préliminaire, des néonazis. On

les soupçonne d'avoir vandalisé un cimetière musulman. Ce qui est curieux, c'est que les membres de ce groupe tombent comme des mouches, ces derniers temps. On en est à six cadavres. Ça commence à faire beaucoup…

– Un règlement de comptes entre bandes rivales, peut-être ? supposa Maxime. Mais en quoi ça me concerne ?

Jeff sortit une série de photos, celles d'une voiture noire, une berline Mercedes.

– Et ça ? Ça ne te rappelle rien ?

La Mercedes avait été photographiée sous toutes les coutures. Maxime examina les clichés en gros plan et fronça les sourcils.

– La portière avant droite a été enfoncée, remarqua-t-il. Le côté est éraflé sur la longueur… Ouais, ça pourrait correspondre aux dégâts sur la berline qui m'a pris en chasse. Où l'avez-vous trouvée ?

– Dans le garage du gentil géant. Une chance pour nous, il n'avait pas encore fait les réparations. En vérifiant son carnet de commandes, on a constaté qu'il attendait une nouvelle portière.

– Comment vous avez su où était la berline ? demanda Maxime.

– Un voisin du garage qui a prévenu la gendarmerie. Il venait chercher sa voiture et il a découvert trois corps. Ces gars-là ont été tués d'une balle dans la tête. Boulot propre et sans bavure… Du travail de pro, style mafia.

– Ils ont pas l'air mort, fit Lubin.

– Pas là-dessus, répondit Jeff. Ce sont les photos de leurs papiers d'identité.

– Tu as les mêmes en morts ?

– Lubin ! grogna Maxime. Tu n'as pas honte ?

– Ben quoi ? Je m'instruis. Il faut que j'apprenne pour devenir un grand détective.

Jeff éclata de rire.

– Agence Dancourt & fils, détectives privés ! Les méchants n'ont qu'à bien se tenir !

– Oh ouais ! Dancourt & fils, ça me plaît, ça ! s'écria Lubin avec enthousiasme.

– Passe ton bac d'abord, rétorqua Maxime. Jeff, je ne peux pas jurer que c'est la bonne berline mais c'est possible. Quant à ces trois gugusses, je ne les connais pas. Je n'ai jamais enquêté sur des groupes néonazis. Alors ou ils se sont trompés de client et m'ont pris pour quelqu'un d'autre, ou ils ont eu envie de s'amuser au détriment du premier quidam venu.

En disant cela, Maxime regardait son fils avec insistance. Il pensa très fort : « Tais-toi, tais-toi, tais-toi… » Lubin se leva soudain pour verser l'eau chaude dans les tasses.

– Tu prends du sucre, chef ?

– Au moins deux morceaux pour faire passer cette épouvantable lavasse ! répondit Jeff en rangeant son dossier. Une dernière question : il ne s'est rien produit d'inhabituel ces jours-ci ? Comme des coups de téléphone bizarres, l'impression d'être suivi…

– Non, dit Maxime. Calme plat.

– Mon prof de français m'a félicité, plaisanta Lubin. C'était vachement inhabituel, ça.

– Ça ne compte pas, à moins que ton professeur ne dessine des croix gammées sur tes copies. Yuk ! Non vraiment, Maxime, ton café est dégueulasse. Allez ! Je rentre chez moi. Si je me souviens encore de l'adresse…

– C'étaient qui, les trois autres ? demanda brusquement Maxime.

– Quels autres ?

– Tu as mentionné six cadavres.

– Ah oui ! Des membres du même groupe. Très jeunes, dix-huit, vingt ans. Quel gâchis ! Tous déjà fichés pour dégradation de biens publics. Ils aimaient taguer les synagogues et les mosquées, ces pauvres idiots. Ce sont sûrement eux qui ont vandalisé le cimetière musulman. On en a retrouvé un dans le canal du Midi, les pieds coulés dans le béton. Y en a qui voient trop de films…

Maxime raccompagna le lieutenant Rullier jusqu'à la porte et verrouilla derrière lui. Puis il se tourna vers Lubin.

– Règle générale du parfait petit détective : écouter et ne donner que les informations nécessaires.

– J'ai rien dit ! protesta Lubin.

– De justesse. Tu avais envie de raconter ta première expérience de détective, je l'ai lu sur ton visage ! Jeff est un ami mais il reste un policier. Un privé se doit de respecter la confidentialité des affaires qui lui sont confiées. Cela mis à part, tu as réagi de manière appropriée en t'occupant du café. Tu as compris pourquoi je te regardais fixement ?

– Non. J'ai juste compris que tu voulais que je la ferme ! Alors, c'était pour quoi ?

– J'ai eu peur que tu ne te laisses emporter par ton enthousiasme… J'étais en train de mentir en affirmant que je n'avais jamais enquêté sur des néonazis. C'est faux, je l'ai fait à Venise.

– Aaaaah ! OK… Honnêtement, ça ne m'a pas traversé

l'esprit ! On devrait inventer un code par signes pour communiquer discrètement. Ce serait utile pour nos futures enquêtes. Dancourt & fils !

– N'importe quoi… grommela Maxime.

– Et maintenant, qu'est-ce qu'on fait ?

– Toi, tes maths. Moi…

Maxime réfléchit quelques instants.

– Ouais… Ben, il faut que je retourne à Venise.

– Génial ! s'exclama Lubin. J'en ai toujours rêvé !

– Parce que tu crois que je vais t'emmener ?

Le sourire de Lubin s'effondra.

– Mais papa… Venise… en février…

– Ça serait en juin, ça serait pareil.

– M'enfin, papa ! Février ! C'est le carnaval ! Je veux y aller ! Oh… stiouplaît, stiouplaît, stiouplaît…

Lubin joignit les mains sur sa poitrine et roula des yeux de chien battu.

– Ah oui ! Février ! s'écria Maxime. Ce sont les vacances, tu vas chez ta mère.

Lubin ouvrit la bouche. Rien n'en sortit. Maxime se dirigea vers son bureau en marmonnant.

– Le carnaval ! Quelle galère !

Lubin lui courut après.

– Papa ! Tu peux pas me faire ça !

– Pas ma faute, rétorqua Maxime. C'est l'arrangement que j'ai avec ta mère.

– Ouais bah, si c'est pour qu'elle me colle chez les parents-grands comme à Noël…

– Si je lui demande, elle refusera pour le plaisir de m'emmerder.

– Et si c'est bibi qui demande à maman ?

Maxime s'assit et contempla son ordinateur. Rien que l'idée de chercher un hôtel le fatiguait. Il pivota sur sa chaise à roulettes pour faire face à son fils.

– D'accord… Je te propose un marché.

– Je prends ! cria Lubin.

– Attends de connaître mes conditions. Un, il faut convaincre ta mère. Bon courage… Deux, tu dois trouver une chambre d'hôtel. Bonne chance avec le carnaval ! Et trois, des places d'avion !

Lubin grimaça. Il était dur, le paternel ! Mais il n'allait pas se laisser abattre pour autant.

– J'y arriverai ! affirma-t-il. Je me mets au travail. Tu es prié de ne pas me déranger.

Lubin ferma la porte. Son ordinateur était dans le salon (petite précaution de Maxime qui voulait contrôler l'utilisation qu'en faisait son fils). Un peu désœuvré tout d'un coup, Maxime entreprit de classer les documents qui traînaient sur la table. 2004… 2009… La photo de Blandine de la Tour Audelange s'échappa d'un tas de papiers divers. Elle avait le chic pour réapparaître de manière inopinée, celle-là. Maxime prit une règle pour mesurer les espaces entre les breloques du bracelet de Blandine. Il effectua un rapide calcul mental. Il supposa qu'il y avait au maximum deux pendentifs cachés par le poignet de la jeune fille. Qui donc lui avait offert ce bijou ? Il ne le saurait sans doute jamais. À moins que la comtesse Drazzi n'ait la réponse. Acceptera-t-elle de le recevoir, cette fois ? La partie n'était pas gagnée, loin de là.

S'il n'avait pas découvert l'inquiétant Dr Person,

Maxime aurait abandonné l'enquête. Mais le souvenir de Daphné et d'Hubert assis dans la salle d'attente du thérapeute le hantait. Il ne pouvait pas les abandonner, eux. Surtout qu'il y avait peut-être dix autres innocents quelque part, sous l'emprise d'esprits aussi pervers que celui d'Alcibiade Person.

Il repensa à sa conversation avec Jeff. Certes, il n'était pas sûr à cent pour cent que c'était la même berline. Il le croyait, cependant. Question : pourquoi ces néonazis avaient-ils été exécutés froidement ? Parce qu'ils n'avaient pas réussi à le tuer ? Ou parce qu'ils n'auraient pas dû essayer ? Maxime était persuadé que les véritables maîtres de ce sinistre jeu souhaitaient à tout prix rester discrets. Cribler de balles la voiture d'un ancien flic – et le rater ! – était exactement le genre de choses qu'il ne fallait absolument pas faire. Alors, oui. Les trois imbéciles avaient été éliminés car ils représentaient un risque. Une petite erreur et zou, le couperet vous tranchait le cou. C'est qu'on ne faisait pas de cadeau, chez ces gens-là... Les néonazis, ici comme à Venise, n'étaient que des hommes de main, des tueurs à gages. Ils étaient remplaçables.

Maxime sursauta. Il cligna les paupières, surpris par l'obscurité dans la pièce. La nuit était tombée sans qu'il s'en aperçoive. Il s'était assoupi dans son fauteuil. Il alluma la lampe. Il entendit du bruit qui venait du salon. La porte s'ouvrit et Lubin entra, les deux bras levés, les doigts formant le V de la victoire. Maxime le regarda faire le tour du bureau en se tortillant.

– Tu as du poil à gratter dans ton pantalon ? demanda-t-il.

– C'est ma danse triomphale ! Yo, ho, ho, ho ! Qui c'est qui, qui est le plus fort ? C'est bibi !

– T'as convaincu ta mère ?

– *Piece of cake, man !* Comme je ne vais pas au collège, je ne suis pas obligé d'aller chez maman aux dates des vacances scolaires ! J'irai en mars ! D'ailleurs, ça l'arrangeait…

– Évidemment… nouveau mec, bougonna Maxime. Enfin, ça, c'était le plus facile. J'imagine qu'il n'y avait plus une chambre libre à Venise ?

Lubin arrêta de danser, le visage sombre.

– J'en avais une pour demain et après-demain mais il n'y avait plus de places d'avion. Mardi et mercredi, y avait encore des places d'avion mais il n'y avait plus de chambres.

– C'était prévisible. Je vais devoir attendre la fin du carnaval.

Lubin recommença sa danse.

– Qui c'est qui, qui est le plus fort ? C'est bibi ! J'ai loué un appartement !

– Quoi ? s'exclama Maxime, stupéfait. Tu as fait quoi ?

– Un appart dans un palais avec vue sur un canal ! Le propriétaire avait des clients qui ont annulé leur location hier ! J'ai sauté sur l'occase ! Le seul problème, c'est qu'il faudra qu'on dégage avant le 16 parce qu'il a d'autres clients qui arrivent. Ah et, heu… pour l'avion, on voyagera en *business class* parce que la classe éco, c'est complet. On part vendredi ! Yo, ho !

– Meuh… tu… tu n'as pas… payé ? bégaya Maxime.

– Ben si. Avec ta carte Bleue.

Maxime s'étrangla avec sa salive. Son argent… Lubin avait dû dépenser une fortune !

– J'ai gagné ! cria Lubin. T'es obligé de m'emmener !

– Ah mais… se vengea Maxime, la condition était de trouver un hôtel, pas un appartement…

– Eh ! protesta Lubin. Tu ne vas pas me faire ce coup-là, quand même ?

Maxime le laissa mariner un bon moment avant de lui répondre.

– T'as intérêt à bosser comme un malade jusqu'à la fin de l'année. Et à faire tout ce que je dis sans râler quand on sera à Venise.

– YES ! hurla Lubin en sautant sur place.

27

Du pont du Diable à Montoulieu, le 5 février 2012

Un vent de pluie et de glace balayait les rives de l'Ariège. Arrivée au milieu du pont, Bragance se pencha au-dessus de l'eau. Elle regarda longuement les tourbillons dans la rivière. Elle n'avait aucune pensée suicidaire. Elle était juste un peu engourdie. Ce n'était pas désagréable, au contraire. Elle était apaisée, presque détachée du monde. Depuis deux semaines, elle était différente. Elle travaillait toujours bien au lycée, mais n'éprouvait plus l'envie de participer en cours comme auparavant. Elle se contentait du strict minimum. Ses professeurs s'en étonnaient sans s'en plaindre. Bragance était beaucoup moins fatigante ! Ses notes étant bonnes, personne n'avait de raison de s'inquiéter. Aliénor, sa mère, se réjouissait. La thérapie avait changé sa fille d'une manière très positive. Bragance se montrait prévenante et serviable à la maison. Aliénor trouvait tout à fait normal que sa fille ne lui raconte rien de ce qui se passait à la Sphère Fébus. Ça ne la concernait pas. Aliénor était heureuse parce que Bragance semblait l'être aussi.

Bragance comprenait désormais ce que lui avait dit Olivia sur les bénéfices de la Chaîne d'unité. Quand ils se prenaient les mains et que la voix de Sylvestre résonnait dans la pièce, il se passait quelque chose. Vraiment. Depuis des années, Bragance avait des crises d'angoisse qu'elle avait appris à cacher. Elle s'en libérait par la colère, une bien mauvaise méthode qui ne faisait qu'ajouter un problème à un autre problème. Ni angoisse, ni tristesse, ni colère ne pouvaient résister à la force de la Chaîne d'unité. Les deux dernières séances, Bragance avait senti l'énergie entrer dans son corps. Elle l'avait même, sans le vouloir, visualisée dans son esprit. L'énergie était une boule de chaleur rouge qui tournait au niveau du plexus solaire et diffusait ses bienfaits jusqu'au sommet du crâne et à l'extrémité des orteils. Quand les mains se séparaient, la boule disparaissait et emportait avec elle les émotions négatives. Elle laissait à la place une grande sérénité et le sentiment d'être pleinement vivant. Alors, oui, maintenant Bragance croyait à la puissance de la Chaîne d'unité !

Le groupe s'était enrichi d'un nouveau membre, un garçon du nom de Noé et qui venait d'Albi. Noé était charmant et très gentil, un peu timide. Il ne connaissait évidemment pas Bragance, mais il avait déjà rencontré les autres lors de la retraite de la Toussaint. Bragance ne se posa pas de questions. Les gens déménagent, ça n'avait rien de bizarre. En revanche, elle se demandait pourquoi la mère d'Olivia était aussi intraitable. Pas moyen de voir Olivia en dehors de la Sphère !

Bragance, pourtant d'une nature assez méfiante, ne voyait pas que Sylvestre les manipulait tous. Elle restait dans l'illusion qu'elle pouvait partir quand elle le désirait. C'était une erreur. La Chaîne d'unité était bel et bien un lien qui tenait les adolescents en état de dépendance, telle une drogue. Chaque vendredi, quand ils quittaient la Sphère, ils étaient « regonflés à bloc », presque euphoriques. Puis les jours passaient et l'énergie qui les habitait s'affaiblissait petit à petit. Ils devenaient moroses et taciturnes. Ils étaient en manque, comme les toxicomanes.

En ce dimanche 5 février, Bragance jouissait encore des bénéfices de la Chaîne d'unité. Elle avait l'impression d'être invincible. Elle pourrait tomber dans la rivière tumultueuse et s'en tirer sans une égratignure. Mais, à la vérité, tomber ou pas n'avait aucune importance. Parce que Bragance était indifférente à ce qui pouvait lui arriver. Plus rien ne la touchait. On aurait pu dire qu'elle était zen. Hélas, non. On lui avait juste lavé le cerveau.

Même Agnès était sous l'emprise de la Chaîne d'unité. Elle était beaucoup plus calme, participait davantage aux discussions et ne divaguait plus comme avant. Quoique… Régulièrement, et souvent à propos, elle se mettait à déclamer du Victor Hugo. Et, à ces moments-là, ses yeux verts s'assombrissaient et la folie brillait dans son regard. C'était flippant.

Bragance bâilla. L'air froid entra dans ses poumons, la réveillant quelque peu. Elle qui adorait faire un détour pour descendre la route en lacets à toute vitesse n'avait pas pris sa bicyclette. Pas envie. Elle s'étira et soupira légèrement. Il était temps de rentrer à la maison. Le chemin entre Montoulieu et le pont du Diable était nettement plus court à pied. Mais il n'était pas très agréable de marcher sur la départementale qui enjambait la nationale 20. Avant, Bragance ne l'aurait jamais fait. Maintenant, ça lui était égal.

Aliénor, assise à la grande table, buvait du thé quand sa fille poussa la porte.

– Tu dois être frigorifiée ! Tu veux du thé ?

– Oui, merci, répondit Bragance.

Après avoir enlevé bottes et parka, elle s'occupa de ranimer le feu dans la cheminée. Elle contempla un instant la danse des flammes. Aliénor revint de la cuisine avec une tasse et y versa du thé puis ajouta une cuillerée de miel.

– C'est prêt, cocotte. Tu viens t'asseoir ?

Bragance obéit. Machinalement, elle tourna les pages du magazine que sa mère était en train de lire.

– Qu'est-ce que c'est nul, ces journaux pour nanas, dit Bragance. Des pubs, des photos de mode, des pubs, des « pipoles », des pubs… Nul.

– Ah bah, là pourtant, il y a un article sur Bruxelles que j'ai trouvé intéressant. Ça m'a donné des idées. Ce serait sympa si on allait à Bruxelles pendant les vacances.

– Comment ça, quelles vacances ?

– Celles-ci, évidemment.

– Mais, maman, c'est pas possible, j'ai la retraite ! hurla Bragance.

Aliénor sursauta, surprise par la violence soudaine de sa fille.

– Hein ? La quoi ?

– Enfin, je te l'ai dit ! Il y a la retraite dans la forêt avec la Sphère !

– Oh… Ah zut, j'avais oublié… attends, il me semble

me souvenir que c'est prévu pour la seconde semaine. Rien ne nous empêche de partir la première.

– Le vendredi ! Le vendredi, j'ai ma séance !

– Tu peux bien en rater une, quand même ! protesta Aliénor.

– Non, je ne peux pas !

Le visage d'Aliénor se ferma. Tout d'un coup et d'une manière assez inattendue, elle se mit à douter des vertus de la thérapie de groupe. À la réflexion, peut-être que ça ne faisait pas tant de bien que ça à Bragance.

– Ne sois pas ridicule, répondit Aliénor fermement. J'ai posé mes congés au travail pour passer les vacances avec toi. Alors, d'accord pour que tu ailles à ta retraite si vraiment c'est important pour toi, mais nous irons à Bruxelles avant. Et tu ne discutes pas !

Bragance se mordilla les lèvres pour se contraindre au silence. Surtout ne pas se précipiter… ou elle risquait de dire ce qu'il ne fallait pas. Étant parvenue à se calmer, elle tenta de négocier.

– Ah, bon, tu as posé tes congés, je l'ignorais… On pourrait partir samedi et être de retour jeudi ?

– C'est un long trajet en train. Je voulais faire une halte à Paris. On parle de visiter le Louvre depuis des années ! C'est l'occasion.

Bragance comprit que sa mère ne céderait pas. Elle se raccrocha à l'idée qu'elle irait à la Sphère le prochain vendredi. Elle ne serait absente que le suivant. Et puis la retraite commencerait peu de temps après. Elle devrait tenir sans la force de la Chaîne d'unité deux jours de plus. Ce n'était pas si épouvantable que ça. Pourtant,

Bragance en frissonna de peur.

– Tu as froid ? demanda Aliénor.

– Hein ? Heu, oui, je vais mettre un pull.

Elle profita de cette excuse pour filer dans sa chambre. Debout au milieu de la pièce, Bragance regarda ses mains trembler. Pourquoi ? Pourquoi ressentait-elle pareille frayeur rien qu'à la pensée de manquer une séance ? Elle alluma son ordinateur. Elle protégeait l'accès de son journal intime par un code, les mères sont très curieuses… *Frédéric*. Elle utilisait le nom de son père pour son journal. Elle avait toujours rêvé de partager ses secrets avec son papa. Ils se seraient blottis l'un contre l'autre, au coin du feu, auraient ri des petits bonheurs de la vie, peut-être pleuré des petits malheurs… Écrire était une façon de se confier à ce père qu'elle n'avait pas connu et qui était cependant tant aimé.

J'ai l'impression d'avoir perdu quelque chose de moi. J'étais une fille dynamique, pleine de colère aussi mais, finalement, ça me convenait bien. Enfin, c'était moi, tout simplement.

Bragance se lança dans une longue explication sur la thérapie de groupe. Elle décrivit les autres ados, la méthode de Sylvestre et les effets de la Chaîne d'unité.

J'étais solitaire, rebelle, individualiste. À la Sphère, je suis une partie d'un ensemble. J'ai besoin des autres, j'ai besoin de l'énergie de la Chaîne d'unité. Sans ça, je ne suis plus rien. Et avec, je me demande qui je suis. Je vais finir par ressembler à Agnès ! Elle dit des trucs comme : « Mon âme n'est plus là et je ne sais pas ce qu'il y a à la place. » Mais bon, elle est vraiment folle…

Elle leva les doigts de son clavier. Puis ajouta :

Ce qui est drôle, c'est que nous avons tous des signes différents. Je suis Bélier, Olivia est Poissons, Bastien Gémeaux, Géraud Lion, Josselin Verseau et Agnès Capricorne. Et le nouveau, Noé, est Cancer. Encore cinq et on aura le Zodiaque complet !

Bientôt, dans la forêt de Rialsesse, les douze signes du Zodiaque seraient réunis. Mais Bragance ne pouvait pas le deviner.

28

Venise, le 10 et le 11 février 2012

Le regard de Maxime alla de Lubin à son sac de voyage.

– Quoi ? fit Lubin.

– Tu crois que c'est moi qui vais le porter ?

– Encore ? J'ai déjà ma valise ! J'suis pas une bête de somme !

– Clavicule cassée, lui rappela Maxime. Et ça t'apprendra à te trimballer avec tout le contenu de tes placards.

– C'est mon costume qui prend de la place. Enfin, c'est surtout le chapeau…

Maxime ricana. Lubin avait loué un habit de « marquis » avec perruque, loup et tricorne. Quand il l'avait essayé pour le montrer à son père, Maxime s'était moqué de lui pendant dix minutes. Il en fallait plus pour déstabiliser Lubin. Il se trouvait absolument magnifique avec la longue veste et la culotte courte en satin bleu et les bas blancs. Il avait eu un mal fou à dénicher des souliers à talons dans la boutique du loueur. Mais il ne serait pas parti sans.

– Là-bas, il y a l'arrêt de bus, indiqua Maxime.

– Le bus ? grimaça Lubin. On ne va pas entrer dans Vcnise en bus ? Oh, t'as vu la pancarte ? Bateaux-taxis.

– Trop cher.

– Radin. Ah, il y a un *vaporetto !*

– Bus, dit Maxime.

Lubin tirait la langue en traînant sa valise à roulettes, le sac de son père posé dessus. Maxime s'amusait à le torturer. En réalité, il avait toujours eu l'intention de prendre un bateau-taxi pour la bonne raison que c'était le seul moyen de transport qui les mènerait jusqu'à la porte du palais où ils allaient loger. Lubin était trop heureux d'être à Venise pour s'offusquer de la mauvaise plaisanterie de son père. Le ciel était d'un bleu éclatant, l'air vif et le soleil froid. Le bateau filait vite sur la lagune. C'était excitant ! Lubin avait les joues rouges, les cheveux en bataille et les mains gelées quand ils arrivèrent à l'embouchure du Grand Canal. Il ne s'en aperçut même pas tant il était fasciné par le spectacle qui se présentait devant lui. Le bateau ralentit pour tourner dans un petit canal. Un gondolier, debout à l'arrière de sa gondole, ramait en chantant pour les touristes qu'il transportait. Quand le bateau-taxi s'aligna en douceur le long du quai, Lubin affichait un sourire béat. C'était tout simplement magique. Maxime râla en descendant du bateau.

– Quatre-vingts euros ! Ça m'a coûté quatre-vingts euros !

– T'as le chic pour gâcher le plaisir des autres, dit Lubin.

– Bagage, rétorqua Maxime en dépliant le plan de la ville. Hum… Oui, c'est par là.

Leur palais était à deux pas. Le propriétaire, un homme âgé et élégant, les attendait pour leur remettre les clés et leur donner quelques consignes. Les pièces, meublées avec goût, étaient glaciales. Ah oui… la chaudière venait juste d'être rallumée. Il y avait des chauffages électriques dans les chambres si vraiment il faisait trop froid. Il faudrait patienter encore trois ou quatre heures pour avoir de l'eau chaude. Lubin écoutait avec étonnement son père plaisanter avec le charmant vieillard. Puis celui-ci prit congé en leur souhaitant un bon séjour.

– Humide, hein ? commenta Maxime. Il y a même du moisi sur les murs !

Lubin ouvrit une fenêtre pour admirer le canal juste en dessous.

– Ben oui, répondit-il. On a les pieds dans l'eau ! Ça pue, d'ailleurs. Mais c'est génial, ici, non ? T'as vu les lits à baldaquin ? On se croirait dans un conte de fées ! Je parie que notre proprio est un noble, un duc ou un truc de ce genre. J'ignorais que tu parlais aussi bien italien.

– Je suis plein de ressources. Bon… Si on veut manger, il faut faire des courses.

– On n'a qu'à aller au resto.

– T'as une idée du prix des restaurants à Venise pendant le carnaval ?

Lubin soupira, exaspéré.

– Tu peux penser à autre chose qu'à ton pognon ?

Maxime s'assit dans un fauteuil en velours rouge. Il sortit son petit carnet de notes d'une poche de son blouson.

– Oui. Programme des réjouissances… Alors, j'ai du travail, des gens à rencontrer. En clair, je ne te veux pas dans mes pattes. Il y a deux jeux de clés. Tu en gardes toujours un sur toi.

Maxime consulta sa montre et réfléchit pendant un moment.

– D'abord, on fait le tour du quartier pour que tu puisses te repérer. On en profitera pour acheter de quoi dîner. Il y a un plan de Venise dans mon sac. Prends-le, il te sera utile.

– Tu vas me laisser tout seul ? demanda Lubin, soudain un peu inquiet.

– Tu es un grand garçon, non ? Il y a plein de monde partout, tu ne risques rien à condition de respecter quelques principes de précaution élémentaires. Premièrement, tu planques bien ton argent. Les voleurs à la tire adorent la foule. Deuxièmement, tu vérifies que personne ne te suit, surtout quand tu reviens ici. Troisièmement, tu ne vas pas boire un verre avec quelqu'un que tu ne connais pas et tu n'acceptes aucune invitation à une fête privée, même si l'offre vient d'une jolie fille. Quatrièmement, si tu as l'impression d'être surveillé ou qu'une personne inconnue insiste lourdement pour te payer un chocolat chaud, tu te réfugies illico dans une boutique bourrée de touristes et tu me téléphones immédiatement. C'est pour ça que j'ai pris un abonnement international pour nos deux portables. Ça m'a coûté cher, ça aussi.

– Merci, papa. Maintenant, j'ai carrément la trouille !

– Ce n'est pas parce qu'on a un paratonnerre que la foudre va tomber dessus. En revanche si on n'en a pas, il y a un risque que la foudre détruise la maison. Mais je n'ai pas l'intention de t'abandonner à ton triste sort, rassure-toi. Je fais ce que j'ai à faire et je profite du carnaval. Pas venu jusqu'ici pour rien…

Maxime arracha une feuille de son carnet pour dresser la liste des courses. Lubin jeta un coup d'œil dans la cuisine et revint avec un grand sourire.

– Il y a une machine à café ! Elle est incroyable, elle a plus de chromes qu'une Harley-Davidson !

Maxime se leva d'un bond. En voyant la machine argentée, il poussa une exclamation de ravissement. Il tourna la molette qui servait à envoyer de la pression pour faire le cappuccino, il tripota le porte-filtre et le pilon pour tasser le café, il ouvrit le compartiment pour l'eau et actionna le bras de levier.

– Il m'en faut une comme ça, déclara-t-il. Y a que les Italiens pour fabriquer ces petites merveilles.

Maxime, qui avait un sens de l'orientation assez exceptionnel, conduisit son fils avec assurance jusqu'à la Ruga Vecchia di San Giovanni où il savait trouver une épicerie de la meilleure réputation. Leur repas du soir prit des allures de festin : délicieuses viandes froides, fromages variés et pâtes farcies. Sans oublier le café et les feuilletés à la crème…

Lubin, fatigué par le long trajet et l'excitation, s'effondra dans son lit à baldaquin vers 22 heures. Il avait prévu de se lever tôt et de profiter au maximum du lendemain, premier jour du carnaval.

Dans le salon, Maxime avalait café sur café. Comment convaincre la comtesse Drazzi de le recevoir ? En réalité, la vraie question était plutôt : comment obliger le majordome à lui ouvrir la porte ? Maxime n'était pas sûr que Francesca Drazzi soit réellement maîtresse chez elle. Elle lui avait jeté une coupe par la fenêtre. Drôle de méthode pour faire passer un message… Craignait-elle d'être espionnée par ses propres domestiques ? Vianney de la

Tour Audelange prétendait que la comtesse utilisait son médecin personnel pour lui communiquer des informations. Quand celui-ci auscultait sa patiente, il demandait certainement à être seul avec elle. Ce qui permettait à la comtesse de lui parler en toute discrétion. Hum… oui. Entrer dans la maison était un sérieux problème. Maxime avait remarqué qu'un jardin entourait le palais. Franchir le mur n'aurait pas été difficile s'il n'avait pas eu une clavicule cassée.

Il se coucha tard et eut du mal à trouver le sommeil. Il mit ça sur le compte de ses préoccupations. Les cinq tasses de café bien serré n'y étaient pour rien, évidemment.

Le lendemain matin, Lubin bondit de son lit en hurlant joyeusement.

– Carnaval, me voilà ! On y va ? On y va ? dit-il en surgissant dans la cuisine.

Maxime lui lança un regard sombre.

– Où ?

– Piazza San Marco, tiens ! Il y a le concours des plus beaux masques ! Hé, dis ! Faut que tu me montres le chemin !

– C'est à l'opposé de là où je vais ! Sers-toi du plan, c'est fait pour ça.

– Ben, tu vas où, toi ? demanda Lubin, déçu.

– Dans le quartier de Santa Croce, rendre visite à la signora Fedra.

Il lui fallait le bracelet de Blandine. Quelques gros billets persuaderaient sans doute Fedra de s'en dessaisir. La grosse femme ne roulait pas sur l'or.

– Et c'est joli comme quartier ?

– C'est le moins touristique de Venise. Le plus populaire aussi, ce qui fait son charme. Peut-être que le spectacle des mosaïstes au travail t'intéresserait.

Lubin sauta sur l'occasion. Il n'avait pas envie d'être tout seul. Le petit déjeuner avalé (et les trois cafés pour Maxime), père et fils se mirent en route. Le soleil brillait déjà sur la ville et, malgré le froid mordant, il était plaisant de se promener. Les touristes n'étaient pas encore nombreux en raison de l'heure matinale. Certains, cependant, s'attardaient déjà devant les vitrines où les commerçants avisés avaient exposé masques et loups à vendre.

Maxime s'aventurait dans les petites ruelles sans la moindre inquiétude. Au bout de dix minutes, Lubin eut la certitude qu'ils tournaient en rond. Il fut très surpris quand ils débouchèrent sur une placette dominée par une modeste église. Il s'aperçut que son père examinait les alentours attentivement. Puis, quand il fut sûr que personne ne les avait suivis, Maxime indiqua du doigt l'atelier du mosaïste au fond d'une cour.

– Toi, tu admires le monsieur qui fabrique ses tesselles et tu m'attends là sans bouger. Compris ?

D'une tape dans le dos, il poussa Lubin sous le porche. Lui-même emprunta l'escalier crasseux. Il frappa à la troisième porte. Il entendait du bruit de l'autre côté du battant mais on ne lui ouvrait pas pour autant. Il frappa de nouveau. Une voix grave, très reconnaissable, finit par répondre.

– Qu'est-ce que c'est ?

– Signora Fedra ? Vous vous souvenez sans doute de moi. Je suis venu, le mois dernier. Je vous avais donné cinq cents euros pour que vous puissiez aller au baptême de votre petit-neveu.

Un verrou fut tiré et la porte s'entrouvrit. Le visage tuméfié de Fedra apparut dans l'entrebâillement.

– Que vous est-il arrivé ? s'inquiéta Maxime.

– C'est cette espèce de salaud, répondit Fedra.

– Genovese, devina Maxime. Vous avez porté plainte ?

Fedra haussa les épaules.

– À quoi bon ? Mais c'est la dernière fois que je le laisse dormir chez moi.

– Pourquoi l'avez-vous encore accueilli alors qu'il vous avait volé votre argent ?

– Il m'avait promis de me rembourser. Il avait déniché un petit boulot soi-disant… M'a menti. Il est revenu ivre un soir et il m'a tapé dessus parce que je ne voulais pas lui filer des sous.

Fedra se redressa, son énorme poitrine en avant. Maxime remarqua alors qu'elle portait une robe de chambre.

– M'suis défendue, vous savez ! Il est reparti les mains vides, ce salopard !

– Tant mieux, dit Maxime. Mais vous devriez porter plainte.

Fedra eut soudain l'air triste et Maxime ressentit de la pitié pour cette pauvre femme.

– Allez, j'ai de quoi vous remonter le moral ! déclara-t-il.

– Ah bon ?

– J'ai une proposition à vous faire. Vous aviez un collier doré lors de notre précédente rencontre. Vous y aviez accroché une chaînette en argent avec des breloques…

– Pfout ! fit Fedra. Un cadeau pourri de cette ordure de

Silvio. Même pas à ma taille !

– Je suis disposé à vous racheter ce bracelet.

Fedra fronça les sourcils et l'observa bizarrement.

– Ben… J'sais pas trop… Pourquoi vous le voulez ?

– Genovese l'a volé. Je voudrais le rendre à qui de droit.

– J'aurais dû m'en douter, soupira Fedra. Combien vous m'offrez ?

– Deux cents. C'est beaucoup plus que sa valeur réelle.

Comme il la voyait hésiter, Maxime sortit des billets de la poche intérieure de son blouson et les lui tendit.

– Cinquante de plus, annonça-t-il.

Fedra s'empara des billets qu'elle glissa dans son soutien-gorge. Elle s'absenta quelques instants dans une pièce au fond.

– Je suis désolée, dit-elle en revenant. J'ai eu du mal à l'enlever du collier. J'ai dû casser l'anneau d'un côté.

– Un anneau, ça se remplace. Merci, Fedra. Et prenez soin de vous.

Fedra lui donna le bracelet et sourit avant de refermer la porte. Maxime descendit avant de regarder le bijou en détail. Il fut un peu étonné en découvrant que les pendentifs invisibles sur la photo de Blandine étaient des chiffres : 1 et 3.

– Alors là, je pige pas… murmura-t-il.

Lubin fut content de voir arriver son père. Le mosaïste parlait sans discontinuer depuis dix minutes. Apparemment, ça ne le gênait pas que Lubin ne comprenne pas un mot. Au grand dam de Lubin qui voulait s'en aller au plus vite, Maxime entama une longue discussion avec l'artisan. Quand, enfin, Maxime se décida à prendre congé, le mosaïste lui donna une accolade comme à un de ses amis.

– Je suis fort pour embobiner le monde, commenta Lubin, mais tu es plus fort que moi. Comment tu fais ?

– Première règle du détective à la recherche d'informations : paraître inoffensif. Je suis le genre de brave gars à qui les vieilles dames confient leur porte-monnaie. Toi, on s'attend à ce que tu partes avec en courant !

– T'as pas l'air si inoffensif que ça.

– Ce n'est pas une question de physique, quoique ça aide d'être joli garçon… C'est une question de comportement. Toi, tu fais la gueule. Moi, je souris. Toi, tu prends les gens de haut. Moi, je me mets à leur niveau. Toi, tu te vantes en bombant le torse. Moi, je reste modeste en rentrant les épaules.

– Mais c'est pas vrai ! protesta Lubin. J'suis pas comme ça !

– Voilà. Tu viens juste de prouver ce que je disais. Tu t'es dressé sur la pointe des pieds pour te grandir, tu m'as contredit et tu fais la gueule. Tu es capable de te montrer charmant quand tu veux obtenir quelque chose. Ce n'est pas suffisant pour faire un bon détective. Tu dois apprendre à t'adapter aux circonstances et aux personnes. Avec un marin pêcheur, on cause de pêche. Avec la reine d'Angleterre, on attend qu'elle vous adresse la parole ! Il faut être un caméléon.

Maxime s'arrêta de marcher.

– Continue dans cette direction. Quand tu arriveras à une impasse, prends une rue à droite puis une autre à gauche dès que possible. Normalement, ça devrait te ramener vers le Campo San Polo. Quand tu y seras, demande le chemin vers le ponte di Rialto. Traverse le pont et suis la foule. Elle te conduira à la piazza San Marco.

– Mais toi, tu vas où ?

Maxime hésitait à lui répondre. Lubin croisa les bras, fâché.

– Tu ne m'as même pas raconté ce qui s'est passé avec Fedra et maintenant tu me fais des cachotteries !

– On avait un accord, lui rappela Maxime. Tu m'obéis sans discuter, c'était la condition pour que je t'emmène à Venise.

– Oh, ça va, ça va… bougonna Lubin. Et où on se retrouve ?

– Au Caffè Florian, dans deux heures. C'est sur la place, tu ne peux pas le rater ! Allez, zou ! Du balai !

Il fit mine de lui botter les fesses. Lubin haussa les épaules, enfonça ses mains dans les poches de sa parka et partit droit devant lui. Flûte, quoi ! Comment allait-il devenir détective si son père le tenait à l'écart de son enquête ? Pas juste…

Si Maxime ne voulait pas de la compagnie de Lubin, c'était surtout pour le protéger. Car il désirait se rendre à la gare. La période du carnaval représentait une aubaine pour les mendiants. Les touristes étaient plus enclins à donner la pièce que les habituels hommes d'affaires en provenance de Suisse. Il y avait de fortes chances que Silvio Genovese traîne à Santa Lucia. Maxime serra les poings en repensant au visage tuméfié de Fedra. Genovese ! Cette sale brute ! Cet assassin d'enfants ! Cette fois, il fallait qu'il parle !

Des voyageurs, serrés comme des sardines en boîte,

tentaient de sortir de la gare tous en même temps. Maxime eut un mal fou à se frayer un chemin. À l'approche des quais, il l'aperçut.

Silvio Genovese vociférait en gesticulant. Il avait bu au-delà du raisonnable et il avait l'alcool mauvais. Il ne s'en prenait pas aux touristes, il insultait les poubelles. Maxime s'arrêta pour étudier la situation. L'homme était dangereux et lui n'était pas au mieux de sa forme. Il fallait l'aborder avec prudence, l'adoucir avec la promesse de gagner quelques euros. Soudain Genovese s'immobilisa et regarda Maxime fixement. Nul doute qu'il le reconnaissait. Bêtement, Maxime lui adressa un petit signe amical.

Il se passa alors la seule chose que Maxime n'avait pas prévue. Silvio Genovese fit brusquement demi-tour et se mit à courir en zigzag vers l'extrémité du quai. Maxime cria : « Non ! » Il se précipita à la poursuite de Genovese, mais trop tard pour l'empêcher de sauter sur les voies. Un employé de la gare qui avait tout vu rejoignit Maxime au bout du quai.

– Ah ! C'est pas vrai ! soupira-t-il. Un de ces jours, cet imbécile va se faire écra… aaaaaaah !

Sous leurs yeux, Genovese venait de trébucher et de s'effondrer sur les rails. Un train de marchandises arrivait au ralenti. Genovese se releva péniblement, s'écarta des rails, agitant les bras pour garder l'équilibre. La locomotive heurta un de ses bras, envoyant Genovese valser contre un poteau sur lequel il rebondit violemment. Sonné par le choc, il vacilla dans l'autre sens. Sa veste accrocha un morceau de métal qui dépassait de l'arrière d'un vieux wagon. Genovese tomba de nouveau. Incapable de se défaire de sa veste, il fut traîné sur le sol sur plusieurs mètres. Maxime l'entendit hurler. La veste s'était finalement déchirée et les jambes de Genovese furent happées par les roues du train. L'employé de la gare se couvrit le visage, saisi d'effroi.

– Appelez les secours ! lui ordonna Maxime.

Le train de marchandises freina dans un crissement strident. Maxime s'assit sur le bord du quai et se laissa glisser sur le ballast puis courut vers le corps inerte. Les jambes broyées n'étaient plus qu'une bouillie de chair et de sang. Maxime supposait que Genovese était déjà mort, quand il le vit bouger la tête. Il s'agenouilla près de lui.

– Ah, c'est toi... murmura Genovese.

Un rayon de soleil illumina le bracelet d'argent que Maxime avait sorti de sa poche.

– Oui, c'est moi. Tu te souviens de ça, Silvio ?

– La petite...

– Oui, Blandine.

– Non... La petite... Rosa...

– Rosa ? Rosa Cordoni ?

Les yeux de Genovese devenaient opaques. La vie s'échappait des plaies béantes à chaque battement du cœur.

– Elle s'est mise à prier... On aurait dit un ange...

Maxime frissonna. Il avait envie de vomir, mais il n'allait pas renoncer maintenant.

– Des noms ! Je veux que tu me donnes des noms ! Qui t'a payé pour tuer les enfants ?

Genovese chercha l'air en haletant comme un chien malade. Sa main agrippa le blouson de Maxime.

– Le Crocodile… Je l'ai vu… Le Crocodile…

La main desserra son étreinte et retomba lourdement.

– Des noms ! hurla Maxime, désespérément.

29

Venise, le 12 février 2012

Maxime, la main sur la machine à café, regardait dans le vide. Il avait un sacré coup de blues.

– Papa ? Papa !

Maxime se retourna. Lubin portait son déguisement au complet. Il lança :

– Tadam ! Est-ce que je ne suis pas absolument sublime ? Qu'est-ce que ça démange, cette perruque…

– Pourquoi tu la gardes, alors ?

– Parce que je suis trop beau avec. Et avec le mal que j'ai eu pour caser mes cheveux dessous, il n'est pas question que je l'enlève !

– Je t'avais dit d'aller chez le coiffeur.

Maxime actionna le levier de la machine. Lubin avait espéré tirer un sourire à son père. C'était raté.

– C'est pas ta faute s'il s'est fait écraser, papa. Et puis, c'était un sale type.

Maxime regrettait d'avoir tout raconté à Lubin. Il n'avait pas vraiment eu le choix. Il avait été obligé d'attendre la police pour témoigner de ce qui s'était passé. Il s'était présenté comme un simple touriste en quête d'informations sur les horaires des trains. Les policiers connaissaient Genovese depuis longtemps et ils ne parurent guère étonnés. Ils n'allaient pas se fatiguer pour un ivrogne. Accident. Affaire classée. Maxime était arrivé très en retard au rendez-vous qu'il avait fixé avec son fils. Lubin avait immédiatement remarqué qu'il n'allait pas bien. Alors Maxime s'était confié à lui et en avait éprouvé un certain soulagement. Mais il se reprochait maintenant d'avoir mêlé son fils à cette histoire.

– Bon, tu le bois, ton dixième café ? fit Lubin sur un ton enjoué. C'est bientôt l'heure de l'ouverture officielle du carnaval. J'veux pas manquer le vol de l'ange, moi !

Il regagna le salon pour s'admirer encore une fois dans le magnifique miroir au cadre doré. Maxime lui emboîta le pas.

– Téléphone, portefeuille, plan de la ville, énonça-t-il. Tu les mets où ? Il n'y a pas de poches dans ton déguisement !

– Je n'en ai pas besoin, tu viens avec moi, non ?

– Et tu n'as pas peur de peler de froid ?

– Ah, c'est prévu ! J'ai mis un tee-shirt à manches longues en dessous !

– Fait moins deux dehors.

– Ma perruque me tient chaud. Heu… tu pourrais peut-être porter ma parka au cas où…

– Hein ? Dis donc, t'as plus quatre ans !

Lubin se mordilla les lèvres d'un air embêté. Puis soudain, une lueur éclaira ses yeux bleus.

– Je te propose un marché !

– Je doute que ça m'intéresse.

– Je suis sûr du contraire ! On passe la journée ensemble et on profite du carnaval. Tu prends ma parka et, si je me gèle vraiment, je la mettrai.

– C'est ça, le marché ? s'exclama Maxime. Qu'est-ce que j'y gagne ?

– J'ai pas fini. En échange, je te promets que, demain, je réussis à te faire entrer chez la comtesse !

– Comment ? demanda Maxime, les sourcils froncés.

– Ah, ah ! C'est mon secret ! ricana Lubin. J'ai une idée et je te jure qu'elle est bonne !

– Et si tu échoues, je me suis fait avoir, c'est ça ?

– Si ça rate, je me coupe les cheveux.

– Je m'en fous de ça, moi ! Non… hum… Je te supprime ton argent pendant trois mois.

– M'aurait étonné que tu n'en profites pas pour me sucrer mon pognon… bougonna Lubin. Pari tenu.

Malgré les efforts de son père pour lui tirer les vers du nez, Lubin refusa d'en dire davantage. Quand ils sortirent, Lubin frissonna mais il résista à la tentation d'enfiler sa veste. Il faut souffrir pour être beau…

Tout le monde convergeait vers la piazza San Marco pour assister au vol de l'ange. Le spectacle était déjà dans la rue. Au pied du ponte di Rialto, deux hommes jouaient de la musique en frottant des verres plus ou moins pleins d'eau. Des femmes maquillaient les enfants, dessinant sur leurs visages réjouis des têtes de chat ou de tigre. « Marquises » et « ducs » prenaient la pose devant les touristes armés d'appareils photo. Lubin se fit d'ailleurs photographier à plusieurs reprises. Il était trop content !

Visiteurs et Vénitiens avaient envahi la grande place.

Un gigantesque fil de fer reliait le Campanile à une estrade montée pour l'occasion. Le maire de Venise, magnifique dans son costume, arrivait tout juste. Il saluait de la main en se frayant un chemin à travers la foule.

Une clameur s'éleva soudain. En haut de la tour, des silhouettes venaient d'apparaître. Lubin donna un coup de coude à son père.

– Ça y est ! J'aperçois l'ange !

L'« ange », en l'occurrence une jeune fille, était manipulé assez rudement par des techniciens habillés de noir. En réalité, on lui passait un harnais. Et brusquement, sous les applaudissements de la foule, l'ange se jeta dans le vide. L'ange glissait, accroché au filin, en agitant les bras. C'était un peu ridicule. Le harnachement n'était pas non plus très esthétique. Il fallait quand même du courage pour se lancer d'une telle hauteur.

L'ange atterrit sur l'estrade où monsieur le maire le délivra avec quelques difficultés de son crochet. La jeune fille était très souriante et elle ne semblait pas avoir été effrayée par son impressionnante descente dans les airs. Voilà. Le carnaval de Venise avait officiellement commencé !

– Elle est mignonne, tu ne trouves pas ? demanda Lubin.

Maxime acquiesça vaguement. Il pensait à Rosa Cordoni, un petit ange… assassiné. Lubin, qui ne voulait pas avouer qu'il avait froid, déclara avoir très faim. Ils se réfugièrent dans une *osteria,* un bar-restaurant bondé comme partout dans Venise. Maxime obligea son fils à mettre sa parka, lui promettant une bonne crève s'il n'obéissait pas. Ils passèrent l'après-midi à se promener dans la ville, s'amusant d'une partie de foot improvisée entre joueurs en costumes d'époque ou s'émerveillant du spectacle des gondoles sur le Grand Canal conduisant d'étranges personnages masqués vers une destination inconnue. Lubin, après s'être goinfré de *frittelle veneziane,* des beignets au rhum et aux raisins, se plaignit d'avoir mal aux pieds. Il était temps de rentrer et de se reposer.

Arrivé à l'appartement, Lubin s'empressa de se débarrasser de la perruque et de laver ses cheveux poisseux et tout aplatis. Rien de tel qu'un shampooing pour se sentir en pleine forme.

– Qu'est-ce qu'on mange ? demanda-t-il.

– Tu plaisantes ? Tu tiens vraiment à être malade ?

– J'ai un estomac d'autruche. Il y a des gnocchis et de la charcuterie, non ? Un peu de fromage, peut-être aussi…

Il disparut dans la cuisine et réapparut aussitôt.

– Le voyant de la cafetière indique que l'eau est chaude. C'est toi qui vas être malade avec tous les cafés que tu bois !

Lubin était toujours sérieux quand il s'agissait de nourriture. Comme son père n'avait aucune envie de préparer quoi que ce soit, il s'occupa de dresser la table et de réchauffer les gnocchis. Après le dîner, Lubin s'installa dans le canapé avec le guide de conversation en italien, une feuille de papier et un stylo. Maxime l'observa avec intérêt.

– Tu fais quoi ?

– J'ai besoin de connaître quelques mots, répondit Lubin.

– Je parle italien, je te rappelle.

– Je me débrouille très bien tout seul. Ah parfait ! Il y a un dictionnaire à la fin du bouquin…

Lubin gribouilla sur sa feuille, puis la plia soigneusement.

– Voili, voilou ! Je suis prêt pour demain !

– C'est-à-dire ?

– J'ai parié que je réussirai à te faire entrer chez la comtesse. Ah… oui. Montre-moi où est son palais, sur le plan.

Maxime déplia le plan sur la table. Il indiqua la minuscule ruelle qui menait au palais Drazzi.

– Il y a un endroit où tu pourrais te cacher ?

– Pour quoi faire ?

– Parce qu'il ne faut pas que le majordome te voie. Je vais m'arranger pour qu'il sorte. Dès qu'il sera dehors, tu devras foncer.

– En espérant qu'il ne referme pas la porte derrière lui en sortant…

– T'inquiètes… Bon, une fois que tu es dans la place, moi, je file en courant. Alors, pour revenir jusqu'ici, il faudra que je passe par cette rue et puis par celle-là… Mouais, pigé. Tu sais où te planquer ?

– Le mur du jardin est fortifié par de larges piliers de pierre, trop petits pour être qualifiés de tours, mais il doit être possible de se cacher derrière l'un d'eux. Il vaudrait quand même mieux que le majordome regarde de l'autre côté !

– Ça, j'en fais mon affaire, ricana Lubin en se frottant les mains. Maintenant, dodo ! Je suis vanné…

Lubin partit se coucher et Maxime se fit… un petit café.

30

Venise, le 13 février 2012

Maxime fut surpris de voir son fils de nouveau costumé. À une petite différence près… il n'avait pas remis les chaussures à talons.

– Pourquoi tu t'es déguisé ? demanda Maxime.

– Parce que c'est le carnaval, banane ! C'est la meilleure façon de ne pas éveiller les soupçons ! Et avec la perruque et le masque, on ne peut pas m'identifier.

– Ça le fait pas trop, tes godillots d'alpiniste !

– Ben… j'avais mal aux pieds. Et puis je risquerais de me tordre les chevilles en courant. Si t'as fini ton dixième expresso, on pourrait y aller. Ah, je t'ai piqué ta chemise en polaire. Ce n'est pas pour me tenir chaud, c'est parce qu'il y a une grande poche qui ferme avec un bouton. J'ai mis les clés dedans.

– Je me disais aussi que t'avais grossi pendant la nuit.

– Elle est vraiment très moche, ta chemise.

Maxime lui balança une claque dans le dos.

– Allez, mauvaise troupe ! Prouve-moi que tu es le plus malin ! Après ton père, évidemment.

– Mon plan est d'une telle simplicité que ça ne peut pas

rater. Sauf, bien sûr, qu'il faut posséder les qualités d'un grand comédien. Comme bibi.

Lubin enleva le tricorne et fit des moulinets dans l'air avant de s'incliner.

– Bibi, pour vous servir, monseigneur.

– Tu commences à m'inquiéter.

Lubin poussa une exclamation en ouvrant la porte. Le beau temps avait laissé la place à un brouillard froid, à la blancheur laiteuse. Les conditions étaient idéales pour eux. Il serait beaucoup plus facile pour Maxime de se cacher.

À l'approche de la ruelle qui conduisait au palais Drazzi, ils s'arrêtèrent. Comme à son habitude, Maxime observa soigneusement les alentours, scrutant les visages des personnes qui émergeaient soudain de la brume.

– C'est bon… murmura-t-il. Rasons le mur. On ne pourra pas nous apercevoir depuis les fenêtres du palais.

– Avec cette purée de pois, y a peu de chance…

– Règle générale du parfait petit détective : ne jamais rien tenir pour acquis. Nous ne sommes pas invisibles, mon jeune apprenti.

– Oui, maître ! ricana Lubin.

Maxime marchait devant. Les bruits de la ville, étouffés par les nappes de brouillard qui dérivaient lentement, ne furent bientôt plus perceptibles. Lubin se sentit envahi par une excitation mêlée de peur. C'était une sensation tout à fait délicieuse.

– À toi de jouer… souffla-t-il. Si tu as l'impression que ça tourne mal, tu files sans hésiter, compris ?

Lubin acquiesça. Maxime s'accroupit pour passer de l'autre côté de la porte. Il continua, courbé en deux, jusqu'au pilier suivant. Là, il se redressa et se colla contre le mur. Lubin se souvint des conseils de son professeur de tir à l'arc. Concentration maximale. Calmer les battements de son cœur en respirant profondément. À la une, à la deux… et à trois, on y va.

Lubin fonça vers la porte. Il frappa au battant des deux poings, sonna à plusieurs reprises en poussant des hurlements.

– *Aiuto ! Aiuto !* Au secours ! Au feu ! *Al fuoco !*

Le judas coulissa soudain.

– Qu'est-ce que c'est ? Allez-vous-en !

Lubin pointa le doigt vers un point imaginaire vers le haut de palais.

– Au feu ! Votre maison est en feu ! *Fuoco !* Appelez les pompiers ! Aïe, aïe, aïe ! *Fuoco !*

Le vieux majordome de la comtesse sortit précipitamment, le nez en l'air.

– Où ça ? Où ça ? s'affola-t-il.

Maxime tenta sa chance. Il jaillit de son recoin, se faufila dans le dos du majordome, entra et claqua la porte derrière lui. Il tira même le verrou, au cas où le domestique aurait les clés sur lui.

Lubin ne s'attarda pas et s'enfuit en criant :

– Poisson d'avril !

Le majordome resta bouche bée. Maxime prit le temps de s'accoutumer à la pénombre qui régnait dans le hall. Ils gardaient toujours les volets clos dans cette maison… La sonnette retentit. Le majordome avait repris ses esprits. Et il n'était pas content. Maxime leva brusquement la tête vers l'étage. Il avait entendu un léger grincement sur les lames du parquet.

– Bonjour ! lança-t-il. N'ayez crainte, je ne vous veux aucun mal ! Je désire seulement m'entretenir avec madame la comtesse !

Une silhouette noire se détacha du mur et disparut dans une pièce.

– Bien… je prends ça pour une invitation à monter !

Il gravit l'escalier et se dirigea vers la pièce en question. Il entendait toujours le grincement. Il en découvrit la source : quelqu'un se balançait dans un fauteuil à bascule. Debout, à côté, une femme âgée, habillée d'une robe noire protégée par un tablier blanc, le regardait. Maxime s'avança, les sourcils froncés.

– Comtesse Drazzi ?

Maxime avisa une lampe, qu'il alluma. La lumière éclaira le visage ridé de la vieille dame qui se balançait. La domestique se pencha pour remonter la couverture sur les genoux de celle-ci.

– Madame la comtesse n'est plus vraiment là, monsieur, dit-elle.

– Alzheimer ? supposa Maxime.

– Oui, monsieur. Permettez que j'aille ouvrir à Albano. Il va finir par casser la sonnette.

– Je vous en prie, répondit Maxime.

Il éteignit la lumière et emboîta le pas à la domestique. Arrivé au milieu de l'escalier, il éclata de rire.

– Joli, madame la comtesse ! J'admire votre rapidité à vous adapter à la situation !

La vieille femme se retourna puis eut une sorte de ricanement bref.

– L'admiration est réciproque, monsieur Dancourt ! Comment avez-vous deviné ?

– Ah, j'avoue que le tablier blanc m'a d'abord trompé. Et puis, j'ai remarqué les chaussures… Celles de la prétendue comtesse, plates et lacées, et les vôtres, des mules en velours. Pas très difficile de comprendre laquelle de vous deux s'occupe du ménage… Qui plus est, je doute qu'une simple femme de chambre porte un rubis – de combien, deux carats ? – autour du cou !

– Deux et demi.

La comtesse tira le verrou. Le majordome entra en fulminant.

– Tout va bien, Albano. M. Dancourt est un ami.

Albano grommela indistinctement. Francesca Drazzi invita Maxime à la suivre. Il fut surpris d'être conduit dans la cuisine. La comtesse avisa un bocal en céramique sur lequel était inscrit « sel ». Elle en ôta le couvercle et sortit… un paquet de cigarettes. Elle en proposa une à Maxime qui déclina l'offre.

– Mon médecin serait fâché, dit-elle en allumant sa cigarette. Mais à mon âge… quelle importance si je fume ?

Elle s'assit à la table. Maxime l'imita.

– Vianney de la Tour Audelange m'a affirmé que vous étiez terrorisée. Excusez-moi, vous n'avez pas l'air terrorisée du tout !

– De la Tour Audelange ne croit que ce qu'il veut bien croire. Je ne prétends pas n'avoir jamais eu peur. J'ai eu des raisons de craindre pour ma vie. Comme vous pouvez le constater, je ne suis pas encore morte. J'en ai déduit que j'étais protégée.

– Par qui ? Pourquoi ?

– Il y a des règles qu'on ne transgresse pas.

– D'accord ! soupira Maxime. Commençons par le début. Il y a d'abord une question qui me turlupine… Pourquoi m'avoir envoyé un message par la fenêtre ?

– Parce que je ne souhaitais pas vous parler avant que vous ayez compris le rôle que Vianney avait tenu.

– Vous auriez pu me l'expliquer au lieu de me laisser avec une énigme !

– Que vous avez résolue, n'est-ce pas ? Je l'avoue, j'appréhendais de vous rencontrer. Même si c'était inévitable…

La comtesse écrasa sa cigarette dans le cendrier et en alluma une seconde aussitôt.

– Monsieur Dancourt, j'ai fait des choses dont je ne suis pas fière. Pourtant, je ne regrette rien. Mon seul juge sera Dieu. J'ai la faiblesse d'espérer que saint Michel fera pencher la balance du bon côté…

– Vous avez assassiné votre mari ?

– C'est vrai. Il a sacrifié notre petite-fille ! Comment aurais-je pu lui pardonner un tel acte ?

– Pourquoi Blandine ? Il était possible de trouver une autre victime, non ?

– Les filles ne comptent pas dans ma famille.

– Quoi ? fit Maxime, abasourdi.

– J'en parle en connaissance de cause. Vous pensez que je comptais, moi ? Blandine a eu la malchance de naître la mauvaise année et d'être Capricorne ascendant Capricorne. Ugolino, qu'il brûle en enfer, y a vu un signe. Blandine était désignée par le destin. Quel honneur pour les Drazzi !

– Mais enfin, s'énerva Maxime, qu'est-ce que tout ça signifie ? Qui donc a intérêt à massacrer des enfants ? Pour apaiser le Crocodile de Venise ? Quelle foutaise !

– Ils ne veulent pas les tuer. Ils n'ont pas le choix. Aussi étrange que cela puisse vous paraître, monsieur Dancourt, ils sont persuadés d'agir pour le bien de ce monde.

– Oui, ça, pour être étrange… marmonna Maxime. Qui, « ils » ?

– Un café ?

– Euh ? Oui, merci.

La comtesse se leva pour brancher la cafetière.

– Je vais vous raconter une histoire, monsieur Dancourt. Vous allez sans doute me prendre pour une vieille folle. Et cependant, les faits que je vais vous relater ne sont pas imaginaires. Les protagonistes de cette histoire ne sont ni des monstres ni des déments. Ce sont des gens sains d'esprit et animés des meilleures intentions. Pour comprendre ce qui se passe aujourd'hui, il faut remonter des siècles en arrière. Peut-être aussi loin que l'apparition de l'*Homo sapiens sapiens*.

– Il va me falloir plus d'un café, remarqua Maxime.

– Dès que l'homme s'est différencié de l'animal, il a cherché à expliquer les événements qui se produisaient dans son monde. Et sa première question, celle que nous nous posons encore, est : qu'y a-t-il après la mort ? Alors, l'homme a enterré ses défunts, il leur a rendu un culte et il a créé les dieux. Mais il ne s'est pas arrêté à ça. Il a observé et c'est ainsi que, dès l'aube de l'humanité, *il a vu…*

– Vu quoi ?

– Appelons-les « les dragons ».

– Des créatures fantastiques ? On est dans la mythologie, là !

– Oui, vous avez raison. Des légendes et des mythes sont nés de ces observations. Ils servent à transmettre un savoir ancestral, encore faut-il être capable de les décrypter. De tout temps, il y a eu des élus, des chamans, des devins, des prêtres, des astrologues, des sectes et des sociétés secrètes… qui ont détenu les clés de ce savoir. Même si, souvent, ils se sont trompés sur l'interprétation de cette connaissance, ils ont agi en croyant sincèrement qu'ils œuvraient pour le bien de tous.

– Vous voulez dire : en perpétuant des rites et des sacrifices ?

– Exactement. Prenez l'exemple du Crocodile de Venise. Les premiers habitants de la lagune n'ont pas imaginé un monstre qui rôdait dans les eaux. Ils le voyaient. Pour le calmer ou le faire partir, ils lui ont offert des victimes humaines. De nos jours, ça nous semble stupide et horrible. Pourtant, ils n'étaient ni idiots ni sanguinaires. Et ceux qui étaient les plus intuitifs et les plus clairvoyants ont compris quelque chose… C'est que, pour se débarrasser du Crocodile, il fallait améliorer la méthode. Ils ont donc étudié le problème. De ce petit groupe d'élus a surgi une organisation qui a traversé les siècles jusqu'à nous.

Francesca Drazzi posa deux tasses pleines sur la table et s'assit.

– Et on doit le massacre de San Michele à cette organisation ? demanda Maxime. Enfin, comtesse ! Il n'y a pas de crocodile dans la lagune de Venise !

– Si. Il revient à la dernière pleine lune de certaines

années bissextiles à treize lunes.

– Madame ! s'insurgea Maxime. Vous ne prétendez quand même pas que vous l'avez vu ?

– Bien sûr que non. Et pour cause… J'ignorais tout ça jusqu'à ce qu'Ugolino m'avoue ce qu'il avait fait et pourquoi.

– Vous l'avez drogué et torturé pour qu'il avoue, n'est-ce pas ? Ce n'est pas très fiable.

– Sauf que ce qu'il m'a dit expliquait tout ce dont j'avais été le témoin depuis mon enfance.

– Votre enfance ? répéta Maxime, les sourcils froncés.

– Mon père. Il était l'un d'eux. Et pas des moindres. Non seulement il était un physicien émérite mais il était aussi devin, j'irais jusqu'à dire prophète. Il a longtemps dirigé la Sphère et on l'appelait le Grand Initiateur.

– La Sphère ? C'est le nom qu'ils se donnent ?

– Oui, en référence à la sphère céleste. Le nom est récent. Il vient de l'immense découverte faite par mon père.

Gaetano Torelli, le Grand Initiateur. Il accéda au poste de Magister, autrement dit de chef, de la société secrète qui ne s'appelait pas encore la Sphère en 1943. Il réussit à convaincre les autres initiés que la Seconde Guerre mondiale était le résultat d'un profond déséquilibre de l'Univers (rien que ça). Il lutta, d'ailleurs – et c'est tout à son honneur –, contre le fascisme italien et Mussolini. S'il avait su que ses successeurs emploieraient des néonazis à la petite semaine pour exécuter les basses besognes ! Quelle cruelle ironie ! Torelli consacra sa vie entière à essayer de comprendre pourquoi notre monde était à ce point affecté et comment résoudre le problème.

Avant lui, les initiés croyaient simplement que des entités, les dragons, hantaient certains lieux, mettant en péril les hommes qui vivaient à proximité. Au début, les sacrifices pour chasser les entités ne se révélaient pas très efficaces. Les dragons ne partaient pas, ils se calmaient juste pendant un moment. À ces époques lointaines, les sorciers et les devins régnaient en maîtres. Ils faisaient ce qu'ils pouvaient avec les moyens dont ils disposaient. Puis les savants s'allièrent aux magiciens. Ils avaient à leur crédit bon nombre de découvertes surprenantes. D'abord, « ça marchait mieux » quand on sacrifiait de jeunes victimes. Ensuite, il a fallu un nombre égal de filles et de garçons. Puis les astronomes-astrologues du groupe, en ces temps-là c'était pareil, remarquèrent que c'était encore mieux si les victimes étaient nées la même année, mais pas les mêmes mois. À la fin du XIXe siècle, ils savaient que les victimes devaient être douze, chacune d'un signe différent et de préférence nées une année bissextile à treize lunes. Parce que, à la dernière pleine lune de l'année du sacrifice, ils créaient quelque chose de bien plus puissant que les entités.

Et arriva Gaetano Torelli. Il fut le premier à comprendre ce qui se passait.

– Les dragons ne sont pas de notre monde. Là est l'explication.

À cet instant de ce délirant récit, Maxime en était à son troisième café et il avait commencé à fumer les cigarettes de la comtesse.

– 88… murmura Maxime. Deux infinis parallèles. Un autre Univers… qui a des fuites !

– Des points de contact, plus précisément. Ce que les astrophysiciens modernes appellent des « trous de ver », des tunnels spatio-temporels reliant des Univers entre eux. Une porte dans l'espace-temps… Les initiés du passé renvoyaient les dragons par le tunnel, mais ils ne refermaient l'ouverture que temporairement. À leur décharge, ils n'avaient aucune idée du mécanisme en action. La méthode inventée par mon père devait permettre une fermeture définitive.

– J'imagine qu'elle n'a pas fonctionné.

– Par manque de précision. Ça fait un siècle que la Sphère expérimente divers procédés d'une manière à proprement parler scientifique.

Maxime eut un hoquet moqueur.

– Scientifique ! En pratiquant des sacrifices rituels ? Allons donc !

– Il ne s'agit pas de ça du tout. Je vous l'ai déjà dit : on ne tue les enfants que parce qu'on n'a pas le choix. Ce n'était pas le cas auparavant, je vous le concède.

– Résumons, proposa Maxime. Votre père et de prétendus initiés ont émis l'hypothèse que des trous de ver s'ouvraient entre chez nous et chez M. et Mme Dragon. Pourquoi pas ? Des savants tout à fait sérieux envisagent l'existence de ces fameux tunnels. Une petite remarque pendant que j'y pense : c'est quand même fou que personne d'autre ne s'en soit aperçu ! Un trou dans l'espace-temps au milieu de la lagune de Venise, ça devrait se voir, non ?

– Il ne reste ouvert que très brièvement, quelques millisecondes, rétorqua Francesca Drazzi. Qui plus est, à certaines périodes seulement. Et ceux qui ont pris la peine de regarder ont vu, justement.

– Admettons. La suite me laisse pour le moins perplexe. Pour refermer la porte, à cause des courants d'air je suppose, on n'aurait rien trouvé de plus efficace que d'égorger des gens ? C'est plus que risible, c'est absolument débile !

– À l'origine, les sacrifices servaient à apaiser le Crocodile.

– Ah ! Elle a de drôles de goûts, la bébête !

– Ce que fait la Sphère à l'heure actuelle n'a plus aucun rapport avec ce qui se pratiquait avant.

– Ben tiens ! On sélectionne douze gamins selon leurs dates de naissance et on les assassine. Ouais, c'est très scientifique tout ça.

– Vous pouvez persifler autant que vous voulez, répondit la comtesse, un brin exaspérée, mais c'est ce que font les initiés. Si vous me permettez de poursuivre…

Retour à Gaetano Torelli. Lequel prétendait recevoir des messages d'un au-delà qu'il était bien le seul à connaître. Notre propre Univers était, selon lui, représenté tout entier dans le Zodiaque. Le Zodiaque s'incarnait sur la Terre dans des personnes qu'il qualifiait de « pures », c'est-à-dire ayant un signe et un ascendant identiques. Ce n'était pas une condition suffisante. Ces personnes, six filles, six garçons, devaient également être nées une année bissextile à treize lunes et très précisément à la nouvelle lune de chaque mois. Ce qui, de fait, compliquait les choses. La Sphère avait donc imaginé de programmer les naissances. Des initiés étaient choisis pour faire des bébés… promis à une mort horrible. Ces parents étaient formés pour ne pas s'attacher à leurs rejetons. Il y avait, d'ailleurs, une autre raison à ça : les enfants devaient être isolés affectivement de façon à les amener à rechercher une figure parentale de remplacement. Un papa de substitution, en quelque sorte.

– La thérapie. Pour un lavage de cerveau en règle.

– En effet, acquiesça Francesca Drazzi. C'est la première étape.

– Vers quoi ? demanda Maxime.

– Vers la création de l'égrégore. C'est ça, la grande découverte de mon père.

Maxime s'accorda le temps d'allumer une cigarette.

– Égrégore… force produite par les émotions d'individus unis par une pensée commune.

– Vous m'impressionnez, monsieur Dancourt. Vous ne me dites pas que ce sont des foutaises ?

– Non, répondit Maxime. L'égrégore pourrait expliquer le désir de violence d'une foule entendant le discours d'un dictateur, les hallucinations collectives ou les massacres perpétrés par des soldats. La volonté du groupe anéantit celle de l'individu. C'est particulièrement frappant quand on lit les interrogatoires d'auteurs de crimes sataniques. Ils disent toujours qu'ils étaient dans un état second au moment des meurtres ou qu'ils avaient obéi à des voix qui les traitaient de lâches et de faibles. Certains affirment qu'ils ne ressentaient plus rien, qu'ils étaient froids comme de la glace. Souvent, ils ne savent pas pourquoi ils ont commis ces horreurs. Les tueurs de ce type agissent très rarement seuls. Dans leur pauvre vocabulaire, le mot « diable » est employé. Mais ça pourrait bien être la même chose que l'égrégore.

– Dans vos exemples, vous êtes très négatif, remarqua la comtesse. D'après vous, le groupe influence les personnes. Ce qui peut arriver, d'ailleurs. L'impression d'être protégé et intouchable parce que caché au sein du groupe conduit aux pires comportements. Or ce n'est pas de ça que je vous parle.

L'égrégore, selon la Sphère, était une énergie vivante, dotée d'une personnalité différente de celles des individus qui la créent, une force autonome et indépendante. En clair : une entité.

– Cette entité peut tout à fait être positive et bénéfique, précisa Francesca Drazzi. Elle apporte un bien-être incomparable aux enfants du Zodiaque. Du moins, au début… En réalité, c'est une drogue dont il est bien difficile de se passer. Ce qui explique pourquoi les enfants choisis poursuivent la thérapie pendant des mois sans manquer une séance !

– Mais, s'étonna Maxime, ils comprennent ce qu'est l'égrégore ?

– Non. Ils appellent ça la Chaîne d'unité. À la fin de chaque séance, ils forment un cercle et unissent leurs mains. Le thérapeute débite d'abord quelques banalités d'apparence très politiquement correcte. La conclusion l'est nettement moins puisqu'il est clairement énoncé que la Chaîne d'unité est une énergie pure qui les guide vers la lumière. Les enfants y croient car ils subissent les effets de l'égrégore. La Sphère est, cependant, prudente et évite pendant un long temps de mettre les douze signes en présence. Elle ne le fait que lorsqu'elle est sûre de contrôler les élus, notamment en leur imposant le silence. Les enfants sont surveillés de près par leurs parents, néanmoins il existe toujours le risque qu'ils parlent à un non-initié.

– Technique classique de toutes les sectes en somme : séparer les membres de leur famille, de la société, du monde « normal »... Leur donner de l'amour, de l'importance, les convaincre qu'ils sont des élus comme vous dites, et qu'ils détiennent la Vérité avec un grand V. Pourquoi prendre des jeunes de seize ans ?

– C'est le résultat de nombreuses années d'expérimentations. Il semblerait qu'à cet âge ils soient suffisamment forts pour supporter l'égrégore, ce qui est une condition nécessaire... Ils sont aussi fragiles psychologiquement, donc facilement manipulables.

– Si vous connaissiez mon ado de fils, vous ne le trouveriez ni fragile ni manipulable ! plaisanta Maxime.

– Les enfants du Zodiaque sont isolés affectivement. C'est pour ça que ça marche.

– Alors, si j'ai bien suivi, votre père et ses amis ont conçu une méthode pour obtenir une énergie dans le but de renvoyer le Crocodile dans le tunnel de l'espace-temps.

– Pour mon père, le Zodiaque était la clé de notre Univers. Une clé au sens propre, *qui ouvre et qui ferme*. Il est donc indispensable que le Zodiaque soit représenté sur Terre au travers d'individus des douze signes. L'égrégore est plus qu'une simple énergie, monsieur Dancourt. C'est la clé elle-même.

– Pourquoi tuer les enfants ?

– Si, par malheur, on laissait l'égrégore survivre, il échapperait à tout contrôle. N'oubliez pas qu'il s'agit d'une entité, mue par sa propre pensée. Impossible, sans doute, d'imaginer les ravages qu'il pourrait causer, mais les initiés sont persuadés qu'ils seraient terribles. En tuant les enfants qui, je vous le rappelle, sont l'incarnation du Zodiaque sur Terre, on renvoie la clé d'où elle vient.

– Et si on se contentait de cohabiter avec le Crocodile ?

– Impossible ! Tant qu'il est là, le tunnel peut s'ouvrir à tout moment ! Il y a un risque majeur de collision entre les deux Univers ! Autrement dit, une destruction totale des deux côtés !

Maxime constata avec dépit que la cafetière était vide. Cette conversation l'épuisait. La comtesse, en revanche, paraissait en pleine forme.

– Tout ça, c'est ce que vous a appris Ugolino… sous la contrainte. Franchement, vous y croyez, vous ?

– C'est ce que croyait mon père. Je ne comprenais pas quand j'étais jeune. Je voyais ces étranges messieurs tenir réunion dans ma maison et j'entendais parfois leurs discussions. C'était très abstrait pour moi. Je sentais bien qu'ils parlaient de choses graves mais je n'avais pas d'explication. Maintenant, je l'ai. Et ce n'est pas tout… Mon père était un prophète. Il considérait Ugolino comme le fils qu'il n'avait pas eu. Il a fait de lui l'héritier de ses secrets. Mon mari… pas moi.

– Quel genre de prophéties ?

– Il a donné des dates. 1996 était une année de grands dangers d'après lui. D'où le massacre de San Michele… 2012 serait cruciale.

– Ah, chouette ! s'écria Maxime. Je me demandais quand on allait arriver au calendrier maya !

– J'ignore complètement si mon père en avait connaissance. Par contre… il y a Nostradamus.

– Ah oui ! ricana Maxime. Où avais-je la tête ? Nostradamus a prédit la fin du monde pour le 21 décembre 2012 ! Ce qui est formidable, là-dedans, c'est que ces prophéties-là sont sorties d'on ne sait où… car – comme c'est pratique – il est question d'un manuscrit miraculeusement retrouvé récemment ! Juste au bon moment pour que quelques petits malins fassent leur beurre avec.

– Saviez-vous que Nostradamus était appelé à son époque Nostradamus de Carcassonne ? Il était originaire de cette ville par la branche paternelle. Il a vécu à Carcassonne, ainsi qu'à Narbonne et à Toulouse… où vous habitez, n'est-ce pas ? Nostradamus était un grand voyageur et figurez-vous qu'il était à Venise dans les années 1548-1550. À cette période, les condamnés à mort étaient jetés pieds et poings liés dans un canal, au milieu de la nuit… Ces noyades étaient un peu trop nombreuses pour n'être que des exécutions de criminels. Le Crocodile rôdait, c'est certain. En tant qu'astrologue et prophète, Nostradamus était forcément en contact avec les initiés de Venise. Il était peut-être même l'un d'eux !

– Aucune preuve de ça. Gaetano Torelli aurait-il transmis à votre époux des informations plus précises ?

– Oui. Ugolino m'a appris que mon père avait en sa possession un manuscrit original de Nostradamus…

– Perdu, je parie, l'interrompit Maxime.

– Pas du tout. Il existe toujours. Il est en possession du Magister de la Sphère. Ugolino pouvait réciter la prophétie de Venise par cœur en latin. Je vous en livre la traduction. *En la terrible année cinq, bien haut péril sera, du sang du ciel douze renaîtront, union des deux étoiles, la brillante et la pure, le dard du scorpion frappera et la balance rendra justice.*

– Année cinq ?

– La réduction de 2012. 2 + 0 + 1 + 2 = 5. La suite est parfaitement claire. Les douze enfants du Zodiaque, les étoiles unies, une brillante et une pure, sous-entendu : les soleils des deux Univers entrant en collision… Les initiés de la Sphère se demandent encore pourquoi Nostradamus a choisi le Scorpion et la Balance entre tous les signes.

Francesca Drazzi s'accorda une pause. Elle observait Maxime avec un sourire ironique.

– C'est là que je tiens ma plus belle revanche sur les assassins de ma petite Blandine. Lesquels ont commis l'erreur de me laisser la vie, sans doute par respect pour mon père. Je peux vous dévoiler la fin de la prophétie. Qui, jusqu'à ce jour et à cette minute, n'est connue que de moi seule.

– Comment est-ce possible ?

– J'étais présente quand mon père est mort. Il était très malade et inconscient la plupart du temps. Dans un sursaut, il s'est redressé alors que la nuit tombait. Je n'avais pas allumé la lampe et il faisait sombre. Il a senti qu'il y avait quelqu'un près de lui. Il a appelé Ugolino. Je n'ai pas répondu mais je lui ai pris la main. Il a cru qu'il s'agissait de mon mari. Alors il a parlé. Nostradamus lui était apparu dans son sommeil. Il m'a raconté son rêve. J'ai gardé ce secret jusqu'à aujourd'hui. Pour vous, monsieur Dancourt.

– C'est beaucoup d'honneur, répondit Maxime.

– Non. Je compte sur vous pour mener ma vengeance à son terme.

– Je suis nettement moins honoré…

– J'ai compris que vous étiez le Scorpion et la Balance quand Vianney de la Tour Audelange m'a fait part de sa volonté de punir les coupables du massacre de San Michele. Entendez par là, les vrais responsables. Les autres, il les avait déjà éliminés. Il m'a écrit une lettre où il me priait de vous recevoir. Ça va vous sembler étrange, mais il avait joint à son courrier la carte du ciel du détective qu'il avait engagé ! Il pensait que je serais sensible à vos qualités mises en évidence par votre portrait astrologique. Je l'ai été, en effet, mais pas pour les raisons qu'il s'imaginait !

– Vous lui avez dit certaines choses à mon sujet, n'est-ce pas ?

– Je ne m'en suis pas privée. J'espérais qu'il vous les répéterait et que ça vous inciterait à poursuivre votre enquête.

– Ouais… bien vu. À propos, si vous pouviez me donner les noms et les adresses de ces « vrais » coupables, ça m'arrangerait.

– Je le ferais volontiers si je détenais ces informations.

– Même pas un nom ?

– Hélas, non.

– Pourtant, je suis persuadé du contraire.

– Pourquoi ? demanda la comtesse Drazzi, sincèrement surprise.

– Je m'en expliquerai plus tard. Continuez, je vous prie. Que vous a raconté Gaetano Torelli sur son lit de mort ?

– Voici ses dernières paroles : *Les ténèbres régneront quand douze est inversé et court le loup dans l'ombre du Paradis, l'archange prêtera son glaive au plus grand, à la lumière de Dieu.*

– Clair comme de l'eau de roche !

– C'est à la manière de Nostradamus, difficile à déchiffrer ! Cependant, il y a quelques évidences. L'archange avec un glaive, c'est saint Michel qui préside à la pesée des âmes. Il est symbole de justice, donc c'est le signe de la Balance. *Le plus grand,* monsieur Dancourt ! Je n'ai jamais été aussi excitée que lorsque j'ai découvert que le détective choisi par Vianney se prénommait MAXIME !

– Ce qui n'est peut-être qu'une coïncidence.

– Isolément, oui. Mais vous êtes bien Scorpion ascendant Balance. Ça fait beaucoup de coïncidences.

– Je ne suis pas convaincu. Qu'est-ce que c'est que ce *douze inversé ?*

– J'y ai longuement réfléchi. Si on l'écrit en chiffres, on obtient 1 et 2. Inversé, c'est 2 et 1. Je pense que c'est une date. 21 de l'année 12. Autrement dit le 21 de 2012, un mois où *les ténèbres régneront*. J'ai vérifié sur un calendrier. Il y a deux nouvelles lunes, donc deux nuits complètement noires, en 2012 qui tombent un 21. Le 21 février et le 21 avril. En ce qui concerne *et court le loup dans l'ombre du Paradis,* je l'avoue, je ne sais pas.

Maxime serra les poings sous la table de la cuisine. Le sang quitta brusquement son visage. Francesca Drazzi ne s'en aperçut pas car elle s'était levée pour refaire du café. Maxime secoua la tête et essaya de cacher son trouble quand la comtesse revint s'asseoir.

Maxime. Du latin, *le plus grand*. Lubin. Du latin, *le petit loup*.

31

Venise, toujours le 13 février 2012

La comtesse Drazzi sortit un paquet de cigarettes neuf du bocal de sel.

– Vous ne croyez pas aux prophéties, dit-elle. C'est votre droit. D'ailleurs, peu importe. La Sphère, elle, existe bel et bien. Vous pouvez être sûr qu'elle prépare la prochaine création de l'égrégore qui aura lieu à la dernière pleine lune de l'année. Le 28 décembre, précisément. Savez-vous ce que l'on fête ce jour-là sur le calendrier chrétien ? Le massacre des Saints-Innocents. Ça ne s'invente pas !

Elle alluma une cigarette. La flamme du briquet illumina brièvement son visage.

– Vous avez les mêmes yeux, remarqua Maxime.

Francesca Drazzi ne répondit pas immédiatement.

– Oui. J'ai les yeux vairons, moi aussi. Mais ceux de Blandine étaient exceptionnels. On y voyait nettement le dessin de triangles bruns, verts et mordorés.

– Je ne parlais pas de Blandine.

La comtesse eut un haut-le-corps, choquée par le ton cassant de Maxime. Elle le regarda en face puis cligna rapidement les paupières à plusieurs reprises.

– Décidément, monsieur Dancourt, vous êtes un homme surprenant.

– Je suis surtout un homme observateur qui se pose des questions. Et il y en a une qui me tracassait particulièrement. Il se trouve que vous m'avez apporté la réponse en disant qu'on vous avait laissé la vie parce que votre père était le Grand Initiateur de la Sphère. Et ce, malgré le fait que vous ayez assassiné votre mari. J'en ai déduit que vous n'étiez peut-être pas la seule dans ce cas. Si on épargne la fille… pourquoi pas quelqu'un d'autre ?

– Être de la famille n'aura pas aidé Blandine, dit amèrement la comtesse.

– Parce qu'Ugolino était persuadé qu'elle était désignée par le destin. Maintenant, revenons à ce membre de la Sphère que vous connaissez forcément. Vu son âge et le vôtre, il est évident que vous l'avez eu très jeune. Vous ne l'avez pas élevé. Il ne porte pas le nom des Drazzi. J'en conclus qu'il n'est pas le fils d'Ugolino.

– En effet. J'étais jeune, amoureuse et stupide. Comment ai-je pu espérer que mon père allait accepter que j'épouse qui je voulais ? Il avait choisi Ugolino. On ne me demandait pas mon avis. Quand j'ai compris, j'ai fait la chose la plus idiote qui soit.

– Vous avez fait en sorte d'être enceinte. J'imagine le tableau. Gaetano Torelli a dû entrer dans une rage folle ! Alors, on vous a enfermée entre quatre murs, vous avez accouché à la maison et on vous a enlevé votre fils dès sa naissance. On l'a confié à… qui ? Des initiés ?

– C'est certain. J'ignorais tout de la Sphère à l'époque.

On m'a convaincue qu'un couple d'honorables personnes l'avait adopté. Mensonge… Là aussi, j'ai été d'une sottise coupable.

– Gaetano a dû être contrarié que vous n'ayez qu'une fille avec Ugolino. Alors votre fils, quoique bâtard, n'en demeurait pas moins un descendant des Torelli. Un héritier mâle.

Maxime se mit à rire.

– Gaetano aurait été terriblement déçu du résultat ! Ah ! J'admets que votre rejeton est d'une intelligence rare ! Une intelligence qu'il a mise au service d'une grande cause : détruire ceux-là mêmes qui l'avaient instruit et initié ! Apparemment, la vengeance est inscrite dans les gènes ! Telle mère, tel fils !

– Je n'ai éliminé que mon mari et il le méritait. Lui a assassiné des enfants, ce n'est pas comparable !

– Ce n'est pas ce qu'il a fait. En tuant quatre des enfants condamnés par la Sphère, il en a sauvé huit. Quatre plutôt que douze. L'arithmétique est cruelle… Certes, c'est assez horrible mais il n'y avait peut-être pas d'autres solutions.

– Parce que vous pensez qu'il se préoccupait de les sauver ? Allons donc !

– Non, je ne suis pas naïf à ce point. Cependant, je reste persuadé que le but du Dr Dahner n'a jamais été de tuer des innocents. Ce n'est qu'une tragique conséquence d'un plan diaboliquement exécuté. Et qui, vous en conviendrez, soulève beaucoup de questions quant à la fameuse méthode de la Sphère. À cause d'Irwin Dahner, il a été impossible de créer l'égrégore en 2004, faute de combattants si j'ose dire… Eh bien ! Notre Univers n'est pas entré en collision avec celui de l'autre côté du tunnel de l'espace-temps, il me semble !

– Il y a une bonne raison à cela. 2004 n'était pas une année à hauts risques. Je vous renvoie à la prophétie de Nostradamus. C'est 2012, le problème !

– Je vais être conciliant. Supposons que ce soit vrai. Pourquoi avoir sélectionné douze gamins en 2004 si ça ne servait à rien ?

– Parce que, comme je vous l'ai déjà dit, la Sphère expérimente depuis des siècles. Le massacre de San Michele a prouvé l'efficacité de la méthode inventée par mon père en évitant une catastrophe majeure. Il a aussi malheureusement révélé que l'égrégore n'était pas assez puissant ou le procédé pas assez précis. 2004 était la seule année bissextile à treize lunes restant avant 2012. La dernière chance d'améliorer la méthode. Pour les initiés, avoir manqué ce rendez-vous, c'est dramatique. Ils n'ont plus droit à l'erreur. Si, la prochaine fois, l'égrégore n'est pas en mesure de refermer le tunnel de manière définitive, ce sera la fin du monde.

– Trop tard d'après les Mayas ! C'est bête, le monde aura déjà disparu le 28 décembre !

– Il y a beaucoup de gens qui affirment que les Mayas n'ont jamais prétendu que le monde serait détruit. Ils auraient prédit le début d'une ère nouvelle, c'est très différent. Et, dans ce cas-là, il n'y a pas de contradiction entre les deux prophéties.

– Vous avez réponse à tout. Juste par curiosité... Irwin Dahner a-t-il essayé de vous contacter après la mort d'Ugolino ? Il sait que vous êtes sa mère, j'en mettrais ma main à couper. Et puis, il était lui-même un initié. Il devait être au courant de ce qui se passait.

– Non, je ne lui ai jamais parlé. Et il doit être au courant de bien plus de choses que vous ne le croyez. Selon Ugolino, Irwin est parvenu au sommet de la hiérarchie, ce qu'ils appellent la Sphère supérieure. À ce niveau-là, ils pratiquent la Chaîne d'unité.

– Quoi ? s'exclama Maxime. Ils créent un égrégore aussi ?

– Oh oui ! D'un autre genre, cependant. Ils ont besoin des effets de l'égrégore.

– Vous sous-entendez qu'il s'agit d'une drogue.

– Absolument. Ils s'en servent pour soumettre les membres de la Sphère inférieure. Les parents des élus, en particulier. De cette façon, ils les empêchent de s'attacher aux enfants, de concevoir de l'amour pour eux.

– Ils doivent donc tenir réunion quelque part, supposa Maxime.

– Près de Carcassonne, probablement. Je n'ai jamais réussi à obtenir plus d'informations d'Ugolino à ce sujet. Je sais qu'il y a toujours eu deux groupes distincts, le premier à Venise, le second dans la région toulousaine. Ils se sont repliés sur la France après le grand nettoyage de Vianney.

– Ils l'ont laissé éliminer les parents des victimes. Ça devait les arranger.

– Oui, Vianney leur a rendu service en effaçant leurs traces.

– Et quelles traces ! s'écria Maxime. On ne peut pas dire qu'ils ont été discrets !

– Volontairement. Ce n'est pas si simple de nos jours de faire disparaître douze cadavres. En les abandonnant dans le cimetière de San Michele, ils ont conduit les enquêteurs sur une fausse piste, celle de meurtres sataniques. Jusqu'au XVIIIe siècle, il n'était pas très compliqué de dissimuler les assassinats. Il suffisait de prétendre qu'il s'agissait de condamnés à mort par noyade. À l'heure actuelle, c'est impossible !

– Qu'auraient-ils fait en 2004 si Irwin Dahner n'avait pas contrecarré leur projet ? Les enfants étaient français.

– Oui. Je suppose qu'ils auraient été conduits à Venise, le moment venu.

– Et ça va recommencer… Quel but poursuivez-vous en me parlant ? Vous souhaitez que je les arrête ? N'est-ce pas prendre le risque de détruire le monde ?

– La Sphère a une interprétation de la prophétie de Nostradamus. J'en ai une autre. Il est vrai que je dispose de la prophétie de mon père, pas eux. *L'archange prêtera son glaive.* Ce pourrait être pour tuer le dragon. Ou bien pour que vous mettiez l'épée dans la balance pour faire pencher le plateau du bon côté ! La Sphère se trompe et c'est elle qui nous met en danger !

– Elle se trompe depuis plusieurs siècles ?

– Le tunnel existe, il n'y a pas d'erreur là-dessus. Ce dont je doute, c'est de la méthode pour le refermer. Tous les efforts de la Sphère se portent sur la création d'un égrégore encore plus puissant. J'ai peur que le prochain n'échappe à leur contrôle. Je crois que c'est le sens de la prophétie de Nostradamus. Une mise en garde.

Maxime plongea la main dans son blouson et en sortit le

bracelet de Blandine. La comtesse poussa une exclamation.

– Comment… où l'avez-vous trouvé ?

– Je l'ai récupéré un peu par hasard. Un des exécuteurs de San Michele l'a volé à Blandine. Du moins, c'est ce que je pense.

– Il m'appartenait, répondit Francesca Drazzi. Je l'ai donné à Blandine pour ses quatorze ans. Mon père me l'avait offert à mon mariage. Il m'avait dit qu'il l'avait découvert chez un antiquaire, sans doute pour ne pas avoir à s'expliquer. Au vu des breloques qui y sont accrochées, c'était clairement un mensonge !

– Je comprends les symboles de l'étoile, du dragon, du Scorpion et de la Balance. Mais quid du 1 et du 3 ?

– Aucune idée. N'oubliez pas que je n'ai pas lu le manuscrit de Nostradamus. Il est fort probable qu'il contienne plus que la prophétie de Venise.

– Et ça ne vous a pas paru bizarre que le cadeau de mariage de votre père soit un modeste bijou en argent ?

– En argent ? Voyons, monsieur Dancourt, c'est de l'or blanc !

Maxime hésita quelques secondes puis il tendit le bracelet à la comtesse.

– Il vous revient de droit. Désolé, il y a un anneau cassé.

Francesca Drazzi le remercia, des larmes dans les yeux. Elle resta longtemps à contempler le bracelet dans le creux de sa paume. Leur conversation se poursuivit pendant une demi-heure, puis Maxime prit congé.

Quand il quitta le palais Drazzi, le brouillard s'était épaissi. Son premier geste fut d'appeler Lubin pour le prévenir qu'il arrivait. Il se sentait totalement vidé. Il n'avait qu'une certitude : il devait rentrer en France au plus vite et s'intéresser sérieusement à l'inquiétant Dr Alcibiade Person. Des enfants étaient promis à une mort atroce et il en connaissait deux : Daphné et Hubert.

En marchant, Maxime leva les yeux. Il n'y avait ni ciel, ni soleil, ni nuages. Rien d'autre qu'un voile blanc et froid qui recouvrait la ville. Un linceul sur Venise.

32

toulouse, du 15 au 20 février 2012

À bord d'une voiture de location, Maxime surveillait l'immeuble d'Alcibiade Person. Il sursauta quand Lubin ouvrit brusquement la portière.

– Le docteur diabolique est toujours en train de siphonner le cerveau de ses victimes ? demanda-t-il en s'asseyant.

– Mmm… acquiesça Maxime. C'est quoi, dans ton sac plastique ?

– La bouffe pour ce soir. Dans le bus, j'ai fait des recherches sur mon « fofone ». J'ai trouvé une méthode pour appeler un démon. Un égrégore cousu main. Je parie qu'il est bio.

– Il y a vraiment n'importe quoi sur Internet.

– Ouais. J'ai aussi trouvé cette définition du mot : « Concentration d'énergie produite par les désirs et les émotions de plusieurs individus, pouvant acquérir une puissance indépendante de ceux qui l'ont créée. Il peut y avoir des égrégores bienfaisants ou malfaisants. » Plutôt flippant, non ? Tu crois, toi, que c'est possible que des gens fabriquent une entité par la pensée ?

– Par la pensée, non. Par les émotions, oui. Ce n'est

pas forcément volontaire. Est-ce que tu as déjà ressenti un malaise en arrivant à l'improviste dans un groupe de personnes de mauvaise humeur ? La tension est presque palpable. À l'inverse, on peut avoir une impression de paix en entrant dans une église au moment de la prière. De là à dire qu'une entité apparaît, faut pas exagérer.

– Et les prophéties de Nostradamus ? T'y crois, à ça ?

– Elles existent, c'est indéniable. Les interprétations que certains en ont faites, en revanche, sont plus que douteuses ! La prophétie de Venise rapportée par la comtesse est inconnue. C'est un peu facile de prétendre avoir découvert un manuscrit inédit de Nostradamus.

– C'est super excitant ! Ça fiche la trouille aussi, le calendrier maya et tout ça… Sur mon « fofone », j'ai vu plein de sites sur 2012. Il paraît qu'il y a d'autres preuves en Égypte. La fin du monde serait dessinée sur les murs d'un temple ou d'un souterrain, j'suis plus sûr.

– Ben voyons ! Tiens, je me souviens d'une histoire amusante. Il y a quelques années, un gars qui avait un bouquin à vendre a affirmé qu'on pouvait lire l'avenir dans les pyramides. Les architectes égyptiens les auraient conçues selon de savants calculs pour laisser un message aux générations suivantes. Il suffisait de mesurer les pyramides de tous les côtés pour obtenir des dates. Et il donnait des exemples, évidemment. Comme par hasard, en additionnant, en soustrayant, en divisant ou en extrayant la racine carrée de la distance du truc au machin, on obtenait la date de la mort de Louis XVI ou celle des premiers pas de l'homme sur la Lune. Alors, un petit malin a fait exactement le même genre de calculs et a obtenu exactement les mêmes résultats en mesurant… la niche de son chien.

Lubin éclata de rire.

– Bon, d'accord ! On écrit des tas de bêtises ! N'empêche que la comtesse Drazzi t'a raconté des choses plutôt inquiétantes. T'as pas peur, toi ?

– Oh que si ! Je suis persuadé qu'il y a bien une société secrète qui massacre des innocents au nom d'une théorie absurde.

– Mais papa, tu oublies les prophéties ! Le plus grand, le Scorpion et la Balance, le loup !

– Et si la comtesse avait tout inventé dans le but de me convaincre ? Elle veut se venger. D'ailleurs, elle ne s'en cache pas.

– Et l'éventreur de Blagnac ?

– Un tueur en série qui a des comptes à régler. La seule vérité dans cette sinistre bouffonnerie, c'est qu'il y a des assassins d'enfants.

– Et si la comtesse n'avait pas menti ? Et s'il se passait quelque chose le 21 février ou le 21 avril ?

– Eh bien, si les prophéties disent vrai et si Francesca Drazzi ne se trompe pas sur leur sens, on sera tout de suite au courant.

Maxime tourna la clé de contact et embraya.

– Allez ! On rentre à la maison ! Demain, c'est jeudi, le jour de la thérapie de Daphné et d'Hubert. Il faudrait que je leur parle.

– Ça m'étonnerait qu'ils t'écoutent, ils sont complètement à la masse, les pauvres. Pourquoi tu ne préviens pas la police ?

– Parce que je n'ai aucune preuve. De rien. On ne peut pas arrêter le Dr Person parce qu'il soigne des patients ! J'ai besoin d'informations solides, pas des élucubrations d'une vieille comtesse italienne !

Lubin resta silencieux un long moment, le regard perdu dans le vague. Puis il demanda :

– Tu sais que le 21 février, c'est la semaine prochaine ?

– Oui. Je le sais.

Une bonne nouvelle attendait Maxime sur le répondeur de la maison. Le concessionnaire le prévenait que sa voiture était arrivée avant la date prévue. Il offrait aimablement de la lui livrer. À 18 heures, l'Alfa Romeo gris métallisé était devant la porte.

– Ma Giulietta ! s'exclama Maxime, les bras grands ouverts.

Lubin leva les yeux au ciel en voyant son père caresser la carrosserie d'un air béat.

– Je comprendrais si c'était une Ferrari mais là, franchement…

– J'étais très attaché à la précédente, répondit Maxime. Elle a été courageuse jusqu'au bout. C'est bien le moins que je lui reste fidèle.

– C'est une bagnole, papa, pas une fiancée.

Le concessionnaire, qui avait souri en entendant leur conversation, remit les clés à Maxime en le félicitant de son excellent goût en matière de voitures. Puis il monta dans la camionnette de son collègue qui l'avait suivi pour le ramener chez lui.

– Quand est-ce que tu m'apprends à conduire ? demanda Lubin.

– Quand tu auras dix-huit ans.

– Bé hé ! protesta Lubin. Le père de mon pote Manu, il lui donne des leçons !

– T'avais qu'à pas dire du mal de ma Giulietta.

– Taré... grommela Lubin en rentrant dans la maison.

Pendant que son fils s'occupait du dîner, Maxime prit son carnet de notes sur lequel il avait écrit les deux prophéties de Venise. Quelque chose le titillait... Lubin posa les assiettes sur la table de grand-mère.

– Tu fais ta tête spéciale idée de génie, remarqua-t-il.

– J'voudrais bien. Je crois que la comtesse, et incidemment la Sphère, commet une erreur d'interprétation. *Union des deux étoiles, la brillante et la pure.* Ils supposent qu'il est question des soleils de chaque côté du tunnel entrant en collision.

– Et pas toi ? Pourquoi ?

– D'abord parce qu'il n'y a rien d'inquiétant là-dedans. Le mot *union* a rarement une connotation négative. Il suggère plutôt une alliance, un mariage, voire un couple. C'est pareil pour *brillante* et *pure*. Si tu souhaitais décrire la rencontre catastrophique de deux Univers en une seule phrase, le ferais-tu de cette façon ?

– Ben non, évidemment. Tu as dit « d'abord ». Il y a un « ensuite » ?

– Pourquoi *brillante* et *pure ?* Une étoile brillante, bon, ça coule de source... Mais pure ? Les adjectifs qui viennent naturellement à l'esprit pour décrire un soleil, c'est étincelant ou flamboyant. Pur ? Sûrement pas.

– D'accord. Alors qu'est-ce que ça signifie ?

– Dans ces prophéties, il est intéressant de constater

qu'un mot en cache un autre. *Le Scorpion* et *la Balance* représentent une personne. En l'occurrence, moi. Idem pour *le plus grand,* c'est-à-dire Maxime.

– *Le loup,* c'est bibi !

– Oui. De même pour le mot *douze.* Il qualifie les enfants du Zodiaque. Soyons prudents, nous ne faisons ici que deviner. On peut se tromper. Cependant, si on continue dans cette logique, ne pourrait-on pas en déduire que *brillante* et *pure* symbolisent aussi des personnes ?

– Ouah ! Quand tu te mets à réfléchir, t'es pas décevant ! admira Lubin.

Maxime eut un petit sourire satisfait et énigmatique.

– T'as pas fini ! s'écria Lubin. T'as encore pensé à quelque chose !

– En effet, mon jeune apprenti. Grâce à mon immense savoir des langues vivantes et mortes, je peux affirmer que le mot « brillant » vient du francique *blank.* Le francique, c'est une ancienne langue germanique, celle des Francs.

– Heu… là, je suis largué, papa.

– *Blank,* répéta Maxime. *Blan…ke* qui se transforme en… *Blande.* Ça te rappelle quoi ?

Lubin regarda son père, les yeux ronds.

– Blandine ! dit Maxime. La signification du prénom Blandine, c'est : *la brillante !*

– Et tu me sors ça comme ça ? Tu tiens ça d'où ?

– Moi aussi, j'ai un « fofone ». Fallait bien que je m'occupe en surveillant l'immeuble du Dr Person.

– Et l'autre ? *La pure,* c'est quoi ? Ou plutôt, c'est qui ?

– Origine grecque. *Agnê.* Ce qui donne, hum ? Allons, c'est évident ! Agnès !

– Mais… on ne connaît pas d'Agnès.

– Il y a douze enfants du Zodiaque. On n'a identifié que Daphné et Hubert. Il en reste dix !

– C'est un peu tiré par les cheveux, ton truc. Je te ferai remarquer que Blandine, elle… elle est…

– Décédée depuis des années. Je ne prétends pas comprendre ce qu'a vraiment voulu dire Nostradamus. Je ne fais que des suppositions.

– Ah, alors, tu y crois à la prophétie, avoue !

– J'ai entendu la sonnerie du micro-ondes, répondit Maxime. Va chercher les endives au jambon.

– Ouais, ouais, fit Lubin en se levant. C'est ça, change de sujet ! Tu ne m'auras pas ! Tu t'es trahi !

Après le dîner, Maxime entreprit de faire des recherches sur Internet. Intrigué de le voir fouiller dans son blouson et d'en sortir sa carte bancaire, Lubin jeta un œil sur l'écran de l'ordinateur.

– Des machines à café ! s'exclama-t-il.

– Des machines à café italiennes, corrigea Maxime. Est-ce que celle-ci n'est pas absolument sublime ?

– Pour mille sept cents euros, elle peut… Non attends, tu ne vas pas l'acheter ?

– Bien sûr que si. Et elle vaut son prix.

– Non mais je rêve ! dit Lubin qui lisait le descriptif de l'appareil. Elle est dorée à l'or fin ! T'es radin pour tout le monde, sauf pour toi !

– C'est mon argent.

– Égoïste. Je vais me coucher, demain j'ai mon cours de tir à l'arc. Me fais pas le coup du « j'ai pas le temps de t'y conduire » !

– Non, non, je t'accompagnerai. Giulietta a besoin de rodage.

– Et si elle n'était pas neuve, tu me dirais de prendre le bus ? grommela Lubin, les poings sur les hanches. Merci, ta bagnole passe avant moi !

Maxime ricana en se rasseyant devant l'ordinateur. Il tapa les numéros de sa carte bancaire puis contempla l'image de sa belle machine à café.

Les jours suivants, Maxime surveilla l'immeuble du Dr Person. Le jeudi, Daphné et Hubert vinrent à leur séance de thérapie. Pas de vacances pour la Sphère... Maxime avait espéré pouvoir parler à l'un des deux ados. Malheureusement, ils n'étaient pas seuls et il était impossible de les approcher discrètement. Lubin tenait compagnie à son père une heure ou deux chaque après-midi. Rester en planque était très ennuyeux et il avait l'impression que ça ne servait à rien. La patience n'était pas son fort.

Le lundi soir, alors que Lubin faisait semblant de réviser ses leçons d'histoire tout en suivant un feuilleton américain à la télé, le téléphone sonna. Maxime décrocha dans son bureau. Par la porte ouverte, Lubin l'entendit soudain hurler :

– QUOI ? QUOI ?

Affolé, Lubin leva ses fesses du canapé et se précipita dans le bureau. Il fut frappé par le visage blême de Maxime, effondré dans son fauteuil.

– Comment est-ce arrivé ? C'est insensé ! Oui... oui... Quelle bande de crétins ! Oui, enfin pas leur faute, t'es gentil ! Oui, d'accord... Je prendrai des précautions...

Oui… Ben encore heureux que vous mettiez tout en œuvre pour le retrouver ! Ouais… Merci de m'avoir prévenu tout de suite, Jeff. Salut.

Maxime raccrocha, regarda Lubin et soupira.

– Irwin Dahner s'est échappé.

– Tu plaisantes ? dit Lubin, atterré.

– Non. Dahner a été transporté d'urgence à l'hôpital après avoir eu un malaise cardiaque. Sauf qu'il a sauté de l'ambulance arrêtée au premier feu rouge ! Cardiaque, y a de quoi rire ! Il s'est bien moqué d'eux ! Ne t'inquiète pas, ce n'est pas à moi que Dahner en veut.

Mais à ses anciens amis de la Sphère, ça… oui.

33

de toulouse à foix en passant par montoulieu, le 21 février 2012

Lubin ouvrit les volets de sa chambre et observa la rue. Il avait mal dormi. Malgré les paroles rassurantes de son père, il avait peur que le Dr Dahner ne veuille se venger du flic qui l'avait attrapé.

Maxime sirotait son café instantané, debout, appuyé contre l'évier. Il écoutait les infos à la radio.

– 'Jour, fit Lubin en entrant dans la cuisine. Quelles nouvelles ?

– Irwin Dahner court toujours. Le pays est en émoi, d'après les journalistes. Un tueur en série qui s'échappe de sa prison, ça fait désordre.

– Où il peut s'enfuir ? demanda Lubin, le nez dans le frigo.

– Je doute que son but soit de filer en Amérique du Sud, dit Maxime. Je crois qu'il désire finir ce qu'il a commencé.

– S'il veut flinguer tous ces salauds de la Sphère, je lui souhaite bonne chance !

– Je préférerais les avoir vivants, répondit Maxime. En tout cas, je voudrais récupérer les enfants sains et saufs.

Dahner a assassiné quatre ados en 2004, rien ne prouve qu'il n'ait pas l'intention de récidiver pour nuire à la Sphère !

– Oh, merde... J'avais pas pensé à ça.

Maxime réclama une tartine beurrée à son fils qui s'était attablé pour prendre son petit déjeuner.

– La surveillance de Person ne donne aucun résultat, remarqua-t-il. Il faut que je change de stratégie. Je ne suis sûr que d'une chose : Alcibiade ne s'occupe que de Daphné et d'Hubert. D'après la comtesse, la Sphère évite de mettre trop tôt les douze signes en présence par mesure de sécurité. On peut en déduire qu'il y a au moins un autre thérapeute, voire plusieurs. Alors, où sont les dix élus manquants ? À Toulouse ? Ce n'est pas certain. Mais dans la région, probablement.

– On ne va pas s'amuser à sonner aux portes de tous les psys du coin !

– Ben non. Nous avons un sérieux problème...

Lubin mordit dans son sandwich jambon-cornichons-chèvre-confiture de prunes.

– Latchepri... tche, cracha-t-il, la bouche pleine.

– Pardon ?

Lubin avala un gros morceau, déglutit et répéta distinctement :

– Lâcher-prise. Tu te souviens pas ? Person nous a cassé les pieds pendant un quart d'heure avec ça. « Nous pratiquons ce que nous appelons le lâcher-prise, bla-bla-bla. »

– L'emploi de ce *nous* est intéressant. Parce que, pour autant que je sache, Person est seul dans son cabinet. Sa méthode thérapeutique serait-elle utilisée par des médecins qui n'appartiendraient pas à la Sphère ? Auquel cas, on pourrait peut-être en trouver un qui serait capable de nous dire qui a inventé cette méthode. Et de là, découvrir un thérapeute en rapport avec Person. Et donc, d'autres enfants.

– Internet, répondit Lubin, en se levant.

– Tu me mets des miettes partout ! râla Maxime. Et qu'est-ce que tu veux lancer comme recherche ?

– Lâcher-prise + thérapie + Sphère.

– Ah bah oui ! se moqua Maxime en le suivant dans le salon. Comment n'y ai-je pas pensé plus tôt ? La Sphère a sûrement un site Internet ! Ils y mettent la recette pour obtenir un égrégore, à ton avis ?

Lubin haussa les épaules en allumant son ordinateur.

– La confiture ! cria Maxime. Elle coule sur le clavier ! Tu ne peux pas manger proprement, non ?

Il lui tendit un mouchoir en papier. Lubin finit son sandwich et se lécha les doigts avant d'essuyer les touches du clavier. Puis il tapa : lâcher-prise + thérapie + Sphère. Et resta bouche bée devant le résultat qui s'affichait.

– Quoi ? fit Maxime en voyant sa tête stupéfaite.

– La Sphère Fébus. À Foix. C'est pas très loin, ça, Foix ?

Il cliqua avec la souris et le site de la Sphère Fébus s'ouvrit.

– Groupes de parole pour adolescents… lut-il. Hé ! C'est le même bla-bla que celui du Dr Person !

Maxime tira une chaise pour s'installer devant l'ordinateur. Il parcourut l'intégralité du document. Il n'y avait aucun doute : c'était bien la méthode que leur avait expliquée Alcibiade Person. Mot pour mot. Les témoignages des jeunes étaient enthousiastes. Leurs photos étaient malheureusement floutées. Impossible de les identifier.

Une partie avait prudemment été supprimée du site. C'était celle qui concernait la retraite dans la forêt de Rialsesse. Elle n'avait été mise en ligne par Ernest que dans le but de convaincre Aliénor d'inscrire Bragance à la Sphère Fébus. Dès que la jeune fille avait été piégée, Ernest s'était empressé d'effacer toute mention de la retraite. Mais ça, Maxime ne pouvait pas le savoir.

– Tu as envie de rejoindre un groupe de parole ? demanda Maxime.

– Chouette ! Depuis le temps que j'en rêve ! Je me déguise en rebelle rock comme la dernière fois ? Hum… non. Il faudrait que je me crée un personnage différent… Un intello à lunettes, total ringard, ça t'irait ? Le genre que les voyous rackettent à la sortie de l'école ?

– Faudrait que tu te coupes les cheveux pour qu'on y croie.

– Ah ouais… grimaça Lubin. Et si je me coiffais avec un catogan ? Chemise blanche avec une écharpe noire, pantalon à pinces, chaussures vernies. Look romantique qui fait plier de rire les copains de classe ? Le mec pas du tout en phase avec le monde moderne.

– Ah ! T'aurais dû garder ton costume de marquis ! Effet garanti avec le tricorne ! Sans rire, je préférerais que tu aies l'air normal. De toute façon, je veux d'abord surveiller l'endroit.

– Beuh… soupira Lubin. Encore des heures en planque dans ta bagnole ? C'est pas très fun.

– C'est la base du métier de détective. Cela étant, tu n'es pas obligé de venir. T'avais pas des leçons à réviser, par hasard ?

– Je suis prêt dans dix minutes ! dit précipitamment Lubin. Je prends ma douche, fissa !

– Halte-là ! Reviens ici. Qu'est-ce que tu as à faire que tu n'as pas encore fait ?

Lubin marmonna d'un air ennuyé :

– Pfuit… Exercices de maths… grrmmouf… Ouais, y a aussi la dissertation sur… un livre que j'ai pas lu…

– Je vois. Tu es collé ce matin. Tu fais tes maths.

– Tu ne vas pas y aller sans moi ? Oh… stiouplaît… stiouplaît…

– On partira après le déjeuner. T'as intérêt à t'appliquer. Pas question que tu m'expédies ton boulot en trois coups de cuillère à pot ! Compris ?

Lubin acquiesça. Il était bon en maths, alors il ne s'inquiétait pas trop.

***

Aliénor remplit sa tasse de thé. Bragance lui manquait déjà. Sa fille l'avait appelée la veille dès son arrivée dans la forêt de Rialsesse pour lui dire que le voyage en minibus s'était très bien passé, que l'endroit était superbe et que tout était parfait. Elle semblait tellement ravie que sa mère en était presque jalouse.

Aliénor regrettait d'avoir posé ses jours de congé pour toute la durée des vacances. Elle aurait beaucoup mieux supporté sa solitude si elle avait travaillé. Pour s'occuper, elle avait entrepris de faire le ménage en grand. Nettoyer les vitres, ça vous empêche de tourner en rond comme un lion en cage…

Elle referma le magazine qu'elle feuilletait puis finit de

boire son thé en repensant à leur voyage à Bruxelles et à Paris. Elles avaient partagé de joyeux moments mais, tout le temps du séjour, Bragance avait semblé nerveuse et absente parfois. Oh là ! Déjà 16 h 30 ! Aliénor se secoua. Allons ! Chiffon, cire pour les meubles, aspirateur !

Une fois à l'étage, Aliénor entra dans la chambre de Bragance. Boum. Un gros coup de cafard. Elle s'effondra sur le lit. D'un œil attendri, elle contempla les piles de bouquins par terre. Faudrait vraiment acheter une nouvelle bibliothèque. Aliénor sursauta en apercevant un objet sur le bureau. Elle se leva pour le prendre. Le canif de Bragance. Ou plutôt celui de son père. Bragance le gardait souvent au fond d'une poche où elle pouvait le sentir contre elle. C'était un peu étonnant qu'elle ait oublié le canif sur sa table. Bragance avait la tête ailleurs, ces dernières semaines. Ah mais… bien sûr ! Aliénor aurait dû deviner plus tôt ! Elle se mit à rire. Tout devenait clair : la nervosité de Bragance, ses étranges silences et le fait qu'elle ne racontait jamais rien des réunions à la Sphère Fébus. Elle était amoureuse d'un des garçons de son groupe de parole ! Voilà pourquoi elle avait autant insisté pour participer à la retraite et pourquoi elle était aussi heureuse d'y aller ! En y réfléchissant, c'était l'évidence même. Bragance parlait quelquefois d'Olivia qu'elle aimait bien, mais jamais d'aucun des garçons. C'était un signe, ça.

Aliénor reposa le couteau. Sa main tapota la souris de l'ordinateur. Elle savait que Bragance écrivait un journal. C'était elle qui lui avait suggéré de le faire. Non, elle n'avait pas le droit… Oui, enfin… Bragance était le genre à foncer tête baissée sans songer aux conséquences. L'amour vous pousse à faire des bêtises. Et on ne peut pas faire confiance aux garçons !

Et clic. Animée d'un vague sentiment de culpabilité, Aliénor parcourut la liste des dossiers sur l'écran. Il y en avait un qui s'appelait « moi ». Double clic. Ah ? Verrouillé ? Mot de passe ? Aliénor regarda le canif. Papa ? Non. *Frédéric.*

Aliénor s'assit devant l'ordinateur pour être à son aise. Elle ne s'attendait pas à trouver le descriptif des séances de thérapie. Elle n'arrivait pas à croire ce qu'elle lisait sur l'écran. Rien ne l'avait préparée à ça. Le sang quitta le visage d'Aliénor et elle faillit s'évanouir. Ma fille… MA FILLE !

Elle recula la chaise qui se renversa. Folle de colère et d'angoisse, elle se précipita hors de la chambre. Il fallait qu'elle aille chercher Bragance. Tout de suite ! Au bas de l'escalier, elle réalisa qu'elle ignorait où aller.

– Calme-toi… murmura-t-elle. Oui ! Le site Internet !

Elle se souvenait très bien y avoir vu la présentation de la retraite dans la forêt. Il y avait forcément des détails quant à l'endroit où les jeunes étaient logés. Quelques instants plus tard, Aliénor en était au même point. Tout ce qui concernait la retraite avait été effacé du site de la Sphère Fébus. Aliénor essaya de rassembler ses esprits. Elle songea à téléphoner à Bragance. Oui, mais pour lui dire quoi ? Enfuis-toi en courant ? Bragance ne l'écouterait pas, elle avait subi un lavage de cerveau ! Une secte ? Oui, ça devait être une secte.

– Ernest… C'est lui, l'espèce d'enfoiré qui m'a conseillé

d'envoyer Bragance là-bas ! Je vais le tuer !

Et si elle appelait la police ? Oui, c'était la meilleure chose à faire… sauf qu'elle n'avait pas beaucoup d'informations à donner aux flics. Et puis, ça allait lui prendre des heures pour leur expliquer ! Surtout si elle avait affaire aux mêmes abrutis que ceux qu'elle avait rencontrés quand il y avait eu une tentative de cambriolage au musée.

– Et flûte, et flûte ! Y a urgence ! Je n'ai pas de temps à perdre, moi !

Elle retourna dans l'entrée, enfila ses boots, prit sa parka et ramassa les clés de sa voiture puis elle s'immobilisa, indécise. Elle eut une soudaine illumination.

– Attends une seconde ! Y a quelqu'un qui doit en savoir plus… Cette femme à la Sphère Fébus… Oui, Diane ! C'est ça, Diane ! Alors toi, ma cocotte, tu vas cracher tes dents !

Il n'y a pas plus dangereux qu'une mère qui protège son enfant.

***

Lubin bâilla et se rendormit à moitié. Maxime avait garé la Giulietta le long du quai de l'Ariège. Il s'occupait en observant les rares passants. Jusqu'à présent, aucun d'eux n'était sur les photos qu'il avait emportées. Maxime avait photographié, des jours durant, toutes les personnes qui sortaient de l'immeuble du Dr Person. Il y avait peu de chance que l'une d'elles fréquente la Sphère Fébus, mais c'était possible.

– Oooaaaaah ! fit Lubin en s'étirant. On va poireauter là encore longtemps ?

– C’est toi qui as insisté pour venir.

– Oui, parce que j’espérais qu’il se passerait quelque chose !

– Eh oui… on espère toujours ça…

– J’ai envie de faire pipi.

Maxime soupira et regarda son fils.

– Il y a une bouteille plastique vide sur le siège arrière.

– Ah, ah, c’que c’est drôle ! Comme si j’allais me servir d’une bouteille !

– C’est pourtant ce que font les détectives en planque.

– Je boirais bien un chocolat chaud aussi. Donne-moi des sous pour que j’aille au café.

Maxime ne répondit pas. Il se pencha brusquement en avant. Une femme s’était arrêtée devant l’entrée de la Sphère Fébus et elle secouait frénétiquement la porte fermée. Elle frappa ensuite du plat de la main sur la surface vitrée. Finalement, elle fila des coups de pied dans la porte.

– Elle a pas l’air contente, la dame, commenta Lubin.

Maxime examinait attentivement le comportement de la jeune femme. Après avoir manifesté de la colère par des gestes violents, elle s’était comme figée sur place.

– Elle n’est pas que furieuse, remarqua Maxime. Elle est effrayée. Suis-moi. Joue mon jeu.

Lubin gonfla le torse et rétorqua sur un ton prétentieux :

– Tu me prends pour qui ? Je suis un pro, moi !

– Ce qui faut pas entendre, grommela Maxime en sortant de sa voiture.

Aliénor ne savait plus quoi faire. Elle restait devant la porte close, la tête vide et les larmes au bord des yeux.

– Bonjour ! lança Maxime. Vous travaillez à la Sphère Fébus ?

Aliénor sursauta. Elle n'avait pas vu venir cet homme accompagné d'un grand adolescent.

– Quoi ? Pourquoi ? Qu'est-ce que vous me voulez ?

Agressive et paranoïaque, nota mentalement Maxime. Il sourit comme si de rien n'était.

– C'est pour inscrire mon fils à un groupe de parole. On m'a dit beaucoup de bien de la Sphère.

– Alors, on vous a menti ! cria Aliénor. C'est une secte ! Une secte, monsieur !

– C'est une grave accusation. Vous avez des preuves ?

– Oui ! Non… Enfin, ça ne vous concerne pas ! Moi, je… je vais à la police, monsieur !

– À la police ? répéta Maxime.

Aliénor avait atteint le point de rupture. Elle fondit en larmes.

– Je veux qu'on me rende ma fille… sanglota-t-elle.

Lubin se tourna vers Maxime. Ça lui faisait de la peine de voir cette maman dans cet état et il s'étonnait que son père ne semble pas plus affecté. Maxime était prudent car la comtesse Drazzi lui avait dit que tous les parents des enfants du Zodiaque étaient des membres de la Sphère. Alors de deux choses l'une : ou la fille de cette femme n'était pas une élue – dans ce cas, pourquoi cette dernière voulait-elle aller à la police ? – ou la fille était bien une élue et sa mère avait des remords.

– Et vous ignoriez que c'était une secte ? Vraiment ? dit durement Maxime.

– Quoi ? fit Aliénor, interloquée. Vous croyez que je leur aurais confié ma fille si je l'avais su ?

– Elle s'appelle Agnès ? demanda Lubin. Parce que je

connais une Agnès qui vient ici.

– Agnès ? La folle ?

– Heu… ben… oui… si on veut… bégaya Lubin, pris au dépourvu.

– Elle est en danger, elle aussi ! Faut que je… que je parle à la police…

Maxime la rattrapa par le bras avant qu'elle s'éloigne.

– Parlez-moi, à moi. Madame, je suis détective privé et j'enquête sur la Sphère. Vous comprenez mon intérêt, maintenant.

Aliénor dégagea son bras et le regarda avec défiance.

– Vous avez une carte professionnelle ?

– Bien sûr, répondit Maxime en prenant son portefeuille dans sa poche. Tenez. J'ajoute que j'ai été flic à Toulouse pendant plus de dix ans.

Aliénor examina la carte pendant un bon moment. Puis elle essuya les larmes sur ses joues.

– Et vous faites vos enquêtes avec un garçon mineur ? Excusez-moi, je trouve ça curieux !

– C'est un appât pour m'approcher de la Sphère, dit Maxime. Connaissez-vous le Dr Alcibiade Person ?

– Non. Qui est-ce ?

– Un sale mec… murmura Lubin.

– Qui dirige le groupe de thérapie de votre fille ?

Aliénor serra les poings, ce que ne manqua pas de remarquer Maxime.

– Un dénommé Sylvestre. Et il y a cette femme du nom de Diane à l'accueil. Il n'y a personne aujourd'hui…

– Où est votre fille ?

– Elle est partie avec les autres pour une retraite dans la

forêt. C'était prévu… Je…

Aliénor s'étrangla, incapable de poursuivre.

– Vous quoi ? Vous avez découvert quelque chose, n'est-ce pas ?

Aliénor acquiesça. Elle fit un grand effort sur elle-même pour répondre.

– J'ai lu le journal intime de Bragance. Je n'aurais pas dû mais…

– Mais vous êtes une mère et vous avez senti que votre fille – Bragance, c'est ça ? – était en danger. Je vais vous poser une question un peu surprenante maintenant. Quel est le signe astrologique de Bragance ?

– Bélier…

– Ascendant Bélier ?

– Oui, comment vous… Pourquoi… C'est… C'est dans le journal de Bragance ! Elle a écrit que c'était drôle que ses camarades de thérapie aient tous un signe différent ! Je me souviens que son amie Olivia est Poissons. Qu'est-ce que se passe, bon sang ?

– Il y a vraiment une Agnès dans le groupe ?

– Oui, mais répondez-moi à la fin ! s'énerva Aliénor.

– Encore une question. Comment vous appelez-vous ?

– Aliénor Valonne. Quelle importance ?

Maxime réfléchit quelques secondes.

– « Fofone », ordonna-t-il à Lubin. Cherche-moi la signification d'Aliénor.

– Quoi ? fit Aliénor. Qu'est-ce que mon prénom vient faire dans cette histoire de dingues ?

– Je l'ignore encore, dit Maxime. Une intuition, comme ça…

Lubin arrêta de tripoter son petit écran.

– Ah, c'est bizarre, il y a deux possibilités. Ça pourrait être du grec et ça voudrait dire « compassion ». Ou alors de l'arabe et ça signifierait « Dieu est lumière ». Oh ! Papa ! *À la lumière de Dieu !* Comment t'as deviné ?

– J'avoue que je ne l'ai pas vu venir, ce coup-là.

– Je vais finir par vous taper dessus ! cria Aliénor. De quoi parlez-vous ?

– C'est dans la prophétie de Venise, répondit Lubin. J'y suis, papa y est et vous aussi.

– Hein ? La… quoi ?

– On va tout vous expliquer, promit Maxime. Ce qui risque de prendre un certain temps… D'abord, où se trouve Bragance exactement ?

– Exactement, je ne sais pas, c'est bien le problème ! Si on ne m'a pas menti, ils sont dans la forêt de Rialsesse. Du côté de Rennes-les-Bains. C'est pas tout près.

Maxime prit Aliénor par le bras et l'invita à les suivre. Dans sa voiture, il attrapa la carte routière et la déplia sur le capot. Il posa l'index à un endroit précis. Lubin poussa une exclamation.

– Je le crois pas !

– Crois-le, fiston. C'est là que nous devons aller.

Aliénor se pencha pour voir ce qu'indiquait le doigt de Maxime.

– Col du Paradis, lut-elle. Pourquoi là ?

– Prophétie de Venise, dit Lubin. *Court le loup dans l'ombre du Paradis…* Aucun doute ! Eh ! Papa ! On est le 21 février !

– Bien sûr qu'on est le 21 février, répliqua Maxime en

repliant la carte routière. Eh bien ? Qu'est-ce que vous attendez, madame Valonne ? Montez !

Aliénor le regarda avec des yeux ronds. Pourtant, elle obtempéra sans discuter car il émanait de cet homme inconnu une telle assurance qu'on ne pouvait que lui obéir.

– J'ai toujours envie de faire pipi, dit Lubin.

34

Sur la départementale 117, le 21 février 2012, 17 h 45

Aliénor rompit le long silence qui avait suivi le récit de Maxime en disant :

– J'hésite entre rire et pleurer.

– Je comprends, répondit Maxime. Cette histoire est si délirante que j'ai moi-même du mal à y croire. Cependant, elle repose sur des faits qui, eux, sont indiscutables.

– Vous paraissez être un homme raisonnable et, malgré tout, vous vous fiez à de prétendues prophéties de Nostradamus ? Dont une aurait été révélée dans un rêve à un vieillard agonisant ? Franchement, monsieur Dancourt !

– Oh, je me suis posé beaucoup de questions à ce sujet ! D'abord, je me suis demandé si la comtesse Drazzi n'avait pas tout simplement inventé ces prophéties dans le but de me convaincre. Oui, elle connaissait mon prénom, Maxime, qui signifie *le plus grand*. Oui, elle connaissait mon signe astrologique. Oui, il est possible qu'elle ait appris le prénom de mon fils Lubin, *le petit loup*… Oui, elle pouvait savoir que sa petite-fille Blandine portait un nom qui veut dire *la brillante*. Jusque-là, c'est cohérent avec une création de toutes pièces des prophéties. Seulement voilà… Il est très improbable qu'elle ait entendu parler d'Agnès, autrement dit : *la pure*. Il est également improbable qu'elle ait jamais entendu parler du col du Paradis situé dans la forêt de Rialsesse où la Sphère a emmené les enfants. Et enfin, comment aurait-elle pu vous connaître, vous ? *La lumière de Dieu.*

– *Dieu est lumière* et *à la lumière de Dieu,* ce n'est pas pareil ! rétorqua Aliénor.

– C'est à la manière de Nostradamus, remarqua Lubin. C'est tordu !

– Effectivement, c'est une interprétation, acquiesça Maxime. Admettez qu'elle est plutôt probante. Et comment la comtesse aurait-elle pu deviner que *le plus grand, le petit loup* et *la lumière de Dieu* se rencontreraient un 21 février ? Date qu'elle m'a bel et bien donnée !

– J'ai faim, dit Lubin, fort à propos.

– On s'arrêtera à Lavelanet pour acheter des sandwichs, proposa Maxime.

– Manger ? cria Aliénor. C'est bien le moment de se préoccuper de ça ! Et puis, on se traîne là ! Vous ne pourriez pas accélérer, non ?

– Premièrement, avoir le ventre vide n'est pas un avantage. Deuxièmement, ma Giulietta est en rodage. Troisièmement, la vitesse est limitée à 90. Quatrièmement, je ne pense pas que les enfants soient en danger immédiat.

– Vous avez une arme, au moins ? demanda agressivement Aliénor.

– Oui. Chez moi, dans un coffre.

– Ah bah, bravo ! Vous partez affronter une bande

d'assassins les mains dans les poches ?

– Premièrement, je suis détective privé, pas tueur à gages. Deu…

– Si vous dites deuxièmement, je vous mets mon poing dans la figure !

– J'étais en simple mission de surveillance, je n'avais aucune raison d'être armé ! rétorqua Maxime, énervé. Vous voulez que je retourne à Toulouse chercher mon automatique ?

Aliénor haussa les épaules et croisa les bras. Lubin se tassa sur le siège arrière. Hé bé… Pas commode, la dame ! Si la fille ressemblait à la mère, les dîners en famille devaient être animés !

– Quand vous aurez fini de bouder, reprit Maxime, j'aimerais en apprendre plus sur Agnès.

– Je ne boude pas ! J'essaie de me calmer, nuance ! Agnès ? Je me souviens qu'une fois Bragance m'a raconté qu'Agnès avait passé toute la séance à réciter des poèmes de Victor Hugo. Elle est à moitié folle, cette pauvre gamine.

Les rouages dans la tête de Maxime se mirent en route. Victor Hugo, ça lui rappelait quelque chose… 20 janvier, à Narbonne. Vianney de la Tour Audelange lui avait dit : « J'ai été très surpris quand Blandine m'a déclaré qu'elle n'aimait plus la poésie. Elle qui connaissait par cœur des dizaines de poèmes de Victor Hugo ! »

Maxime n'avait jamais rien dit à son fils sur ce dernier entretien avec Vianney. Pour Lubin, les parents des enfants de Venise avaient été éliminés par la Sphère. Il ignorait que le grand-père de Blandine avait été le commanditaire de vingt-deux meurtres ! Maxime n'ayant aucune preuve, il n'avait pas dénoncé Vianney. Il en gardait certains regrets, mais que pouvait-il y faire ? Vianney était mourant. De toute façon, on ne l'aurait pas envoyé en prison. Maxime se demanda si saint Michel mettrait son épée dans la balance pour sauver l'âme du vieil homme.

– Je suppose que ça ne vous aide pas beaucoup.

Maxime sursauta légèrement au son de la voix d'Aliénor.

– Quoi ? Ah, Agnès… Eh bien si, en fait.

Lubin se pencha en avant pour écouter.

– Il se trouve que Blandine, comme Agnès, était fan de Victor Hugo. Il y a un lien, un lien puissant, entre *la brillante* et *la pure*… Agnès n'est peut-être pas si folle que ça. Je crois plutôt qu'elle est sous l'influence de l'esprit de Blandine.

– Ben tiens ! grommela Aliénor. Un fantôme ! Ça manquait dans le tableau !

– Par comparaison avec le reste, un fantôme, c'est presque normal ! plaisanta Maxime.

Et les rouages de nouveau tournèrent dans la tête de Maxime. Le bracelet de Blandine. Les breloques en or blanc. 1 et 3. Pas simplement les chiffres 1 et 3. Mais le nombre…

– Treize… murmura Maxime si bas que personne ne l'entendit.

Les enfants du Zodiaque n'étaient pas douze. Il y avait une invitée surprise.

35

Quelque part près de Carcassonne, le 21 février 2012, 18 h 15

Ernest avait du mal à croire qu'il avait en face de lui l'éventreur de Blagnac. Irwin Dahner s'appliquait à faire des ronds avec la fumée de son cigare. Confortablement assis dans un fauteuil, il sirotait le whisky que venait de lui offrir le Magister Asdrubal.

– J'ai rempli ma part du marché, dit Asdrubal. Je vous ai fait évader de prison.

– Où vous m'aviez envoyé, remarqua malicieusement Dahner.

– Estimez-vous heureux qu'on ne vous ait pas collé une balle dans la tête.

– Parce que vous ne le pouviez pas ! rétorqua-t-il. Moi mort, vous perdiez toutes vos chances de récupérer le manuscrit de Nostradamus !

Ernest s'agita, manifestant son énervement. Cet odieux individu les narguait.

– Vous avez quelque chose à dire, Ernest ?

– Vous ne semblez pas avoir conscience des problèmes que vous avez causés, répondit Ernest. Et pourquoi ?

Vous espériez vraiment que vous pouviez soumettre un égrégore à vos désirs ?

Dahner éclata de rire.

– C'est ça que vous croyez ?

Asdrubal regarda le Dr Dahner au travers de ses paupières plissées.

– Alors pourquoi ? demanda-t-il.

– Honnêtement ? Pour vous emmerder.

– Quoi ? fit Ernest, stupéfait.

– La méthode de Gaetano Torelli n'est pas bonne, dit Dahner, plus sérieusement. Vous ne mesurez pas le danger qui découle de la création d'égrégores de plus en plus puissants. Je vous ai empêchés de commettre une grave erreur en 2004. Et je vous exhorte à ne pas recommencer. Vous courez à la catastrophe.

– Vous avez eu le manuscrit de Nostradamus entre les mains, répondit Asdrubal. Comment pouvez-vous proférer une telle absurdité ? Vous savez très bien que le monde sera détruit si nous ne parvenons pas à refermer définitivement le tunnel dans l'espace-temps !

– Ma lecture des prophéties n'est pas la même que la vôtre, expliqua Dahner. J'y vois une mise en garde contre votre incommensurable vanité !

Ernest haussa les épaules.

– Les initiés de la Sphère supérieure ont étudié le manuscrit des années durant mais vous avez raison, vous tout seul !

– Oui, j'ai raison. Peut-être que vous refermerez le tunnel. Et après ? L'égrégore ravagera le monde que vous essayez de sauver !

– Nous avons toujours réussi à tuer les égrégores, répliqua Asdrubal.

– Parce que vous n'avez jamais pu créer un égrégore assez fort pour couper la connexion avec l'autre Univers. Cette fois, si vous y arrivez, l'égrégore vous échappera.

– Et vous vous fondez sur quoi pour être aussi affirmatif ?

– L'égrégore de Venise a failli survivre. Vous avez dû arracher et brûler les cœurs des enfants du Zodiaque pour l'anéantir !

Asdrubal eut un haut-le-corps.

– Qui vous a dit ça ?

– Personne. J'étais là !

Le Magister s'étouffa d'indignation.

– Comment ? Vous n'étiez pas un initié de la Sphère supérieure en 1996 ! Comment auriez-vous pu être présent ?

– Je n'ai jamais été très obéissant… Question d'éducation, je suppose.

Le visage d'Irwin Dahner s'assombrit. Subitement, il lâcha :

– Ça se produit quand on a été abandonné par ses parents.

Ni Ernest ni Asdrubal ne savaient à quoi il faisait référence. Ils ignoraient que Dahner était le fils de la comtesse Drazzi et le petit-fils de Gaetano Torelli. Les secrets de famille sont bien gardés, surtout dans ce genre de famille-là… Asdrubal eut un geste d'impatience.

– Pensez ce que vous voulez de la méthode, dit-il. Votre avis ne nous intéresse guère. Il est tard et la réunion des initiés va bientôt débuter. Réglons nos affaires maintenant.

– Ah oui ! s'exclama Dahner. La grande réunion annuelle ! Une bande de prétentieux en costume d'apparat se goinfrant au buffet ! Même à la Sphère, il faut des médailles et des honneurs !

– Il est indispensable que tous les membres se rassemblent, de temps en temps, rétorqua Asdrubal, agacé.

– Bien sûr, c'est à ce moment-là que vous utilisez un égrégore pour imposer votre volonté aux parents du Zodiaque. Ces pauvres crétins ne se rendent pas compte que vous les tenez en laisse ?

– Nous agissons ainsi par compassion. L'égrégore les apaise. Ils supporteront mieux que leurs enfants leur soient enlevés.

– L'égrégore les drogue, répondit Dahner. Ça ne change pas le fait que vous allez faire d'eux les complices de vos crimes.

– Vous ne manquez pas de culot ! s'écria Ernest. Vous avez éventré douze personnes !

– Mais moi, j'assume mes crimes. Vous ? Vous vous réfugiez derrière la sacro-sainte méthode !

– Le manuscrit, rappela Asdrubal. Où est-il ?

– Tellement bien caché que vous n'avez aucune chance de le trouver. D'ailleurs, j'imagine que vous l'avez activement cherché ! Non ?

– Où est-il ? répéta Asdrubal.

– Ah ! soupira Irwin Dahner. C'est que vous le voulez vraiment, n'est-ce pas ? Je me demande pourquoi… Suis-je bête ! Le jour où j'ai volé le manuscrit, un de nos chers initiés de la Sphère supérieure venait juste de découvrir qu'il y avait un autre texte sous les prophéties. Un texte écrit avec une encre invisible à la lumière ordinaire. Dommage qu'il n'ait pas eu l'occasion de le déchiffrer.

– Vous l'avez fait ? demanda Ernest. Vous avez pu le lire ?

Le Dr Dahner sourit.

– Vous n'avez pas la moindre idée de ce que ça raconte ! C'est stupéfiant ! Finissons-en. Je vous enverrai les informations nécessaires pour que vous puissiez récupérer le manuscrit dès que je serai en Espagne.

– Et on doit vous faire confiance ? ricana Ernest. À vous ?

Le Magister leva la main, coupant court à la discussion.

– Soit. Si vous ne remplissez pas votre part du contrat, vous signez votre arrêt de mort. Où que vous soyez, vous n'échapperez pas à notre colère. Il y a une enveloppe kraft sur mon bureau. Elle contient trente mille euros. Prenez-la. Une voiture vous attend sur le chemin nord. Les clés sont sur le contact. Ernest, accompagnez le Dr Dahner jusqu'à la porte de derrière. Veillez à ce qu'on ne le voie pas.

Irwin Dahner se leva. Il posa son verre, s'empara de la grosse enveloppe qu'il glissa dans la poche de sa veste.

– Bonsoir, Asdrubal. Ou plutôt adieu.

Ernest précéda Dahner et le conduisit dans la cuisine. Là, il entra un code pour ouvrir la porte. Dahner profita qu'il lui tournait le dos. Il passa son bras gauche autour du cou d'Ernest et serra si fort qu'il lui écrasa la trachée, l'empêchant de crier. Ernest se débattit brièvement mais fut bientôt étouffé par l'énorme pression. Dahner saisit la tête de sa victime avec sa main droite et, d'une violente torsion, il lui brisa les vertèbres cervicales. La scène avait duré à peine quelques secondes. Sans perdre de temps, Dahner traîna le cadavre vers le cellier où il le dissimula. Puis il sortit.

Il monta dans la berline noire à l'abri derrière les arbres et embraya. À une centaine de mètres, il freina et s'arrêta à la croisée de deux routes. Il descendit du véhicule. Sur une des routes, trois camionnettes tous feux éteints étaient garées. Des fourrés apparut un groupe de dix jeunes hommes armés de mitraillettes et de pistolets automatiques. Sous leurs blousons de cuir on apercevait des tee-shirts imprimés de croix gammées.

– J'ai laissé la porte ouverte, dit Dahner. Après le couloir, vous trouverez la salle de réception. Voilà trente mille euros.

Le chef du groupe prit l'enveloppe.

– Ce n'est pas pour l'argent qu'on est là, répondit-il. Ces ordures ont tué nos camarades. Nous sommes là pour venger leur mort. Ils croyaient quoi ? Qu'on pouvait se débarrasser de nous comme ça ?

Il se tourna vers les autres et, levant sa mitraillette vers le ciel, il cria :

– Au nom de Patrocle et de nos camarades tombés au champ d'honneur ! *Heil Hitler !*

– Pour Patrocle ! *Heil Hitler !*

Dahner leur conseilla de faire moins de bruit.

– Vous avez ce que je vous ai demandé ?

Le chef acquiesça et fit un signe à un gaillard à la stature impressionnante. Celui-ci s'approcha et donna un grand couteau de chasse à Dahner.

– Vous êtes sûr que vous ne préférez pas un flingue ?

– Non. J'ai toujours eu un faible pour les armes blanches… C'est plus intime. Vous avez prévu de quoi mettre le feu ?

– On a des bidons d'essence dans les camionnettes.

– Le feu fera disparaître la plupart de vos traces. Dépêchez-vous maintenant.

Au pas de course, les néonazis se dirigèrent vers la maison. Dahner s'appuya contre le capot de la berline et attendit. Quand retentirent les rafales de balles crachées par les mitraillettes et les hurlements de terreur et de douleur, il sourit.

– J'adore ces petites réunions entre amis, dit-il pour lui-même.

Puis il monta dans la voiture. Il posa le couteau sur le siège du passager et regarda devant lui. Il n'avait pas encore terminé son travail. Il lui restait un homme à abattre. Et celui-là, il allait le soigner.

36

à l'ombre du Paradis, le 21 février 2012, après 19 heures

Assise par terre devant le feu de cheminée, Bragance étendit ses jambes et s'étira. Elle était vannée. Depuis le lundi matin, Sylvestre entraînait le groupe dans la forêt pour de longues, très longues marches. Il appelait ça « libération des énergies ». En réalité, il appliquait la deuxième phase de la manipulation des enfants du Zodiaque. L'épuisement physique faisait sécréter des endorphines par le corps, une forme naturelle de drogue dont les effets étaient proches de ceux de la morphine. Les enfants ressentaient un certain bien-être mais ils étaient endoloris, sans volonté et sans force. Cet état était propice à l'hypnose, étape que Sylvestre réservait pour le dernier soir de la retraite.

Bragance gérait mieux la fatigue que les autres car elle était sportive et habituée à se dépenser sans compter. En revanche, elle souffrait beaucoup de la faim. En effet, Sylvestre les avait mis au régime soupe claire et légumes cuits à l'eau. Il justifiait ce choix par la nécessité de nettoyer l'organisme de toutes les toxines qui l'empoisonnaient. Une purge, en somme.

– J'ai les crocs, se plaignit Judith.

Bragance acquiesça. La veille, elle avait fait la connaissance de Judith (qui était Taureau) et s'entendait plutôt bien avec elle car elles avaient en commun une ténacité peu ordinaire. Elles étaient souvent en tête pendant les marches, refusant de se laisser dépasser par les garçons et ce, coûte que coûte ! Judith était une bonne vivante et la privation de nourriture lui était très difficile à supporter. Elle se consolait en pensant que perdre quelques kilos ne lui ferait pas de mal.

Bragance ignorait que les autres nouveaux venus, Daphné, Hubert, Clotilde et Tobias, étaient respectivement Vierge, Scorpion, Balance et Sagittaire. Personne n'avait encore abordé le sujet, même pas Josselin, le passionné d'astrologie.

Bragance se retourna en entendant la porte du chalet s'ouvrir. Agnès avait remis sa parka et s'apprêtait à sortir. Qu'allait-elle donc faire dehors ? Bragance décida de la suivre. Dans l'obscurité, Agnès tournoyait autour des arbres, les bras écartés. Soudain sa voix, une voix étrange aux accents rauques, résonna dans l'air froid.

– *Alors, dans le champ vague et livide de l'ombre,*
Se répandit, fumant, on ne sait quel flot noir,
Ô terreur ! Et l'on vit, sous l'effrayant pressoir,
Naître de la lumière à travers d'affreux voiles
Et jaillir et couler du sang et des étoiles… *

– Tu vas attraper la crève, remarqua Bragance. Allez, on rentre !

– Laissez-moi partir… enfin… Pourquoi est-ce que je

* Victor Hugo, « Les Révolutions », *Toute la lyre*.

n'ai pas le droit de me reposer ?

– Heu… Ben, si tu ne voulais pas venir, t'avais qu'à le dire !

Agnès regarda Bragance avec des yeux remplis d'éclairs. Bragance eut presque peur. Ce n'était pas normal qu'elle parvienne à voir la couleur et la lumière de ces yeux dans la nuit.

– On joue ? dit Agnès.

Bragance fut tellement surprise qu'elle ne répondit pas aussitôt.

– Quoi ? À quoi tu veux jouer ?

– Qu'est-ce que tu racontes ?

– Mais tu… tu viens de me proposer de jouer.

– Moi ? Pas du tout.

Agnès repartit en direction du chalet en bois comme si de rien n'était. Bragance pensa que, assurément, Agnès était folle. Elle ne pouvait pas deviner que l'espace d'un instant une morte lui avait parlé. Une morte qui voulait jouer…

Agnès se dirigea vers le dortoir des filles. Elle s'assit sur son lit et prit son sac de voyage. Elle y chercha la trousse de toilette. Elle rit. Merci, maman… Agnès avait volé les somnifères de sa mère. Dans le creux de sa main, elle compta trois gélules. Avec une telle dose, dodo garanti. Puis elle gagna la cuisine où Sylvestre, aidé d'Olivia et de Clotilde, épluchait les légumes. Sylvestre était un adepte du thé vert. Il en buvait beaucoup et incitait les enfants à en faire autant. Agnès alluma la bouilloire et, aimablement, demanda si quelqu'un voulait une tasse de thé. Comme elle l'avait prévu, Sylvestre accepta volontiers.

Discrètement, elle sépara les deux parties des gélules et versa la petite poudre dans un bol. Elle patienta devant la théière. Il fallait que le thé infuse longtemps car le thé vert virerait alors à l'amer et masquerait le goût des médicaments.

Sylvestre trempa les lèvres dans le breuvage et fit la grimace. Agnès but dans sa tasse et déclara :

– Oh ! Désolée ! Il est un peu fort !

– Ce n'est pas grave, répondit Sylvestre. C'est meilleur pour la santé.

Agnès l'observa, un demi-sourire en coin. Sylvestre, distrait par la conversation entre Olivia et Clotilde, buvait son thé machinalement. Dès qu'il eut fini, Agnès s'empressa de récupérer le bol au cas où la poudre ne se serait pas entièrement dissoute. Elle s'en félicita en constatant qu'il y avait un léger dépôt blanchâtre au fond du récipient. Elle lava la vaisselle pour effacer toute trace. Il n'y avait plus qu'à attendre.

Sylvestre bâilla. L'épluche-légumes lui paraissait loin, loin au bout de sa main. Il secoua les épaules pour se réveiller. Le thé, l'amertume du thé… Il comprit qu'il avait été drogué. Il voulut se lever, mais il plongea en avant et s'affala sur la table de la cuisine. Olivia poussa un cri, attirant tout le monde dans la cuisine.

– Il a une crise cardiaque ! s'exclama Clotilde, affolée.

Sylvestre se mit à ronfler dans les épluchures de carottes.

– Il pionce, remarqua Agnès, goguenarde. Ça lui apprendra à nous faire marcher pendant des heures. Il est plus crevé que nous ! Maintenant, on peut s'amuser !

Agnès posa son regard vert, brun et mordoré sur ses camarades, un par un. Bragance savait qu'il se passait quelque chose dc bizarre et les autres le savaient sans doute aussi. Pourtant, personne ne réagit.

– On joue, dit Agnès.

Hubert ouvrit la bouche et se trouva incapable de parler. Les yeux de Blandine les avaient tous ensorcelés. Agnès n'était plus seule dans son propre corps.

– On va dehors, ordonna-t-elle. Je veux faire la Chaîne d'unité.

– Pourquoi ? demanda Bragance.

– Parce que c'est marrant, répondit Agnès.

Et Blandine sourit.

37

à l'ombre du Paradis, le 21 février 2012, 19 h 30 passées

Maxime freina en douceur. Il se gara tant bien que mal à proximité du panneau routier qui indiquait « col du Paradis ».

– Vous voyez un chemin quelque part ? demanda-t-il.

Aliénor ouvrit la portière et observa les environs. Elle pointa le doigt dans une direction.

– Là-bas ! J'espère que vous avez une lampe puissante parce qu'il fait déjà nuit noire !

– Pas de lune, répondit Lubin.

Maxime se pencha en avant pour ouvrir la boîte à gants et y prendre une lampe torche. Ils sortirent de la Giulietta et restèrent quelques instants immobiles sur la route. Le froid mordant fit frissonner Lubin. Maxime s'avança vers le chemin qui descendait à travers la forêt. Il prit une brusque décision.

– Remontez dans l'Alfa. J'y vais.

– Ma fille est peut-être là, dit Aliénor. Faudra m'assommer pour m'empêcher de vous suivre !

– Hé ! protesta Lubin. J'ai trop la trouille pour attendre ici tout seul !

– Je n'ai pas dû être assez clair, supposa Maxime. Il n'est pas question que vous m'accompagniez !

Aliénor croisa les bras et Lubin fit exactement la même chose.

– Quoi ? grommela Maxime. Vous boudez maintenant ? Ce n'est pas une plaisanterie, cette histoire ! Il est de ma responsabilité de vous protéger !

– Non mais dites donc ! rétorqua Aliénor. Vous ne manquez pas de culot ! Vous avez une épaule démolie, vous n'avez pas d'arme, et c'est moi qui suis en état de faiblesse ? Je peux me défendre, merci !

– On est deux contre un ! remarqua Lubin.

– M'enfin, c'est pas soumis au vote ! s'énerva Maxime. Ça fait quinze ans que je traque des malfaiteurs et des assassins, je suis un enquêteur chevronné et pas vous ! Lubin, dans la voiture, et tu ne discutes pas ! Quant à vous…

– Oui, moi ? dit Aliénor.

Maxime reprit son calme. Il était évident que Mme Valonne ne lui obéirait que s'il était capable de la persuader. Or il avait des arguments.

– Dans une situation à haut risque potentiel, on ne fonce pas tête baissée sans réfléchir, expliqua-t-il. Il faut un plan. Je pars en éclaireur. Je n'ai pas l'intention d'agir. J'ai besoin d'informations sur le lieu d'hébergement et le nombre de personnes présentes. Ma priorité, c'est de vérifier que les enfants vont bien. Si c'est le cas et si tout paraît normal, il n'y a aucune raison de s'affoler. Je reviendrai ensuite ici et on avisera. Qui plus est, si jamais je rencontrais un problème, vous seriez en mesure d'aller chercher du secours. Lubin n'est pas en âge de conduire, ce qui nous laisse vous, madame Valonne. Vous assurerez l'arrière-garde. Ça, c'est un plan.

– Et comment on le saura, que t'as un problème ? demanda Lubin.

– Simplement. Si je ne suis pas revenu dans une heure, repartez immédiatement vers Couiza. C'est la plus grande agglomération à proximité.

Aliénor se mordilla l'intérieur de la joue. Ça ne lui convenait pas de jouer le rôle du petit soldat de service. Mais Maxime n'avait pas tort. Elle tenta de négocier.

– Trente minutes. Je vous donne trente minutes !

– Trop court, répondit Maxime. Nous ignorons où ils sont. Et il est possible que ce chemin ne soit pas le bon. Ça peut me prendre du temps pour repérer l'endroit.

Aliénor consulta sa montre à la lueur de la lampe torche.

– Vous avez intérêt à être de retour avant 20 h 30 !

Lubin était très déçu qu'elle cède aussi facilement. Quand Maxime fut suffisamment loin pour ne plus les entendre, il dit à Aliénor :

– Alors, on reste là comme deux idiots ?

– Je te garantis que si ton père n'est pas revenu à l'heure convenue, je vais récupérer ma fille moi-même !

– Dans le noir ? fit Lubin.

Aliénor gloussa brièvement et exhiba son téléphone portable.

– Tu oublies la fonction lampe là-dessus. T'as bien un « fofone », toi aussi ?

– Ouais… approuva Lubin. Z'êtes pas idiote…

– Trop aimable. Il gèle à pierre fendre, ici ! Mettons-nous à l'abri dans la bagnole.

– Papa n'aimerait pas que vous appeliez sa Giulietta comme ça. Il est amoureux d'elle.

Aliénor rit de sa réflexion, un rire trop forcé pour être naturel. Lubin jeta un dernier regard vers le chemin sinueux. La forêt avait englouti Maxime.

* * *

D'autorité, Agnès prit la main de Bragance d'un côté et celle de Bastien de l'autre. Chacun saisit la main de ses voisins. Les enfants du Zodiaque avaient fermé le cercle. Géraud hésita un instant puis décida de tenir le rôle de Sylvestre.

– Nous laissons derrière nous la colère qu'on a peut-être éprouvée et l'hostilité qu'on a peut-être ressentie. Imaginons que ces mauvaises pensées montent vers le ciel et s'éloignent de nous…

– La ferme ! ordonna Agnès. Tout ça, c'est débile ! Que nos pires pensées et nos désirs les plus égoïstes descendent jusqu'aux enfers et pourrissent les entrailles de la Terre !

– Hé ! Ça ne va pas, non ? s'insurgea Bragance. Tu racontes n'importe quoi !

– Au contraire ! répliqua Agnès. Sentez ! Sentez l'énergie qui surgit de nos émotions les plus violentes !

– Regardez… murmura Hubert, les yeux levés vers le ciel.

L'air ondoyait autour d'eux, tantôt opaque tantôt brillant, un flux et un reflux de turbulences chaudes. Un vent traça une arche dans les arbres, repoussant les branches et pliant les troncs. Au travers du voile changeant de l'atmosphère, les étoiles devenaient fluorescentes. La noirceur du ciel semblait reculer devant leur clarté et, en même temps, virait au pourpre.

– Nous croyons à la puissance de la Chaîne d'unité ! s'exclama Josselin, sous l'emprise de l'émerveillement.

– Nous y croyons ! répondirent onze voix à l'unisson.

Bragance avait l'impression de flotter dans un nuage irisé. Elle vit se matérialiser la lumière en un anneau de plus en plus étincelant qui brusquement se mit à tournoyer au-dessus de leurs têtes, crachant des éclairs. Au centre de l'anneau, un gouffre béant de ténèbres s'ouvrit.

Les enfants du Zodiaque perdirent toute conscience de leur corps. La roue de feu aspirait leurs forces vitales. Un monstre était en train de naître.

Un hurlement atroce dans la nuit. Puis un profond silence.

Maxime s'arrêta sur le chemin. Qui avait crié ? Il éteignit sa lampe torche et attendit. Dans l'obscurité, il aperçut une lueur nacrée, presque rose, sillonnée d'étranges faisceaux verts. Soudain, le bruit caractéristique des flammes qui crépitent brisa le silence. Maxime se mit à courir vers l'incendie qui, déjà, avait atteint le toit du chalet en bois.

Mais il s'en désintéressa quand il aperçut les enfants. Il s'immobilisa, stupéfait devant l'impossible lumière qui émanait du cercle. Il cria le nom de Bragance, puis celui de Daphné. Au moment où il s'approchait, la foudre frappa le sol à ses pieds. L'onde de choc le projeta plusieurs mètres en arrière. Péniblement, Maxime se releva. Que pouvait-il faire pour empêcher l'égrégore de se former ? Il était peut-être déjà trop tard pour sauver les enfants. Et pour sauver le monde ?

Il sentit une présence. Il se retourna d'un bloc vers le chalet en flammes. Dans l'encadrement de la porte se tenait un homme. Derrière lui gisait le cadavre de Sylvestre, égorgé, éventré, démembré.

– Bonsoir, cher ami.

La surprise avait rendu Maxime muet. Il ne quittait cependant pas des yeux le couteau de chasse, dégoulinant de sang.

– Je vous attendais en compagnie de cet excellent Sylvestre. Malheureusement, sa conversation était un peu ennuyeuse.

Maxime avala sa salive et reprit ses esprits.

– D'accord... Je suis le suivant sur votre liste, docteur ?

Irwin Dahner fit trois pas en avant.

– Permettez que je m'éloigne de cette fournaise. Ce serait dommage que je prenne une poutre sur le crâne ! Je vous rassure, cher ami, je n'ai aucunement l'intention de vous occire.

– Pourquoi êtes-vous encore là, dans ce cas ?

– Voyons, Maxime ! J'ai lu les prophéties de Nostradamus, moi aussi ! D'ailleurs, j'ai même lu celles qu'il avait écrites à l'encre invisible dans son manuscrit. Et je suis le seul à les connaître.

– Alors, dites-moi comment délivrer les enfants de la Chaîne d'unité !

– Ah ! Dès que l'égrégore apparaît, il n'y a plus qu'un moyen pour le détruire ! Vous voilà devant un choix difficile, cher ami. Allez-vous suivre la méthode de Gaetano Torelli ? Ou préférez-vous fuir et laissez l'égrégore ravager la Terre ?

– Les assassinats, c'est votre spécialité, pas la mienne. Pourquoi n'avez-vous rien fait ?

– Les prophéties parlent de vous. Vous le savez, n'est-ce pas ?

– Tiens, à propos, vous avez le bonjour de votre maman, rétorqua Maxime.

Irwin Dahner éclata de rire. Et avança encore de deux pas.

– Qu'elle crève, la vieille ! Remarquez, je ne lui en veux pas. J'ai presque de l'admiration pour la façon dont elle s'est vengée du comte Drazzi. Je n'aurais pas fait mieux.

Maxime regarda en direction des enfants. L'anneau de feu semblait plus grand, plus brûlant. Les éclairs saturaient l'air d'une odeur de soufre, terriblement âcre et piquante.

– Vous ne croyez pas à la méthode de votre grand-père ! C'est la raison pour laquelle vous avez commis ces meurtres à Blagnac !

– C'est vrai. Ça et parce que ça embêtait les initiés de la Sphère supérieure. J'ai toujours été taquin.

– Mais l'égrégore est en train de se former ! s'écria Maxime. Si le tunnel dans l'espace-temps s'ou…

Maxime s'interrompit. Il y avait quelque chose qui clochait là-dedans.

– Ce n'est pas possible… Le tunnel ne peut s'ouvrir qu'à Venise…

– Une autre erreur de la Sphère, répondit Dahner. Ils se sont trompés à un tel point que c'en est comique !

– Que voulez-vous dire ?

– Il n'y a jamais eu de tunnel dans l'espace-temps ! Le Crocodile était une invention de pauvres types terrorisés par des événements parfaitement naturels auxquels il fallait qu'ils donnent un nom. Toutes les divinités et tous les mythes et les légendes sont nés comme ça. Parce qu'il était plus simple d'expliquer les tornades, les séismes et les maladies en les attribuant à la volonté de dieux et de créatures maléfiques ! Les initiés s'illusionnaient en pensant qu'ils raisonnaient d'une manière scientifique et rationnelle. Bande de prétentieux ! Mesurez l'ironie de la situation. La Sphère a créé elle-même les monstres qu'elle pensait détruire !

– Les égrégores… murmura Maxime. C'est insensé que personne n'ait compris ce qui se passait réellement !

– Vanité, quand tu nous tiens ! Les initiés se sont attribué le rôle de protecteurs du monde. Difficile pour eux d'admettre qu'ils ne sont rien, rien qu'un groupe d'illuminés gonflés d'orgueil ! Comment auraient-ils pu, ne serait-ce qu'un instant, envisager qu'ils fussent coupables et non bienfaiteurs ? Le résultat est à la hauteur de leur bêtise. Des centaines de morts au cours des siècles, des innocents exécutés pour la « bonne » cause. J'assume la responsabilité des crimes de Blagnac. Mais je n'ai tué que pour empêcher la création d'un égrégore qui aurait déclenché une vraie catastrophe. J'ai fait ma part du travail. Maintenant, c'est à vous d'agir.

– Je ne sais pas quoi faire ! cria désespérément Maxime.

Irwin Dahner ne répondit pas aussitôt. Il leva le couteau de chasse et le contempla longuement.

– Connaissez-vous mon deuxième prénom ? demanda-t-il.

– Hein ? fit Maxime.

Irwin Dahner sourit et d'un geste fulgurant lança le couteau en direction de son interlocuteur. Maxime évita l'arme en se penchant sur le côté. Le couteau se planta dans le tronc d'un arbre. Quand Maxime se redressa, Dahner avait disparu.

Son deuxième prénom… Irwin Dahner ne lui avait pas dit ça pour le plaisir de le surprendre. Réfléchis, allez, réfléchis ! Maxime se concentra pour visualiser les dossiers de ses enquêtes. 2004-2009. L'éventreur de Blagnac. Un docteur, un respectable chirurgien-dentiste, résidant à Albi. Dahner Irwin. Irwin *Michel* Dahner.

Maxime regarda le large couteau puis l'arracha de l'arbre. Le glaive de saint Michel ?

L'archange prêtera son glaive au plus grand, avait prédit Nostradamus. Le prophète avait un curieux sens de l'humour.

***

Lubin sortit brusquement de la Giulietta. Aliénor sursauta et supposa que Maxime était revenu.

– Là-bas ! dit Lubin. On dirait que la forêt est en feu !

Aliénor bondit hors de la voiture. La cime des arbres baignait dans une étrange lueur rose et verte.

– Ce n'est pas un incendie, ça… murmura-t-elle.

Elle cria le nom de Bragance, un cri de douleur qui fit mal à Lubin.

– On y va ? demanda Lubin, tremblant sur ses jambes.

Il rappela Aliénor qui s'élançait vers le chemin.

– Attendez ! Il y a une trousse de premiers secours dans le coffre, on pourrait en avoir besoin !

– Heureusement qu'il y en a un de nous deux qui garde la tête froide, le complimenta Aliénor.

Elle ouvrit le coffre et s'empara de la trousse de secours. Aliénor sélectionna la fonction lampe de son téléphone portable et Lubin fit de même. Sans ajouter un seul mot, ils se dirigèrent vers le sentier. Lubin allongea le pas puis commença à trottiner.

Et court le loup dans l'ombre du Paradis…

À un kilomètre de là, Maxime tentait de nouveau de s'approcher des enfants du Zodiaque. Les éclairs claquaient tout autour du cercle et généraient une fumée bleutée quand ils frappaient le sol. L'anneau flamboyait désormais en pulsant comme un cœur qui bat. Son centre se rétrécissait. Maxime devina que lorsque le vide serait empli de lumière, l'égrégore serait achevé. Il était difficile de voir les enfants dans le halo luminescent qui les enveloppait. Main dans la main, les paupières closes, ils ne semblaient pas conscients. Maxime se sentait stupide avec son couteau. Il n'allait pas égorger tout le monde ! Faudrait déjà qu'il puisse franchir la barrière des éclairs.

Maxime tressaillit quand il s'aperçut qu'une des filles le regardait. L'angoisse l'étreignit quand il reconnut, sans doute possible, le magnifique visage de Blandine. Oui, bien sûr ! Il aurait dû y penser plus tôt ! Les enfants n'étaient pas au nombre de douze !

Une voix claire, étonnamment distincte dans le fracas de la foudre, s'éleva du cercle, une voix rauque aux accents pourtant doux.

– J'ai vu l'ombre infinie où se perdent les nombres,
J'ai vu les visions que les réprouvés font,

Les engloutissements de l'abîme sans fond ;
J'ai vu le ciel, l'éther, le chaos et l'espace.
Vivants. Puisque j'en viens, je sais ce qui s'y passe.

Les Contemplations de Victor Hugo. La clé… la clé du Zodiaque qui ouvre et qui ferme, c'était Blandine, l'intruse, la treizième.

– Blandine ! hurla Maxime. Lâche les mains des autres ! Lâche-les ! Romps le cercle, Blandine !

Elle inclina légèrement la tête et, l'espace d'un instant, Maxime vit un visage qui lui était inconnu, celui d'Agnès.

– Tue, dit-elle.

Maxime eut envie de pleurer. Non ! Jamais il ne pourrait faire du mal à une innocente ! Le bruit d'une cavalcade le fit se retourner.

– Papa ! Papa !

Halluciné devant le spectacle, Lubin s'arrêta. Aliénor laissa tomber la trousse de secours et continua tout droit, se précipitant sans réfléchir vers sa fille. Par chance, elle ne fut pas atteinte par les éclairs mais, lorsqu'elle toucha Bragance, une force invisible la repoussa violemment. Aliénor roula sur le sol humide en gémissant puis ne bougea plus. Lubin courut vers elle. Il la saisit par le bras et la tira à l'abri sous les arbres. Maxime ramassa la trousse et les rejoignit. Il s'agenouilla près d'Aliénor et constata qu'elle portait des traces de brûlures.

– Là-dedans, cherche la pommade, ordonna-t-il à son fils.

– Pa… papa…

– Obéis ! Il faut la soigner !

Un claquement sec retentit soudain, se répercutant en écho dans la forêt. Maxime se redressa. Un orage furieux se déchaînait dans l'anneau. Il n'y avait presque plus de vide… Et plus de temps à perdre.

Maxime prit une grande inspiration et se jeta dans la tourmente. Ses yeux pleuraient. Il leva le couteau et le pointa vers Agnès. Lui qui ne croyait pas à grand-chose, il appela saint Michel, l'implorant de lui donner le courage. Était-il le jouet d'une illusion engendrée par la lumière aveuglante ? Il voyait Agnès se dédoubler… Blandine tenait les mains d'Agnès et de Bragance. Il comprit alors qu'il fallait tuer Blandine et non Agnès ! La tuer une seconde fois. Maxime abattit son bras. Le couteau de chasse traversa le corps translucide de Blandine et Maxime bascula vers l'avant pour s'effondrer au centre du cercle. Il entendit la voix, la voix rauque aux accents doux.

– Je suis libre, maintenant.

L'obscurité surprit Lubin. À peine parvint-il à apercevoir les corps des enfants qui s'écroulaient les uns après les autres comme des poupées de chiffon.

– Papa ! hurla désespérément Lubin.

Bastien fut le premier à reprendre conscience. Il s'assit et contempla les ruines du chalet que les flammes dévoraient encore.

– Mais qu'est-ce qui s'est passé ? demanda-t-il, éberlué.

38

Toulouse, le 29 février 2012, jour supplémentaire de l'année bissextile

Maxime regardait la photo de Blandine de la Tour Audelange. Il entendait encore sa voix lui dire : « Je suis libre, maintenant… » Avait-elle donc été prisonnière ? Maxime avait lu quelque part que les personnes qui décédaient d'une mort violente ne parvenaient pas toujours à partir vers un monde que l'on espérait meilleur. L'âme de Blandine appartenait-elle à cette catégorie ? Ou bien était-elle volontairement restée, sachant ce qui allait se produire ? La mécanique de la Chaîne d'unité qui devait permettre à un égrégore de naître était faussée dès le départ. Les enfants du Zodiaque étaient treize et non douze comme ils l'auraient dû. Blandine, *la brillante,* s'était alliée à Agnès, *la pure…*

Merci, Blandine.

Ces derniers jours avaient été terriblement éprouvants et pour le moins bizarres. Maxime frotta son front d'une main lasse. Sa mémoire conservait des images incohérentes ressemblant plus à des morceaux de rêves qu'à de vrais souvenirs. Aucun des enfants ne se souvenait de ce qui s'était passé. Ils s'étaient réveillés, très surpris de se trouver dehors, épuisés mais indemnes.

Aliénor avait repris conscience en même temps que sa fille. Bragance avait été très étonnée de voir sa mère et avait commencé à poser des questions. Maxime avait pris alors une décision qu'il ne regrettait pas. Il avait expliqué aux enfants que la Sphère était une secte qui pratiquait les meurtres rituels, qu'on les avait manipulés et hypnotisés et que c'était pour cette raison qu'ils ne se souvenaient de rien. Il s'était présenté, Dancourt détective privé, engagé par Aliénor Valonne qui avait des soupçons sur la Sphère Fébus. Voilà pourquoi ils étaient là, pour sortir Bragance des griffes d'horribles criminels. Le chalet en feu, le cadavre de Sylvestre ? Irwin Dahner, échappé de sa prison, en était responsable. Ce qu'il faisait dans la forêt ? C'était simple, l'éventreur de Blagnac faisait partie de la Sphère Fébus et il était venu pour perpétrer un nouveau massacre. Maxime l'avait mis en fuite. Lubin et Aliénor avaient écouté en silence. Tout ce que disait Maxime semblait logique. Aliénor ne l'avait pas contredit. Il valait mieux – cent fois mieux ! – que les enfants croient cette histoire.

Ce qu'apprit Maxime par la suite facilita grandement les choses. Les parents des enfants, voire les grands-parents, étaient tous morts, assassinés avec de nombreuses autres personnes. La police avait découvert les cadavres criblés de balles dans une grande maison du côté de Carcassonne. L'incendie qui avait ravagé les lieux n'avait pas fait disparaître les croix gammées tracées à la bombe sur les murs. Ainsi que l'inscription : « Vengeance ! Pour Patrocle et nos camarades tombés pour la cause ! »

Grâce aux témoignages de Maxime et d'Aliénor, la police avait échafaudé une théorie tout à fait plausible. La Sphère Fébus était effectivement une secte, de type satanique, qui employait des néonazis comme tueurs à gages. Il avait dû y avoir un sérieux problème avec eux puisque six membres du groupe des néonazis avaient été exécutés, notamment le dénommé Patrocle. Les survivants du groupe s'étaient vengés dans le sang. Ils s'étaient évanouis dans la nature, mais la police les recherchait activement. Irwin Dahner avait été le bras armé de la secte, peut-être une sorte de grand prêtre adorateur de Satan. Les meurtres de Blagnac étaient donc bel et bien rituels. La secte avait fait évader Dahner, sans doute était-il quelqu'un de très important pour elle. Il était vraiment fou à lier, le Dr Dahner, puisqu'il avait égorgé et éventré Sylvestre, supposé être dans le même camp que lui. À moins que Sylvestre n'ait eu des remords. Peut-être avait-il voulu empêcher Dahner d'assassiner les douze enfants…

Depuis une semaine, les journaux, les radios, les télévisions ne parlaient que de la Sphère Fébus. Et pas seulement en France. L'horreur avait saisi le monde entier. Comment pouvait-on imaginer que des parents sacrifient leurs propres enfants à Satan ? Les psychiatres, les enquêteurs, les spécialistes des sectes défilaient en rangs serrés sur les plateaux de télé. On sollicitait Maxime de toutes parts. Il tenait bon et refusait obstinément de recevoir les journalistes. Mais il n'était pas simple de rester à l'écart.

Maxime rangea la photo de Blandine dans le dossier « Venise 1996 ». Affaire classée.

Il tourna la tête en entendant la porte s'ouvrir. Lubin entra, une tasse de café à la main.

– Tu n'es pas chez Manu ? s'étonna Maxime.

– Pfuut ! Il m'a fait un sale coup en invitant quatre de ses potes. Ils n'ont pas arrêté de me poser des questions ! Pas marrant d'avoir un père célèbre !

– Tu n'as rien raconté, j'espère ?

– Bibi pas idiot. Et puis, franchement, qu'est-ce que je pourrais leur raconter ?

Maxime contempla la tasse fumante.

– Quoi ? fit Lubin. Il est pas bien, mon café ?

– Tu as nettoyé le filtre ?

– Non, parce qu'il était brûlant, figure-toi ! T'es encore plus saoulant avec ta machine à café qu'avec ta voiture. Quand je pense que ce truc-là est doré à l'or fin ! T'aurais pu me dire merci, à propos.

– Merci, fiston. Ta mère a rappelé.

Lubin grimaça. Aïe. Sa mère, loin de s'extasier sur le nouveau succès professionnel de son ex-mari, téléphonait sans cesse pour l'engueuler. De son point de vue, Lubin était en danger par sa faute. Ah oui... Le Dr Dahner courait toujours.

– T'as pas l'intention de me renvoyer chez maman, hein ?

– Trois jours avec toi et elle me suppliera de te reprendre !

– Ouais, c'est sûr ! ricana Lubin. Je suis très fort pour la faire craquer !

Il s'appuya contre le bureau et soupira.

– Je suis inquiet pour les enfants du Zodiaque. Qu'est-ce qui va leur arriver, maintenant ? Bragance a de la chance. Elle a toujours sa mère, elle.

– Il vaut mieux être orphelins qu'avoir des parents pareils ! Ils sont bons pour une longue, très longue thérapie… une vraie cette fois. Il y a deux choses positives, malgré tout. D'abord, ils sont sauvés. Ensuite, leurs parents étaient riches. Dans deux ans, ils toucheront le pactole ! En attendant, eh bien, je suppose qu'ils vont être mis sous la tutelle d'un juge et placés dans des familles d'accueil.

– C'est dingue qu'ils ne se souviennent de rien.

Maxime resta silencieux. Était-ce aussi certain que ça ? Pour onze d'entre eux, peut-être. Mais Agnès… Quand Maxime s'était relevé après avoir « tué » Blandine une seconde fois, il avait remarqué son regard. À la lueur des flammes qui dévoraient le chalet, il avait vu les triangles bruns dans le vert céladon de ses yeux. Agnès lui avait souri et elle semblait beaucoup moins stupéfaite que ses camarades.

– Remarque, il y a plus dingue ! Tu le crois, toi, que la Sphère ait pu se tromper pendant des siècles ?

– En fait, c'est le plus crédible dans toute cette histoire ! répondit Maxime. Les hommes ont toujours inventé des monstres pour se faire peur… Tant que l'on reste dans le domaine de la magie ou des croyances, les dommages sont limités. Le drame de la Sphère est d'avoir mélangé la science, Nostradamus et le Crocodile de Venise dans un shaker, d'avoir bien secoué et servi un cocktail détonant au monde ! Gaetano Torelli était physicien, sa théorie sur le tunnel dans l'espace-temps n'était pas absurde. Ce qui l'était, c'était d'imaginer que le Crocodile venait d'un univers parallèle. Or il n'y avait pas, il n'y a jamais eu de

Crocodile ! Ce que les initiés, sorciers ou simples fidèles, voyaient, c'était les créations de leurs propres esprits.

– Des égrégores ? demanda Lubin.

– Dans certains cas, c'est possible… Des hallucinations collectives, aussi. Devant des phénomènes incompréhensibles, l'homme a sans cesse cherché des réponses. Une tempête ? Eh bien, c'est Neptune qui s'énerve ! Un tremblement de terre ? Un grand serpent qui se réveille ! Quelque chose qui s'agite dans la lagune de Venise ? Et voilà notre Crocodile qui apparaît, générant terreur et adoration. Et de sacrifices en légendes, le Crocodile devient de plus en plus réel. Jusqu'à ce qu'une bande d'illuminés décide d'étudier le problème et de le résoudre ! Et entre en scène Gaetano Torelli qui offre une explication. Complètement délirante, mais personne ne s'en est aperçu ! Reconnaissons à sa décharge que les prophéties de Nostradamus ont ajouté à la confusion.

– Elles existent, tu ne peux pas dire le contraire !

– Moi, je ne prétends pas tout savoir ni tout comprendre, répondit Maxime. C'est une différence de taille. Les initiés de la Sphère, eux, n'avaient aucun doute. Ils étaient persuadés d'avoir raison. Or ils avaient tort ! Malheureusement, leur méthode pour créer des égrégores s'est révélée effroyablement efficace.

– Et Blandine ? Elle était bien là, n'est-ce pas ?

– Il y a des choses qui nous dépassent, admit Maxime. Je crois que Blandine est revenue dans le corps d'Agnès pour que toute cette folie s'arrête enfin. C'est une opinion personnelle.

– Ça ressemble un peu à une vengeance, dit Lubin.

Maxime rit et but une gorgée de café.

– Oui, ça se peut ! La vengeance est héréditaire chez les Drazzi ! La comtesse, son fils Irwin, sa petite-fille Blandine ! Espérons que la malédiction sur cette famille soit enfin levée !

– Y a un truc qui m'étonne. C'est que Torelli ait donné ce bracelet avec les pendentifs à la comtesse pour son mariage.

– D'après elle, son père était prophète. Il avait peut-être eu une révélation en rêve. Il semblerait que Gaetano Torelli ait été coutumier du fait. Je pense qu'il avait effectivement un don de prophète mais qu'il interprétait tout de travers. Il n'est pire aveugle que celui qui ne veut pas voir…

Lubin acquiesça en silence. Puis il s'exclama :

– Ah, j'ai oublié ! Je t'ai acheté un éclair au chocolat en revenant de chez Manu !

Maxime se sentit tout attendri. Son fiston chéri qui avait eu la délicatesse de lui rapporter son gâteau préféré ! Lubin fit « beurk » en s'essuyant la joue sur laquelle Maxime avait déposé un bisou en quittant son fauteuil.

Maxime enfila son blouson. En dépit du froid mordant, il mangerait son éclair dehors. Tradition oblige. Il n'était dans la rue que depuis une minute quand une Rolls-Royce noire se gara devant sa maison. Un petit monsieur avec un pardessus gris, un parapluie et un chapeau vaguement rond en sortit. Il tenait une sacoche marron à la main. Il décolla son chapeau de son crâne dégarni pour saluer Maxime.

– Monsieur Dancourt ? Je me présente, maître Folichon, notaire à Narbonne.

– Que puis-je pour vous, maître ?

– Il serait souhaitable que je vous entretienne d'un sujet sérieux. Quand vous aurez fini votre, votre…

– Éclair au chocolat, compléta Maxime. Je vous en prie. Entrons.

Lubin, qui s'était installé devant son ordinateur, regarda son père et le petit monsieur avec étonnement.

– Mon fils Lubin. Lubin, voici maître Folichon.

– Bon… bonjour. Euh… Un café ?

– Non merci, répondit maître Folichon. Mais un verre d'eau ne serait pas de refus.

Lubin se précipita dans la cuisine pour cacher une irrépressible envie de rire. Le notaire était le portrait craché du Pr Tournesol, la barbichette en moins. Une fois assis à la grande table en bois, maître Folichon ouvrit sa sacoche pour y prendre une pile de documents. Il s'éclaircit la gorge.

– Hum, hum. J'ai le regret de vous informer que M. Vianney de la Tour Audelange est décédé ce matin, à 8 h 30.

– J'en suis désolé, répondit Maxime qui ne l'était pas.

– Pour tout ce qui concerne le testament de M. de la Tour Audelange, vous voudrez bien vous mettre en rapport avec mon associé, maître Duhamel. Je suis moi-même l'exécuteur testamentaire nommé par M. de la Tour Audelange.

– D'accord, mais qu'est-ce que ça a à voir avec moi ?

– M. de la Tour Audelange ne laisse aucun héritier, expliqua le notaire. Il vous a légué l'intégralité de ses biens.

Lubin, qui revenait avec le verre d'eau, faillit se prendre

les pieds dans le tapis. Quoi ? Son père héritait du grand-père de Blandine ?

– Comme vous ne l'ignorez pas, en l'absence d'héritier direct l'État prélève un important pourcentage. On peut dire une énorme part… Enfin, il ne m'appartient pas de juger la loi. Bref, une fois l'État payé, il vous reste…

Maître Folichon fouilla dans ses papiers.

– Ah voilà la liste. Donc, comme je disais… Vous héritez la propriété de M. de la Tour Audelange à côté de Narbonne, une Rolls-Royce et la somme de cinq millions deux cent trente mille quarante-cinq euros et dix-huit centimes. Merci pour le verre d'eau, jeune homme.

Maître Folichon chercha de nouveau dans ses papiers sans remarquer l'expression stupéfaite sur le visage de Maxime.

– Ces biens vous sont légués sous condition, continua-t-il. C'est ce que nous appelons un « legs avec charges ».

– Ah ouais, répondit Maxime, c'était trop beau pour être vrai.

– Commençons par la maison. Vous en avez la jouissance dès à présent. En revanche, il vous est interdit de la vendre durant les vingt prochaines années. Vous n'avez pas non plus le droit de vendre ou d'ôter ce qui s'y trouve – meubles, objets, tapis, etc. Vous êtes autorisé à remplacer l'équipement électroménager ou toute chose qui se verrait cassée ou défectueuse. En cas de doute, il suffira de me demander. Ah, et il y a aussi le majordome, M. Dupré Jérôme. M. de la Tour Audelange tenait particulièrement à ce que M. Dupré Jérôme conserve son emploi jusqu'à ce qu'il décide de lui-même de le quitter.

– J'espère que je ne suis pas obligé d'habiter dans ce mausolée ?

– Non. Vous faites ce que vous voulez. La Rolls-Royce vous est d'ores et déjà acquise. Je vous l'ai amenée.

Lubin courut à la fenêtre pour vérifier.

– Une Silver Shadow ! s'exclama-t-il. C'est une Silver Shadow !

– Nous en arrivons à l'argent, annonça maître Folichon d'un air sinistre. Au cours de sa vie, M. de la Tour Audelange s'est toujours passionné pour des… des… histoires… comment dirais-je ? Des mystères non élucidés. Il les avait soigneusement répertoriés et étudiés. Son grand regret aura été de ne pas avoir eu les capacités ni la santé pour les résoudre. Comme il avait toute confiance en vos qualités d'enquêteur, M. de la Tour Audelange a donc décidé de vous laisser le soin d'élucider ces affaires.

– Je ne suis pas sûr de comprendre, fit Maxime.

Maître Folichon poussa du doigt une grosse enveloppe marron vers Maxime.

– Voici tous les documents et informations relatifs à la première de ces affaires. Si vous parvenez à la résoudre, je vous remettrai cinq cent mille euros. En cas d'échec, cette somme sera versée à une œuvre caritative. En tant qu'exécuteur testamentaire, je serai le seul habilité à juger si vous avez réussi ou non.

– Et si je refuse ? demanda Maxime.

– Vous avez parfaitement le droit de renoncer à votre héritage. Auquel cas, tout reviendra à l'État. Avouez que ce serait dommage…

– Même la Silver Shadow ? gémit Lubin.

– Même la Silver Shadow, acquiesça maître Folichon. Je me doute bien qu'il vous faut un peu de temps pour réfléchir, monsieur Dancourt. Pas trop, s'il vous plaît.

Le notaire posa deux clés sur la table.

– Ce sont celles de la voiture. J'espère que la Rolls vous convaincra d'accepter votre héritage. Je serais tout à fait désolé que les volontés de M. de la Tour Audelange ne soient pas respectées.

Il parut triste soudain. En se levant, il déclara :

– Vianney a été mon ami pendant plus de vingt ans. Ce n'était pas un homme parfait. Il pouvait être très dur. Mais c'était aussi un homme qui avait beaucoup souffert. Ses fautes, quelles qu'elles furent, devraient lui être pardonnées.

Maxime se demanda si maître Folichon savait que son vieil ami avait commandité des meurtres. Si c'était le cas, il n'en dirait rien. Les notaires, comme les avocats et les prêtres, étaient tenus au secret professionnel.

Maître Folichon rangea ses petits papiers, laissa sa carte, salua la compagnie et partit à la recherche d'un taxi.

Maxime et Lubin se regardèrent.

Puis regardèrent la grosse enveloppe marron.

Cannaregio
Stazione Santa Lucia
Canal Grande
Riva di Biasio
Bacaro del Ponte
San Polo
Ponte degli Scalzi
Rio Marin
Ponte di Calatrava
Signora Fedra
Campo San Polo
Maxime & Lubin
Santa Croce
Canal Grande
Ponte dell'Accademia
Gallerie dell'Accademia
Canale della Giudecca
N
O
E
S

Murano
San Michele
San Cristoforo della Pace
Campo della Pescaria
Palazzo Drazzi
Ponte di Rialto
San Marco
Piazza San Marco
Canal Grande
Canale di San Marco
San Giorgio Maggiore
VENISE

Table

ISBN : 978-2-8096477-1-6
Dépôt légal : septembre 2012
Imprimé en Italie par Grafica Veneta sur papiers issus de forêts gérées durablement.

Loi n° 49-956 du 16 juillet 1949 sur les publications destinées à la jeunesse.

Illustration de couverture : Made (http://m4de.com).
Illustration de la carte de Venise : Maude Guesné.
Mise en page : Isabelle Southgate.
Roc Prépresse pour la photogravure.

Nous tenons à remercier pour leur contribution à cet ouvrage :
M. Bellamy-Brown, C. Bleuze, J.-L. Broust, S. Champion, M. Courvoisier, D. Hervé, C. Jahan, B. Legendre, L. Maj, K. Marigliano, C. Onnen, C. Schram, M. Seger, V. Sem, K. Van Wormhoudt, M.-F. Wolfsperger.